Les dix plus beaux jours de ma vie

ADENA HALPERN

Les dix plus beaux jours de ma vie

Roman

MOSAÏC

Titre original :
THE TEN BEST DAYS OF MY LIFE

Traduction de l'américain par KARINE XARAGAI

Le visuel de couverture est reproduit avec l'autorisation de :
Chien : © MASTERFILE/ROYALTY FREE DIVISION
Illustration : ©DAVID & MYRTILLE/DPCOM.FR
Réalisation graphique couverture : DPCOM

MOSAÏC, une maison d'édition de la société HARLEQUIN
83-85, boulevard Vincent Auriol, 75646 PARIS CEDEX 13.
Tél. : 01 45 82 47 47

www.editions-mosaic.fr

ISBN 978-2-2803-3340-5 — ISSN 2261-4540

A mon mari, Jonathan,
mon septième ciel à moi.

Je frappe à la porte du paradis

Je suis morte aujourd'hui, ce qui est pour le moins bizarre. Je pensais sincèrement être immortelle.

Non que j'aie jamais pris grand soin de ma santé. Certes, je me rendais trois fois par semaine à la salle de fitness (enfin, deux fois par semaine… oui bon, une fois… d'accord… d'accord… disons jamais). Je me nourrissais correctement. Je faisais très attention à ma ligne (même s'il m'arrivait plus souvent que de raison d'opter pour un sachet de Doritos en guise de repas). Je picolais pas mal le week-end, parfois même en semaine (comme hier soir et peut-être avant-hier… impossible de m'en souvenir). J'ai toujours dormi mes huit heures (avec un Stilnox). Et pourtant, il ne m'est jamais venu à l'esprit qu'un jour je mourrais pour de bon, que je serais morte, privée de vie, pour l'éternité.

Quoi qu'il en soit, tout ça n'a plus aucune espèce d'importance. Seulement, si j'avais imaginé un seul instant que j'allais atterrir ici, à l'âge que j'ai, je n'aurais pas hésité à cloper, boire et tester toutes sortes de drogues. Jamais je n'aurais fréquenté de salle de fitness ni perdu mon temps à faire un check-up annuel. Sans compter que toutes mes angoisses à propos de mon avenir s'avèrent sans objet. Sans objet, les jérémiades dont j'ai accablé mes amies sur le tour que prenait mon existence. Et toutes ces fois où mes parents m'ont coincée entre quat'z-yeux pour m'exprimer leurs inquiétudes sur la façon dont je menais ma barque, sans objet non plus ! J'aurais dû m'envoyer en l'air avec Steve, tiens, (et sans capote encore !) avant qu'il me largue, au lieu de jouer les vierges sages en déclarant vertueusement que je ne couchais jamais le premier mois. D'un autre côté, savoir que j'ai explosé le plafond autorisé par mes cartes de crédit en fringues, chaussures et sacs à main me procure une satisfaction intense. Et bien sûr, j'exulte de n'avoir jamais mis un sou de côté en prévision de ma retraite !

Maintenant, que je vous raconte dans quelles circonstances j'ai trouvé la mort.

La bonne nouvelle, c'est que je n'ai pas été écrabouillée par un trente-six tonnes — pour rien au monde je ne voudrais prêter à rire pour la postérité. La mauvaise, la pathétique nouvelle, c'est qu'il s'agissait d'une Mini Cooper. J'entends déjà ma meilleure amie Pénélope pouffer à travers ses larmes à l'idée que mon gros derrière (pas si gros que ça, à vrai dire, mais vous savez comment sont les meilleures amies…) n'ait pas réussi à amortir l'impact d'une Mini Cooper.

En fait, c'est tout simple…

Une Mini Cooper rouge m'a renversée aux alentours de 4 heures du matin, alors que je traversais le Fairfax Boulevard de Los Angeles avec Peaches. Peaches — c'est mon pocket beagle. En temps normal, je ne promène pas ma chienne à 4 heures du matin, mais là, elle avait des problèmes intestinaux et… Enfin, bref, elle avait besoin de sortir. Il y avait trois bons quarts d'heure qu'elle geignait au pied de mon lit quand je me suis enfin décidée à me lever. A ce propos, je m'en veux encore. Peaches est une chienne si gentille, si adorable, si merveilleuse ! Mais cette sensation ne vous est sûrement pas inconnue : vous dormez comme une masse et rien ne saurait vous tirer du lit, pas même votre chienne qui a besoin qu'on la fasse sortir sur-le-champ. Mais passons…

A l'évidence, j'ai tout de même fini par m'extraire du lit pour aller la promener. J'étais tellement imbibée que je m'étais endormie tout habillée dans mes vêtements de la veille, à savoir mon jean J Brand et mon pull préféré, le noir à col bénitier qui dénude joliment mon épaule gauche. Une chance que je n'aie pas enfilé un vieux bas de survêt et un T-shirt sale (je m'expliquerai plus tard sur ce point) ! Tout ça pour dire que Peaches est morte avec moi et qu'elle se retrouve à mes côtés.

Pour ça aussi, je me sens affreusement coupable. Ma petite Peaches ne méritait pas de perdre la vie juste au moment où ses trois quarts d'heure d'attente au pied de mon lit allaient être récompensés par un soulagement bien mérité.

N'est-ce pas bizarre que tout ait pris fin de cette manière ? Vous imaginez tout ce que vous feriez différemment, si vous saviez qu'une Mini Cooper allait vous faucher à l'âge de vingt-neuf ans, sur le coup de 4 heures du matin, alors que vous promenez votre chienne ? Moi, je n'arrête pas d'y penser. Depuis que je suis ici, tout le monde me répète que justement, c'est ça, la vie. Aurais-je agi autrement, si j'avais su ? Oui, non… sans doute pas. Peut-être n'aurais-je pas été aussi obsédée par mes dents. J'étais une maniaque du brossage et du fil dentaire : il faut dire aussi que sur son lit de mort, ma grand-mère m'a recommandé de bien prendre soin de mes dents parce qu'un dentier, c'est la croix et la bannière. J'aurais pu admirer toutes les merveilles que je comptais aller voir un jour, les pyramides, la chapelle Sixtine, la Joconde… Et la fameuse *Liberty Bell* ! J'ai beau avoir grandi à Philadelphie, je ne l'ai jamais vue. Et puis, j'aurais mieux fait de rester avec ma classe de seconde, lors du voyage scolaire à New York, au lieu de filer en douce chez Bergdorf avec Pénélope : j'aurais au moins vu la statue de la Liberté. Je ne me serais sans doute pas non plus offert tous ces soins « anti-âge » à quatre-vingt-dix dollars la séance, ni des injections de Botox deux fois par an. Et je n'aurais certainement pas été aussi intraitable au sujet de l'écran solaire !

Je sais, je devrais être hébétée de chagrin, bouleversée

pour mes parents qui ont perdu leur fille unique et pour mes amies qui m'ont perdue, moi, au lieu de vous raconter tout ça. Sauf que là-haut, on se sent vraiment en paix avec l'univers. Je ne pense pas qu'on nous ait administré une quelconque drogue, pourtant c'est l'effet que ça fait. On se sent comme reliée à une perf de Temesta. J'ai demandé s'il me serait possible de redescendre, histoire de passer voir mes proches, ne serait-ce qu'une dernière fois, mais on m'affirme qu'il n'y a rien que je puisse faire pour le moment. On me répète sur tous les tons que lorsque mes parents et amis passeront de vie à trépas, ils s'apercevront en arrivant ici que toutes leurs larmes étaient vaines. Mais en attendant ? Moi, je trouve ça un peu vache. On me dit aussi que cela n'a rien à voir avec le paradis. Que pour apprendre et grandir, chaque être humain doit en passer par là. Mais quand même, vous ne trouvez pas ça horrible, vous ? Pour ma part, je sais bien qu'à cet instant, mes parents sont au comble du désespoir, et j'aimerais vraiment pouvoir leur apporter un brin de réconfort, leur crier : « Pas de souci ! Je vais bien ! » Pour tout dire, ils me manquent déjà. D'accord, ma journée a été plutôt chargée, depuis 4 heures du matin, n'empêche que j'aimerais bien m'assurer qu'ils savent la place immense qu'ils occupent dans mon cœur. Certaines personnes, mortes dans un accident, ont pu écrire un petit mot à leurs proches, comme lors de cette épouvantable catastrophe minière, par exemple. Moi, je n'ai pas eu cette chance. Alors, c'est quoi l'embrouille ? Ça me semble d'une injustice totale, même si par ailleurs, je me réjouis pour ces mineurs et leur famille. Au moins y en a-t-il qui connaissent une certaine paix de l'esprit.

Mais je cause, je cause, et vous vous demandez peut-être où je suis exactement, ce que je fais… Ma foi, pour être franche avec vous, je n'en sais rien moi-même.

N'étant là que depuis quelques heures, j'ignore encore pas mal de choses. Je peux néanmoins vous raconter ce qui s'est passé jusque-là. (A ce propos, je pars du principe que je suis autorisée à vous faire des confidences. En tout cas, personne ne m'a signalé que c'était interdit, et j'ai du mal à croire que le paradis n'a jamais accueilli de pipelette avant moi.) Alors, voilà...

Vous savez, cette fameuse lumière blanche qui apparaît soi-disant lorsqu'on est sur le point de mourir ? Eh bien, elle correspond tout simplement à l'arrivée au paradis ! Moi, j'ai d'abord cru que c'était l'enseigne au néon de Canter's Deli, parce que je passais devant pile au moment où la voiture m'a foncé dessus. La dernière image de la Terre que j'emporte, c'est celle de la Mini Cooper arrivant droit sur moi, puis me percutant. Ensuite, j'ai volé par-dessus le capot et c'est là que j'ai vu la lumière blanche. Je n'arrête pas de repenser à ce film, *Poltergeist*, quand la petite bonne femme ordonne : « N'approchez pas de la lumière ! » Sauf qu'on ne peut pas faire autrement que l'approcher ; elle occupe tout l'espace, la lumière ! J'ai regardé derrière moi, à droite, à gauche, en haut... De la lumière blanche partout. Je devais avoir l'air complètement stupide à chercher frénétiquement un moyen de m'en extraire (et pour cause !). A vrai dire, la sensation tenait moins de *Poltergeist* que du *Magicien d'Oz* pendant la scène de la tornade (d'autant plus que Peaches était là, jouant le rôle de Toto), à ceci près qu'il ne s'agissait pas d'une vraie tornade. Je pense que c'est à cet instant-là qu'un sentiment de sérénité m'a envahie tout entière, quand je me suis rendu compte que ma Peaches était à mes côtés et que nous ne pouvions échapper à cette lumière.

Ah, tant que j'y pense... Ne vous inquiétez pas pour l'intensité de la lumière. Inutile de vous protéger les yeux comme quand vous émergez d'une salle de cinéma en plein jour. La lumière est en réalité très apaisante. Vous vous souvenez d'Elizabeth Taylor dans ces pubs pour parfum des années 1980 ? La caméra qui avait l'air enveloppée de gaze blanche, chaque fois qu'elle apparaissait à l'écran ? Eh bien, ça ressemble beaucoup à ça.

J'ai mentionné tout à l'heure ma joie de m'être écroulée sur mon lit sans prendre la peine de me déshabiller, vous vous souvenez ? Eh bien, sachez que lorsque vous montez au ciel, c'est dans les fringues que vous avez sur le dos au moment de votre décès. Il paraît qu'ensuite, on a la possibilité de se changer, quand on prend possession de son nouveau chez-soi : là, bien entendu, on dispose de vêtements (j'espère juste qu'ils sont mettables). N'empêche qu'à l'arrivée, on a la tenue qu'on portait à l'instant fatal. Beaucoup de gens arrivent en chemise d'hôpital ; certains sont carrément à poil, mais la majorité des nouveaux arrivants sont habillés. Personne ne semble malade, personne n'a de sang sur le corps ; on ne voit pas la plus infime égratignure. Pourtant, avec le vol plané que j'ai fait, il y avait de quoi arborer un joli camaïeu de meurtrissures noir et bleu. J'ai dû riper sur un demi-pâté de maisons dans Fairfax Boulevard, avant que s'achève ma trajectoire sur Terre. Mais l'absence d'ecchymoses et de plaies est liée au fait qu'on passe de l'état d'être de chair et d'os à celui de pur esprit, changement que j'ai encore du mal à appréhender.

Quand vous arrivez là-haut, on vous dirige immédiatement vers une file d'attente. Enfin, pas exactement, parce que vous ne vous déplacez pas, vous vous *réveillez* dedans, pour ainsi dire, sauf que juste avant, vous ne dormiez pas. Genre : le grand blanc et hop ! la file d'attente, direct. Les portes du paradis ne sont qu'un immense espace blanc. On marche sur l'air et les nuages et on y voit à des kilomètres. On ne flotte pas, on marche pour de bon ! Ça peut sembler étrange, mais la pesanteur existe aussi là-haut… tout en n'existant pas vraiment… Je ne sais pas comment vous expliquer la chose, alors il faudra vous contenter de me croire sur parole. Il paraît qu'on me conduira assez rapidement à mon nouveau domicile, histoire que je puisse m'installer, mais pour l'instant, j'en suis encore au stade de l'enregistrement. J'imagine que mon futur logis ressemblera à une chambre d'hôtel, nickel et très contemporaine, avec des murs blancs, un lit *king size* blanc, tout duveteux, et une chaîne hi-fi Bose. Je vous en dirai plus tout à l'heure.

En temps normal, il n'y a rien qui m'énerve plus que d'attendre dans une file. Et cette file-là était interminable, vous pouvez me croire ! Style jour noir au service des cartes grises, en cent fois pire. Il y avait peut-être dix mille personnes devant moi, chose qui aurait dû me mettre dans une rogne monstre, mais puisque je n'avais pas la moindre idée de ce que je fabriquais là, attendre ne me contrariait pas. Ça, et puis le fait que tout est pensé pour votre confort. Il y a d'abord ce sentiment de sérénité que j'ai déjà évoqué, mais aussi des anges (oui, vous avez bien entendu, des anges, des vrais, dotés de vraies ailes, le mythe n'en est pas un !) qui circulent avec des plateaux de hors-d'œuvre : canapés au caviar, petits feuilletés à la saucisse, tranches de mozzarella frites, brochettes de poulet, chips accompagnées de sauces froides, crudités, bruschettas, toasts à la crevette et j'en passe. Je n'ai rien pris de tout ça. D'une, je ne savais pas ce qui suivrait, de deux, ma grand-mère m'a toujours dit : « Ne te bourre pas d'entrées. » On vous sert également à boire : champagne, alcools, cocktails, vin, soda, jus de fruits, thé ou café. Ce que vous voulez. Pour ma part, j'ai opté pour le champagne qui était divin, doux et sec à la fois. J'en ai bu cinq coupes.

J'en reviens maintenant à la raison *majeure* pour laquelle j'étais si contente d'arborer ma tenue de la veille et non pas un survêt pourri. Je suis célibataire, je ne sais plus si je vous l'ai dit, et au moment de ma mort, je m'apprêtais à fêter mes trente ans. Vous comprenez donc que s'il y a bien une chose que je souhaite de tout cœur trouver au paradis, c'est un mec canon. Or le hasard a fait que, à... disons... quinze personnes derrière moi, le mec le plus canon qui soit attendait lui aussi. Vous voyez le topo : comme on est obligé de patienter un certain temps, on papote avec les gens autour de soi. J'ai eu ainsi l'occasion d'apprendre que les douze écoliers allemands, un peu plus loin, avaient perdu la vie tous ensemble dans un accident de car. On ne s'est pas dit grand-chose, parce qu'ils ont surtout joué avec Peaches. J'ai aussi fait la connaissance de Harry et d'Elaine Braunstein qui avaient l'habitude de passer l'hiver à Boca Raton, en Floride, mais habitaient Long Island. Ils sont morts dans leur sommeil, victimes d'une asphyxie au gaz (Elaine a mal éteint le four). Jean-Pierre, un Français, a été emporté par un cancer de la prostate. Mme O'Malley, originaire d'Irlande, aurait atteint l'âge vénérable de cent quatre ans, si elle n'avait pas trébuché à cause d'un trou dans le trottoir. Fracture de la hanche et décès, suite à des complications.

A vrai dire, ça faisait moins file d'attente que réception mondaine. Sauf qu'au lieu d'échanger des « Que faites-vous dans la vie ? », nous nous demandions : « Et vous, vous êtes mort comment ? » C'est là que j'ai aperçu le mec canon. Instant magique : nos regards se sont croisés, puis nous avons détourné la tête, gênés. Quand j'ai de nouveau jeté un coup d'œil derrière moi, le mec canon m'a lui aussi regardée, l'air charmé. Je lui ai alors souri et il est venu vers moi. J'ai négligemment fait glisser le col bénitier de mon pull noir jusqu'à ce qu'il me dénude l'épaule (mon arme fatale du temps où j'étais encore en vie).

Sexy, la trentaine, des cheveux blond foncé, il faisait très Robert Redford dans le rôle de Hubbell Gardiner. Des yeux sublimes, verts. Il portait un bas de survêtement et un T-shirt.

— C'est ton chien ? m'a-t-il demandé, en se penchant pour caresser Peaches.

— Ma chienne, oui.

La tête légèrement inclinée sur le côté, je lui ai coulé un sourire charmeur, avant de m'apercevoir, mortifiée, que je flirtais avec lui comme si je faisais la queue devant un club de L.A. et non devant les portes du paradis.

— Qu'est-ce qu'elle est mignonne…

Il s'est redressé et m'a tendu la main.

— Je m'appelle Adam Steele.

— Alex Dorenfield.

— Alors, qu'est-ce que tu penses de cette file d'attente, Alex ?

J'ai répondu par une grimace comme si, pour moi, poireauter à l'entrée du paradis était un exercice quotidien.

— Tu es morte comment ?

— Renversée par une voiture. Et toi ?

— Crise cardiaque. J'étais à la salle de sport... Je ne savais pas que j'avais une maladie de cœur. La trentaine et une super forme physique... Qui aurait pu deviner qu'une tuile pareille me tomberait dessus ?

— Pas de bol.

— Ouais, toi non plus. Tu es d'où ?

— Los Angeles, et toi ?

— New York.

Nous avons laissé passer quelques secondes. Allait-il m'inviter au restaurant ? Sortait-on avec des mecs au paradis ? Et si oui, où irions-nous ? Existait-il un guide Michelin des sphères célestes ?

— Bon, je ferais mieux de reprendre ma place, a-t-il dit.

Je me suis alors interrogée : n'aurais-je pas dû lui proposer d'attendre en ma compagnie ? Je me suis imaginée demandant à la vieille Mme O'Malley si ça ne la dérangeait pas que ce mec canon grignote quelques places pour que je puisse continuer à flirter avec lui. L'idée m'a paru aussitôt sacrilège.

— J'aurai peut-être la possibilité de te contacter à un moment ou à un autre, a-t-il conclu.

— O.K., ça marche !

A cet instant, je me suis aperçue que les Braunstein me dévisageaient avec ce sourire qui n'appartient qu'aux parents juifs désireux de voir leur fille se dégoter un copain.

— Enfin, à condition qu'il y ait des téléphones ! a-t-il ajouté avec un petit rire.

— Oui !

Sur ce, il a repris sa place, derrière les écoliers allemands et les deux vieux qui jouaient au poker. Je me suis retournée deux fois vers lui et les deux fois, il m'a fait un petit signe de la main. Je lui ai répondu sur le même mode, mais c'est tout. Pourvu qu'il y ait des téléphones, ici !

En fait, au paradis, une queue de dix mille personnes, ça avance assez vite. C'est peut-être à mettre au compte de toutes ces conversations, du champagne et de la drague, mais je vous jure que l'attente n'a duré qu'une vingtaine de minutes. A mon avis, ils doivent avoir planché là-dessus. Ils ont eu le temps pour ça, cela dit : des centaines de siècles et tous les gens qui ont dû se plaindre !

Peaches et moi avons fini par atteindre les portes du paradis à proprement parler, qui sont, soit dit en passant, de véritables portes, et nous avons été accueillies par un ange féminin brun et muni d'une écritoire à pince.

— Bonjour Alex, salut Peaches ! Bienvenue au paradis ! Alors pour vous, l'enregistrement se fera au Bâtiment Bienheureux.

Elle m'a tendu une carte. J'y ai jeté un coup d'œil. Tous les bâtiments portent un nom céleste, ici : Bâtiment Divin, Bâtiment Harmonieux, Bâtiment Idyllique et ainsi de suite. Ça m'a fait rire. Finalement, ils sont très cliché, au paradis.

Me voilà à présent dans une sorte de salle d'attente à l'intérieur du Bâtiment Bienheureux. L'ange m'a précisé qu'on m'y indiquerait l'endroit où je vais habiter. Adam, lui, a été dirigé vers le Bâtiment Utopie. Mme Braunstein a, comme moi, été orientée vers le Bâtiment Bienheureux, mais son mari s'est vu indiquer le Bâtiment Idyllique.

— Je suis bien contente d'être un peu débarrassée de lui, m'avoue-t-elle. Il n'arrête pas de me reprocher de ne pas avoir éteint ce fichu four correctement, mais que voulez-vous que je lui dise ? L'erreur est humaine !

La pièce où nous sommes est charmante avec ses murs

bleu clair et ses confortables canapés en cuir couleur beurre frais. On se croirait dans le club-house d'un country club huppé. Nous sommes environ une vingtaine à attendre. Là encore, un bar à alcools et un buffet sont à notre disposition. Je vais droit au bar à salades, où je me confectionne une assiette de crudités avec vinaigrette à part. Comme je n'ai pas touché aux hors-d'œuvre, tout à l'heure, je me sens autorisée à prendre une salade. Mme Braunstein, elle, fonce sans hésitation vers les coupes de glace.

Au passage, elle me gratifie d'un coup de coude.

— Maintenant que je suis morte, plus besoin de me tracasser pour ma ligne !

— Alex ?

Un ange m'appelle, alors que j'avale la dernière bouchée de ma salade composée.

— Ils sont prêts à vous recevoir.

Je fais la bise à Mme Braunstein et nous nous quittons sur la promesse d'essayer de nous revoir dès que nous serons renseignées sur notre destination finale.

— Je vais me mettre en quête de cet Adam, me déclare-t-elle. Vous formez un couple magnifique, tous les deux.

Sans rire, ce mec m'a fait littéralement craquer. Oh ! Je vous en prie, je vous en prie à genoux, faites qu'il y ait des téléphones au paradis !

J'envoie un dernier baiser à Mme Braunstein en sortant. L'ange et moi nous dirigeons alors vers l'espace commun et… une petite minute ! Non ! Ne me dites pas que… Seraient-ce… ? Mais oui, ce sont bien eux ! Ce sont mes grands-parents !

J'ai l'impression d'être au septième ciel

Mes grands-parents… J'en suis toute tremblante ! Il paraît qu'autrefois (genre il y a de cela des siècles et des siècles), on retrouvait les membres de sa famille devant les portes, mais qu'à force, tous ces gens qui se tombaient dans les bras les uns des autres, dans l'hystérie la plus totale, ont transformé ce moment d'émotion en pogo ingérable. D'où la construction des bâtiments aux noms célestes, sortes de sas qui permettent ces effusions de manière plus organisée.

Bref… Pardonnez mon émotion… Je dois vous paraître un peu confuse, mais revoir ses grands-parents, alors qu'ils sont morts depuis vingt ans, je vous jure que c'est un coup à avoir une attaque (sans jeu de mots) ! D'autant que personne ne m'a prévenue qu'ils seraient là. Et en toute franchise, je n'y avais pas songé moi-même, étant bêtement partie du principe que mes tribulations célestes se dérouleraient en solo.

Revoir ma grand-mère est — et ce sans vouloir froisser mon grand-père ni mon grand-oncle Morris —, l'expérience la plus délirante que j'aie jamais connue. Nous étions si proches, grand-maman et moi ! Elle m'a tellement manqué, après sa mort… Sans mentir, il ne s'est quasiment pas passé un seul jour, depuis sa disparition, sans que je pense à elle, et voilà qu'elle est là ! Avec sa voix nasillarde et haut perchée, son parfum de lilas et sa laque Aqua Net. Je ne peux m'arrêter de l'embrasser. Je ne peux détacher mon regard d'elle. Je la dévore des yeux. Bien sûr, j'avais des photos d'elle dans mon appartement, mais le fait de la voir devant moi, de pouvoir contempler chacune des rides de son visage, sans parler du casque roux et raide de laque qui lui surmonte le crâne, sa fameuse « coiffure en hauteur » comme elle disait à l'employée du salon quand j'étais petite (« Plus en hauteur, la coiffure ! »), c'est une expérience incroyable… Incapable de me maîtriser, je reste un bon moment secouée de larmes et de tremblements.

— Tu m'as tellement manqué !

— Je sais, ma chérie. Mais maintenant, nous voilà de nouveau réunies pour très, *très* longtemps.

— Regarde un peu comme elle a grandi ! s'exclame mon grand-père en m'ouvrant ses bras. C'est une femme, à présent.

— Mais oui ! Mais oui, c'est vrai que j'ai grandi !

Puis un flot de paroles s'échappe de mes lèvres et je leur déballe tout en vrac :

— J'ai dansé au bal du lycée, je suis entrée en fac, je suis partie vivre à Los Angeles et puis, tu sais, grand-maman, j'ai pris bien soin de mes dents ! Tu te souviens que sur ton lit de mort, tu m'as conseillé d'en prendre soin ? Eh bien, je t'ai écoutée ! Tiens, regarde, je n'ai jamais eu une seule carie, je les brosse et je les passe au fil dentaire tous les jours !

J'ouvre grand la bouche pour qu'elle puisse le constater par elle-même, mais mon enthousiasme ne suscite chez elle qu'un étonnement manifeste.

— Qu'est-ce que j'ai bien pu te raconter à propos de tes dents ?

— Sur ton lit de mort, tu sais bien ! C'est même la seule chose que tu m'as demandé de faire.

— Pourquoi diable t'aurais-je demandé de prendre soin de tes dents ?

Elle se met à rire.

— C'est pourtant bien ce que tu m'as dit ! Tu m'as conseillé de prendre bien soin de mes dents, et puis tu es morte.

— Bah, je devais avoir perdu la boule ! commente-t-elle, balayant de cette remarque la seule action concrète qui m'ait aidée à entretenir son souvenir durant toutes ces années. Enfin, à tout prendre, j'imagine qu'il y a pire comme recommandation.

Cette dernière réflexion me hérisse un tantinet le poil, je dois dire.

— Une petite minute ! Et mes rêves, alors ? J'ai très souvent rêvé de vous… Est-ce que c'était vraiment vous qui veniez me voir dans mon sommeil ?

Mes grands-parents me dévisagent avec un air de bienveillance amusée.

— Oui, bien sûr !

Grand-maman, grand-papa et oncle Morris échangent tour à tour un sourire complice. C'est donc bien eux qui venaient me visiter dans mes rêves ! Je brûle de leur demander si moi aussi, je suis désormais en mesure d'accomplir pareille performance, mais avant d'avoir le temps de leur poser la question, je passe des bras de ma grand-mère à ceux d'oncle Morris. Pas grave, ils m'enseigneront le truc plus tard, j'imagine. Parce qu'il faut absolument que je rende visite à mes parents.

Oncle Morris est le frère de ma grand-mère. C'était également son meilleur ami sur Terre, et j'imagine qu'au paradis, il l'est encore. Il ne s'est jamais marié, estimant qu'après le décès de mes arrière-grands-parents, c'était à lui de s'occuper de ses quatre sœurs.

— Je pensais tout le temps à toi, tu sais ? lui dis-je, en le serrant dans mes bras, retrouvant avec délice son odeur de cigare et de pastilles à la menthe Life Savers.

— Bien sûr que je le sais.

Il m'étreint avec tendresse.

— Je me rasais exprès pour toi, Alex. Tu te souviens que,

petite, tu ne voulais pas m'embrasser quand j'avais les joues qui piquaient ?

Je m'en souviens, oui. Je n'ai jamais oublié la façon dont sa barbe drue m'irritait le visage. Et dire qu'il se rasait pour moi !

— Chaque fois que je suçais une pastille à la menthe Life Savers, je pensais à toi, oncle Morris !

Le bonheur de les retrouver me rend presque incohérente, mais quelle importance ? Autour de moi, les retrouvailles de chacun avec ses proches plongent tout le monde dans une euphorie proprement délirante. Mme Braunstein étreint ses parents de toutes ses forces, pousse des cris de joie hystérique, sanglote, puis les étreint encore comme une petite fille de cinq ans qui vient de retrouver son papa et sa maman après s'être perdue dans un parc d'attractions.

Tandis que nous sortons du Bâtiment Bienheureux, mon grand-père glisse son bras autour de mon cou et ma grand-mère rajuste mon pull afin qu'il recouvre mon épaule. J'adore ce geste. Ce qui est merveilleux, c'est d'avoir la chance de la revoir, que ça lui permette d'arranger mon pull à son idée et d'ôter une trace de sauce au caramel sur mon visage à l'aide de son doigt mouillé de salive (bon, d'accord, il se peut que j'aie goûté la coupe de glace de Mme Braunstein). Ce sont toujours les petits détails qui semblent aller de soi qui vous manquent le plus, lorsque les gens qui vous les prodiguaient ont disparu, vous ne trouvez pas ?

Le plus étrange, dans ce passage à l'état de « pur esprit », c'est qu'on a vraiment l'impression de demeurer une personne vivante. Nous ne sommes pas des fantômes. Vous ne pouvez pas passer votre bras à travers l'ombre de quelqu'un, comme dans les films. Mon grand-père est chaud au toucher, vivant. Et en pressant ma tête contre le revers de sa veste, je retrouve l'odeur qui était la sienne dans mes souvenirs — eau de toilette Old Spice et brillantine. La salive de ma grand-mère ressemble à de la vraie salive. Comment se peut-il que nous soyons tous aussi réels, alors que nous sommes morts ? Et pourquoi personne sur Terre n'est-il au fait de ce curieux phénomène ? (On est bien au courant pour les anges et les portes du paradis : d'ailleurs, qui a vendu la mèche ?) Voilà les raisonnements qui m'occupent l'esprit tandis que nous nous entassons dans la vieille Cadillac Coupe DeVille jaune citron de ma grand-mère, avec sa fleur en plastique toute défraîchie qui pendouille au sommet de l'antenne.

— C'est pour la repérer de loin sur les parkings, m'avait-elle expliqué quand j'étais petite.

Je me glisse prestement sur la banquette arrière, à côté d'oncle Morris.

— Comment ça se fait que tu aies gardé cette voiture ?

Grand-maman démarre.

— Mais c'est qu'elle peut encore rouler quelques milliers de kilomètres, ma titine ! Et puis, je l'ai toujours adorée, cette voiture.

C'est vrai. Simplement, ce qui me surprend, c'est qu'elle ne s'en soit pas offert une neuve, depuis le temps.

— Je l'adore, répète-t-elle, en sortant en marche arrière du parking du Bâtiment Bienheureux. Et n'oublie pas, ma chérie, qu'ici, c'est le paradis, on peut avoir tout ce qu'on veut.

Ah bon ? Parce qu'il y a des concessionnaires Porsche, au ciel ?

— Et pour l'argent, comment fait-on ?

— Y en a pas ! claironne oncle Morris. Les choses apparaissent lorsque nous en avons besoin, tout simplement. Dis, on a suffisamment trimé quand on était sur Terre, non ! Au paradis, tes moindres souhaits sont exaucés.

Bizarre, et cependant vrai, je le découvre très vite. Après moult chamailleries de mes grands-parents au sujet de la route à prendre (certaines choses sont immuables), nous nous arrêtons devant une maison. Une maison de type colonial en demi-niveau, devant laquelle court un ruisseau. Et cette maison, je la connais très bien.

— Eh ! Mais… c'est la maison de Len Jacobs !

Len Jacobs est un garçon avec qui j'ai grandi dans les proches environs de Philadelphie. Je n'avais aucun penchant particulier pour lui. Nous n'étions pas amis ; au lycée, il appartenait à une bande de copains complètement différente de la mienne. Il était à fond dans la mouvance punk, et se rasait la tête comme un Indien mohawk. Il portait toujours une veste du surplus de l'armée et de gros godillots en cuir garnis de chaînes qui cliquetaient sur ses talons. Autant dire qu'on l'entendait venir de loin.

Bref, cette maison coloniale en demi-niveau, je la voyais tous les jours sur le trajet du lycée, par les vitres du bus de ramassage scolaire. Je l'adorais, et je me demandais qui pouvait bien y vivre. Pour ma part, j'ai grandi dans un foyer ultramoderne que mes parents tenaient plus que tout à garder nickel chrome — autrement dit, un intérieur tout sauf confortable. Chez nous, il n'y avait pas de coussins moelleux et il fallait toujours ôter ses chaussures pour ne pas rayer le parquet. Aussi, chaque fois que je voyais cette maison, avec le ruisseau qui traversait la pelouse et le petit pont en pierre au milieu de l'allée, je me disais qu'à tous les coups, on devait pouvoir envoyer valser ses chaussures en entrant dans cette maison-là, et que le code vestimentaire des lieux devait être « pyjama et chaussons ».

Et puis, un beau jour, je ne me souviens plus dans quelles circonstances, je me suis retrouvée dans une voiture avec Len Jacobs. Quelqu'un nous ramenait du lycée, ce qui en soi était déjà fort étrange. Je n'arrive pas à me rappeler qui conduisait, ni la raison qui nous avait réunis dans ce véhicule, mais là n'est pas le problème. Le problème, c'est que cette maison s'est révélée être le domicile de Len Jacobs. Imaginez un peu ma surprise, quand j'ai compris que la maison de mes rêves appartenait à cet allumé de punk ! Plus tard, chaque fois que je suis revenue voir mes parents à Philadelphie, je me suis demandé si les Jacobs habitaient toujours là et s'ils avaient conscience de la chance qui était la leur. La façade aurait eu besoin d'un bon coup de peinture et j'avais remarqué qu'au fil du temps, certaines pierres du pont s'étaient détachées. Je me souviens d'en avoir été très attristée. J'aurais voulu pouvoir l'acheter et la retaper afin de lui rendre l'apparence qu'elle avait quand j'étais petite. Je ne pense pas avoir jamais confié à quiconque ma passion de toujours pour cette maison. Pourtant, je ne l'ai jamais oubliée. Et voilà qu'elle se dresse devant moi avec sa façade repeinte, le ruisseau qui court dans sa pelouse et le pont en pierre qui a été reconstruit...

— C'est la maison de Len Jacobs ! répété-je, en me tournant vers ma famille qui me regarde avec perplexité.

— C'est la tienne, à présent. Mazette, ma fille ! Tu avais des rêves de grandeur !

— Comment ça... la mienne ?

— C'était bien celle que tu rêvais d'avoir ?

— Oui mais...

— Eh bien, maintenant, tu l'as, résume grand-maman, prosaïque.

C'est un truc de *malade* !

Ma grand-mère engage la voiture dans l'allée, puis nous descendons tous.

— Attendez, attendez... Vous voulez dire qu'elle est vraiment à moi ?

Je recule d'un pas pour englober la maison du regard.

— Mais oui !

A moi ! La maison de Len Jacobs à moi ! Comment a-t-on fait pour la hisser jusqu'ici ? Comment est-on au courant de mon amour pour elle, au ciel ? Et maintenant, qu'est-ce que je dois faire ? Entrer, tout simplement ?

— C'est chez toi, ma chérie, répète oncle Morris à qui n'échappe visiblement pas l'expression d'incrédulité qui demeure peinte sur mon visage.

— Est-ce qu'il me faut des clés ? Il y a un système d'alarme ?

— Penses-tu vraiment que quelqu'un veuille cambrioler ta maison, ici, au paradis ? demande ma grand-mère comme si ma question était d'une sottise achevée.

Nous entrons.

Eh… Mais… Qui leur a parlé de ma passion pour le style shabby chic ? Parce que tout est shabby chic, dans *ma* maison ! Canapés somptueux esprit cottage, photos de ma famille encadrées et… oh ! la photo de Pénélope et moi en colonie de vacances, en 1979 ! Trois chambres, toutes meublées de lits *king size* garnis de draps blancs de chez Frette et tout plein de taies d'oreillers en broderie anglaise ! C'est trop beau ! Trop, trop beau ! Les lits sont si hauts et si luxueux que j'ai l'impression d'être la princesse au petit pois. Oh ! là là ! Des écrans géants dans toutes les pièces, diffusant toutes les chaînes de la planète (ou plutôt du ciel) et tous les films qu'on puisse imaginer !

Et j'ai un réfrigérateur Sub-Zero, s'il vous plaît… Un four intégré Wolf, de la vaisselle All-Clad, des cocottes Le Creuset ! Dire que je ne cuisine pas ! Je me demande s'ils organisent des ateliers cuisine, ici. Et est-ce que ce sera à moi de nettoyer ?

— Pas besoin de nettoyer quoi que ce soit ! lance ma grand-mère qui semble lire dans mes pensées. C'est un vrai miracle, tout se nettoie tout seul. C'est bien simple, il n'y a même pas de savon. Pour les lits, c'est pareil. On se lève et le lit est fait. Il n'y a pas non plus de machine à laver ni de sèche-linge, puisque tout se lave tout seul.

— Tiens, regarde ! s'exclame oncle Morris en renversant intentionnellement un verre de vin rouge sur son costume anthracite.

Comme la tache disparaît sous nos yeux, il me confie :

— La première semaine de mon arrivée, je n'ai pas arrêté de le faire. Ça me tuait… enfin, ça m'aurait tué, si mon attaque ne s'en était pas chargée en premier !

Hallucinant !

— Idem pour les cheveux, enchaîne ma grand-mère. Ça, c'est le plus beau de tout ! Tiens, vas-y, mets-toi la tête sous le robinet… Tu vas voir ce qui se passe !

Ce que je fais aussitôt, et où ça, je vous prie ? Vous n'allez pas le croire : dans ma luxueuse baignoire à remous équipée de neuf (neuf !) jets d'où jaillit l'eau la plus douce et la plus agréablement chaude qui puisse exister. Cela dit, j'aurais tout aussi bien pu essayer la douche en marbre avec sa pomme de douche « pluie tropicale » et ses neuf (là aussi) jets de massage encastrés. Le sauna, ce sera pour plus tard.

Enfin, bref… Vous passez la tête sous l'eau et quand vous la retirez, vos cheveux sont déjà secs et coiffés comme si Jacques Dessange en personne vous avait fait un Brushing éclair. Je ne peux m'empêcher de réitérer plusieurs fois l'expérience.

Et maintenant, que je vous révèle le truc le plus incroyable. Mais je m'assois d'abord, parce que vous n'allez pas me croire. Moi-même, j'ai du mal. Ça ne surpasse pas le fait de revoir mes grands-parents ou oncle Morris, c'est clair, mais ça reste plus fou que tous mes fantasmes les plus délirants concernant le paradis. Vous ne serez peut-être pas d'accord avec moi sur ce point, après tout, à chacun ses fantasmes et à chacun son paradis… Dans celui de mon grand-père, par exemple, les Phillies de Philadelphie jouent des matchs vingt-quatre heures sur vingt-quatre, sept jours sur sept. Dans son paradis à elle, ma grand-mère conduit sa vieille Cadillac Coupe DeVille et arbore une coiffure qui culmine à trente centimètres au-dessus de sa tête. Oncle Morris, lui, fume des cigares cubains. Et moi ? Eh bien, justement ! Si *ça*, ce n'est pas le paradis, alors je ne sais pas ce que c'est.

Bon, tenez-vous bien…

L'une de mes chambres est un dressing ! Et pas n'importe quel dressing ! Marc Jacobs, Valentino, Oscar de la Renta : ils sont tous là ! Theory, Diane von Fürstenberg, Ella Moss, Rebecca Taylor, Rogan, Vince, la ligne Cheap and Chic de Moschino, Chip & Pepper, Citizens of Humanity, James, des jeans Joe's et True Religion... Et tout, *absolument tout*, me va parfaitement !

Laissez-moi reprendre mon souffle avant de vous parler des chaussures.

Vous êtes assis ? Alors, allons-y.

Christian Louboutin, Yves Saint-Laurent, Chloé, Manolo, Antik Batik, Robert Clergerie, toutes de ma pointure, bien sûr, et pas une seule paire qui me serre ! Je le sais parce que, toutes affaires cessantes, je les essaie.

Et les sacs ! Marc Jacobs, Mulberry, ohhh et Lanvin, l'emblématique sac seau de Louis Vuitton, Henry Cuir... Salut, mon beau !

Tous ces trésors pour *moi*, dans *ma* maison, *mon* dressing ! Protégés par des portes miroirs. D'ailleurs, si vous voulez bien m'excuser deux minutes... Il me semble que j'aperçois là-bas la robe de princesse en satin rouge Vera Wang que portait Oprah à son bal des Légendes. Il faut absolument que je l'essaie !

Alors là, *là*, c'est vraiment le paradis...

Je me déshabille pour enfiler la robe et ce faisant, j'aperçois brièvement mon reflet dans le miroir. Qu'est-ce que... ?

— Grand-maman ? Où sont passées ma cellulite et mes vergetures ? Et mes cinq kilos en trop, ils sont où ?

— Combien de fois faudra-t-il que je te le dise, Alex ! On est au paradis ! Il n'y a pas de cellulite, de vergetures, d'acné, de boutons, de peau grasse, de mains crevassées, de durillons, de grains de beauté disgracieux, rien ! Tu es morte, tu es un esprit !

Là, je tombe dans les pommes.

Lorsque je reprends connaissance, grand-maman se tient au-dessus de moi.

— Le moment me paraît bien choisi pour t'informer que tu peux également manger tout ce que tu veux sans prendre un gramme.

C'est sérieux ?

Je cours ouvrir mon réfrigérateur Sub-Zero et entreprends d'avaler tout ce qu'il contient. Du moelleux au chocolat (fameux…), de la crème glacée Graeter's de l'Ohio, des glaces à l'eau et des cheesesteaks de chez Pat, à Philadelphie, des bagels pizza de chez John, à New York, de la salade chinoise au poulet de chez Chin Chin, à Los Angeles, des frites de chez McDonald's !

Ma petite collation terminée, nous sortons sur la terrasse, ombragée par un auvent noir et blanc de toute beauté, dont les bords se soulèvent sous l'effet de la brise légère qui souffle à température idéale — vingt-quatre degrés. Je décide sur-le-champ de mettre mes perles Cathy Waterman. Des perles s'imposent, me semble-t-il, pour se prélasser sur une terrasse agrémentée d'un auvent à rayures noires et blanches et de somptueux fauteuils et banquettes inclinables en osier.

Nantis d'une bouteille de champagne Krug cuvée millésimée 1990 importée de France et d'un saladier de fraises à la saveur exquise qui se sont tout bonnement matérialisées dans mon frigo, nous nous installons dehors. Mon grand-père écoute un match des Phillies dans son casque, oncle Morris savoure tranquillement son champagne à petites gorgées entre deux bouffées de Cohiba, et ma grand-mère m'entretient de ses amis, qui sont également montés ici après leur mort.

— Figure-toi que Henny Friedberg ne veut plus rien avoir à faire avec Mort, son mari. Elle fréquente à présent un gentleman anglais du XVIe siècle, un homme charmant.

Tandis qu'elle bavarde, j'aperçois quelqu'un dans la maison voisine, une construction à deux étages, typique de l'architecture de Cape Cod. Un homme ouvre la porte de derrière. Serait-ce… ?

— Adam !

Grand-maman s'interrompt pour regarder en direction de la maison. Adam se tourne vers nous, toujours vêtu de sa tenue de sport.

— Salut ! me lance-t-il, en approchant à grands pas de la palissade blanche qui sépare nos pelouses.

Je pince les pans de ma robe de princesse en satin rouge et je cours vers lui — du moins, j'essaie, vu que la robe Vera Wang, les perles Cathy Waterman et les escarpins Manolo ne sont pas faits pour courir, même au paradis.

— Tu habites ici ?

— Oui, c'est dingue, non ? Cette maison, je passais devant quand j'étais petit, dans les Hamptons.

Je pointe le doigt vers ma maison de style colonial.

— Et ça, c'est l'ancienne maison de Len Jacobs !

— Len Jacobs ?

— Oh ! Un garçon avec qui j'étais au lycée, aucun intérêt ! réponds-je avec désinvolture.

Il parcourt ma tenue du regard.

— Je vois que tu t'es fait belle pour l'occasion…

Là, c'est la honte.

— C'est ta famille ? ajoute-t-il.

Je fais volte-face : plantés juste derrière moi, mes grands-parents et mon grand-oncle affichent ce sourire qui n'appartient qu'aux grands-parents et grands-oncles juifs qui voient leur petite-fille/petite-nièce de vingt-cinq ans (oui, bon, vingt-neuf) sur le point de se dégoter un copain. (Au cas où vous vous interrogeriez sur la présence de grands-parents juifs au paradis, alors que, de toute éternité, les rabbins n'ont jamais évoqué un tel lieu, je vous répondrais que lorsqu'on se retrouve nez à nez avec ses chers disparus, on n'a pas le cœur à ergoter sur le pourquoi du comment de leur présence au ciel. Je me contenterais de vous citer les paroles de ma grand-mère : « N'oublie pas, ma chérie, qu'ici, c'est le paradis, on peut avoir tout ce qu'on veut. »)

— Oui, dis-je, un peu humiliée, en les lui présentant. Et voici Adam. Il était dans la file d'attente avec moi, tout à l'heure.

— Un jeune homme tout à fait sympathique, décrète

ma grand-mère en passant effrontément les doigts dans ses mèches blond foncé. Et regardez-moi cette masse de cheveux, c'est impressionnant !

— Merci, répond Adam en lui souriant obligeamment, mais je vois bien qu'il se sent ridicule.

Il se tourne vers moi.

— Bon, écoute… J'ai des grands-parents, des tantes et des oncles qui doivent passer sous peu. Mais après, on pourrait aller visiter le quartier, toi et moi.

— Génial, ça roule ! acquiescé-je avec un tout petit peu trop d'enthousiasme peut-être.

— Cool ! Je viendrai te chercher tout à l'heure, alors.

— Elle n'est pas là depuis une journée qu'elle s'est déjà trouvé un petit ami, commente ma grand-mère. C'est le paradis ou quoi ?

Oui, là, pour le coup, c'est vraiment le paradis.

Tout ça, et le paradis en prime !

Me voilà seule pour la première fois depuis mon arrivée. Demain, mes grands-parents donneront une grande fête en mon honneur, mais pour l'instant, ils me laissent prendre mes marques. Cette fête me permettra de faire la connaissance de mes arrière-grands-parents, de mes arrière-arrière-grands-parents, ainsi que de tous les autres membres de ma famille. Pour l'occasion, je pense mettre mon pantalon à pont Michael Kors et ma divine tunique en coton noir Norma Kamali, dont la large encolure me dénude joliment les épaules. Mes espadrilles Louboutin à talons compensés de treize centimètres compléteront l'ensemble à merveille.

Peaches est dans le jardin ; elle s'amuse avec ses milliers de jouets. Et moi qui croyais la gâter sur Terre ! Elle dispose de tous les os à mâcher possibles et imaginables. Il y a une heure, je suis sortie voir ce qu'elle fabriquait : elle jouait à aller chercher des balles lancées automatiquement sur ma pelouse dès qu'elle lâche celle qu'elle tient dans la gueule. D'autres chiens s'étaient joints à elle et tous couraient après les balles. Le paradis des toutous, quoi.

Le truc amusant, c'est qu'ici, Peaches obéit à tous mes ordres, chose qu'elle n'a jamais faite sur Terre. Je lui dis de s'asseoir et elle s'assied. Je lui dis de faire une roulade et elle fait une roulade. En revanche, quand je lui dis de faire la morte, elle reste plantée sans bouger, comme si le sens de cette expression lui échappait. Je comprends, cela dit.

Je l'ai laissée à ses jeux, et suis en train de m'empiffrer de glace chocolat menthe 31 Flavors (zéro calorie !), allongée sur mon lit *king size* aux draps Frette ultradoux. Adam sera là dans vingt minutes, mais je n'ai strictement rien à préparer pour le repas.

Il m'a dit qu'il aimait le rôti en cocotte et quand j'ai regardé dans le four, qu'est-ce que j'ai vu ? Un rôti en cocotte en train de dorer ! Je me garde bien d'y toucher. Je suppose qu'il sera cuit au moment voulu puisque, de toute façon, j'ignore comment il est arrivé là, et quand. Pas besoin de me pomponner, pas besoin de me coiffer. Tout ce que j'ai à faire, c'est paresser sur mon lit en méditant sur cet état époustouflant qu'est la mort.

La seule chose qui me tracasse, c'est le désespoir que doivent éprouver mes parents. On a beau me dire que je ne peux rien pour eux, je me fais du souci, c'est plus fort que moi. Si seulement je pouvais leur raconter comment ça se passe, ici ! Comprenez-moi bien, je ne souhaite pas leur mort, j'aimerais juste leur faire savoir d'une manière ou d'une autre que je suis au paradis et heureuse. Il faudra que je demande à ma grand-mère comment elle s'y prenait pour me rendre visite en rêve, histoire de faire au moins un petit coucou à mes parents dans leur sommeil.

Pénélope aussi doit avoir du chagrin. Je parie qu'elle a déjà mis sur pied une espèce d'association caritative, ça lui ressemblerait bien. Elle organisera sûrement un gala de bienfaisance en ma mémoire, genre « Protégeons nos concitoyens des chauffards en Mini Cooper » qui lui permettra à tous les coups de récolter un million de dollars. Elle est divorcée de Melvin (et croyez-moi, il avait vraiment la tête de son prénom, celui-là !) et comme elle n'avait pas signé de contrat de mariage, elle est riche à millions. Toutes ces manifestations de bienfaisance, c'est pour se donner bonne conscience qu'elle les organise, à cause de tout cet argent qu'elle n'a pas eu à gagner à la sueur de son front. C'est Penny tout craché, ça ! Pour ma part, je ne m'y rendais que pour rafler les sacs cadeaux… N'empêche, elle doit être bouleversée par ma mort, ma Penny. Il faudra que j'aille lui rendre visite en rêve, elle aussi, dès que je connaîtrai la technique.

— Ohé, il y a quelqu'un ?

La voix vient d'en bas.

Je me lève d'un bond, planque mon pot de crème glacée et m'époumone :

— Oui ! En haut !

C'est Adam.

Petit coup d'œil satisfait dans le miroir sur mon débardeur camel et sur mon jean Joe's qui me fait des fesses d'enfer.

— Salut, dit-il en entrant dans la chambre.

Lui est en jean et T-shirt gris, mocassins Prada noirs, et ses cheveux arborent un très joli coiffé décoiffé. Décidément, ce type est trop beau.

— C'est génial chez toi ! fait-il, en regardant autour de lui.

— N'est-ce pas ? Mais il va me falloir des semaines avant de m'habituer au fait que c'est « chez moi », comme tu dis.

— Je te comprends, acquiesce-t-il, tandis que nous faisons le tour du propriétaire. Moi, j'ai carrément une salle de cinéma ! Il suffit que je pense à un film pour qu'il soit projeté sur l'écran ou bien que je dise : « Film français, comédie, un truc qui me plaise et que je n'ai jamais vu » et hop ! je me retrouve devant le top du film comique français.

— Mais pourquoi je n'ai pas souhaité avoir ça, moi ?

— Parce que tu as l'air plutôt branchée fringues, répond-il, médusé par mon dressing.

Un peu gênée, je précise :

— Je n'ai rien demandé, tu sais, c'était là quand je suis arrivée.

Mais après tout, pourquoi devrais-je me sentir gênée ? Il a bien un cinéma chez lui.

— C'est le rêve de toutes les filles que tu as là.

— Oui et j'en suis enchantée…

Il examine mon placard à chaussures et se retourne.

— Notre rencontre et le fait que nous soyons voisins, j'espère que ça aussi, c'était voulu au programme.

— Espérons, oui.

— Je ne décolère pas d'être mort aussi jeune, me confie-t-il, alors que je lui sers une tranche de rôti dans ma vaisselle « Galet pointillé » de Kate Spade.

— Bof, moi, je commence à me faire une raison… Faut dire qu'ici, ils font tout pour faciliter l'adaptation, dis-je en piquant dans une pomme de terre à l'ail (croustillante à l'extérieur et fondante à l'intérieur, exactement comme j'aime).

— Eh bien, moi, je continue à penser à toutes les choses que j'ai loupées. Je ne me suis jamais marié, je n'ai pas eu d'enfants… J'étais sur le point de quitter la banque d'affaires où je travaillais pour m'établir à mon compte. C'était un projet qui me tenait tellement à cœur ! J'aurais pu prendre ma retraite dans cinq ans. Pourquoi est-ce que j'étais aussi obsédé par l'argent ? Enfin, au moins, mon neveu et ma nièce auront de quoi financer leurs études… N'empêche, tout ça pour ça ?

— Tout ça pour ça, oui. C'était la vie et nous ne connaissions rien d'autre. Tu vois, personnellement, j'ai l'intention de profiter au maximum de ma nouvelle situation. Je ne sais pas pourquoi, mais ça me va très bien, finalement, d'avoir été renversée par une Mini Cooper. Je suis satisfaite de mon sort. Un peu contrariée d'être morte si jeune, d'accord… J'avais des projets, moi aussi, mais tout ça, c'est du passé… C'est la vie, si on peut dire ! Et puis, si je compare mon existence sur Terre à tous les avantages que j'ai ici, cette maison, ce dressing, le fait de revoir mes grands-parents, de ne plus aller bosser tous les jours, de ne plus me tuer au boulot et de ne plus m'angoisser pour mon avenir, j'ai presque envie de dire que j'ai gagné au change.

— Tu n'as pas de regrets ?

Je réfléchis une minute.

— Si, bien sûr, que j'en ai. Entre autres, ça faisait des années que j'étais en froid avec mon père. Je regrette de ne pas avoir mis les choses à plat avec lui. On était plus ou moins sur le point de se réconcilier, quand j'ai eu cet accident. J'ai l'impression de n'avoir rien accompli dont il ait pu être fier. Alors c'est clair qu'aujourd'hui, je regrette de ne pas avoir été à la hauteur de ses espérances, mais qu'est-ce que j'y peux, maintenant ? Passer mes journées à ruminer ne résoudra rien, dis-je avec désinvolture, alors qu'en réalité, cette pensée me rend malade.

— En résumé, tu as accepté ton sort ?

J'opte pour le mensonge :

— Oui. Tout à fait.

— Tandis que moi, je me sens frustré. J'avais encore plein de choses à accomplir.

Il boit une gorgée de vin avant d'ajouter :

— Oui, plein.

J'aurais encore quelques arguments de poids à lui servir, mais franchement, je ne me sens pas d'humeur à entrer dans un débat sur la vie et la mort. Oui, bien sûr, moi aussi j'avais des projets… Mais entre nous, compte tenu de tous les avantages que j'ai maintenant, j'aurais tendance à dire — et là, je vous parle en toute sincérité — : « Surmonte le choc parce que la vie, ça n'était pas de tout repos ! » Ici, on pense « rôti en cocotte » et hop ! il y en a un en train de cuire au four. Du coup, personnellement, je ne vois pas où est le problème.

— Le plus étrange dans l'histoire, reprend Adam, c'est ce sentiment de sérénité absolue, comme si tout ça n'avait plus aucune espèce d'importance, alors que je continue de m'inquiéter pour mes parents qui doivent être anéantis de chagrin.

— Moi aussi, je m'inquiète ! C'est même un véritable crève-cœur.

— Tu l'as dit. Il me semble que je devrais essayer de soulager leur peine, mais comment ?

— J'y ai bien réfléchi. Dès demain, je poserai la question à ma grand-mère.

— Tu me tiendras au courant, d'accord ? D'un autre côté, je ne peux pas décemment me plaindre. Chez moi, j'ai une salle tout entière consacrée aux jeux vidéo. Sauf que le seul truc qui me dit en ce moment, c'est Pac-Man.

— Pac-Man ? J'étais imbattable à ce jeu, la meilleure joueuse de tous les temps.

— Ça, ça m'étonnerait ! J'ai détenu le record de points à la Frank's Pizza de Greenwich six mois d'affilée.

— Hum, excuse-moi, Adam, mais c'est que tu n'as pas vu le Pac-Man du Lenny's Hotdogs de Margate, dans le New Jersey. Eté 1982… Ça ne te dit vraiment rien ? Si mes souvenirs sont bons, les cinq premiers scores affichaient tous les mêmes initiales : AJD. Autrement dit : bibi !

— Méfie-toi, Alex, je te mets au défi !

— Chiche !

D'un bond nous sommes debout et nous filons chez lui. Quatre parties et trois rounds de bonus plus tard, nous sommes à égalité : 200.008 à 200.008.

— Ça doit être à cause de cet endroit ! suggère Adam.

J'acquiesce en riant et il m'enlace.

— Alex, je ne sais pas comment tu vas le prendre, mais ça ne fait rien, je te le dis quand même. Voilà : je suis super content que tu sois morte en même temps que moi.

Je le regarde droit dans les yeux et je réponds :

— Je prends ça comme un immense compliment, Adam.

— A toute chose, malheur est bon…, murmure-t-il en se penchant vers moi.

Ma première nuit au paradis se passe dans une maison style Hamptons, dans les bras d'un banquier d'affaires hyper sexy.

Le lendemain matin, je surprends mon reflet dans le miroir alors que je tente de sortir de la chambre en catimini. Pas de traînées de maquillage sur la figure, la coiffure toujours impeccable…

Je regagne le lit.

Adam se retourne et me prend dans ses bras. Il a l'haleine fraîche.

Fini de rire

Je le savais ! Je-le-sa-vais !

Tout ça, c'était trop beau pour être vrai. Je le savais, vous dis-je ! Rien n'est jamais gratuit dans la vie, et dans la mort non plus.

Je retourne chez moi, après la plus belle partie de jambes en l'air de mon existence, et là, je découvre un ange féminin assis à la table de la cuisine.

— Bonjour, dis-je. Vous venez pour le ménage ? Je n'ai pas dormi ici cette nuit, mais il y a de la vaisselle sale sur la table de la salle à manger et je crois avoir laissé un pot de crème glacée 31 Flavors dans ma chambre.

Qu'est-ce que j'en sais, moi ? Vous en auriez pensé quoi, vous, si vous aviez trouvé un ange dans votre cuisine ?

— Non, Alex, répond-elle avec un petit sourire en coin. Je ne viens pas pour le ménage.

Cet ange-là paraît avoir la soixantaine ; sa coloration est ratée et ses ailes manquent de lustre. Elle se lève pour aller poser sa tasse à café dans mon évier.

— Je suis Deborah, ton ange gardien. Mais peut-être te souviens-tu de moi ? Mon visage ne te dit rien ?

Je réfléchis. Maintenant qu'on en parle, elle me rappelle vaguement quelqu'un, en effet…

— Vous n'étiez pas à la patinoire Radnor Rolls, le jour où je me suis cassé le poignet en roller, en sixième ?

— Si. Je jouais le rôle de la directrice de la patinoire. Tu te serais aussi cassé le bras, si je ne t'avais pas rattrapée.

— Eh, mais… c'était vous aussi, l'autre nuit ! La nuit où je suis morte ! J'avais sacrément picolé et un taxi s'est arrêté pile devant le Jones Bar. Vous conduisiez…

— Oui, là encore, c'était moi.

— Vous étiez brune.

— Je suis parfois brune, parfois rousse. Je change de teinte au gré de mon humeur.

— Je comprends, dis-je, en me servant un café. Merci d'avoir veillé sur moi. Vous m'avez empêchée de prendre le volant, c'est bien… Cela dit, deux heures plus tard, vous avez réagi avec un tout petit temps de retard, pour la Mini Cooper…

Je me mets à rire, mais elle, elle reste de marbre.

— J'allais me faire des gaufres. J'adore ce concept de manger sans prendre un gramme ! Ça vous plairait de vous joindre à moi ?

— Hum… ma foi, volontiers, je ne dis jamais non à une gaufre.

Elle marque une courte pause avant de reprendre :

— Mais si je suis là, en fait, c'est pour discuter de certaines choses avec toi.

Occupée à chercher le bacon dans mon réfrigérateur Sub-Zero, je ne l'écoute que d'une oreille.

— C'est vraiment gentil d'être passée me voir !

Je sors ensuite le gaufrier qui contient déjà des gaufres ultra-moelleuses et légères, dorées à souhait.

Je nous les sers avec des myrtilles et du sirop d'érable dans mes assiettes « Lune de miel » MacKenzie-Childs à fleurs bleues et liseré d'or.

Tout à coup, une idée me traverse l'esprit et je me lève d'un bond.

— Il nous faut des cocktails mimosa, avec ça !

— Alex… tu veux bien t'asseoir une minute ?

J'obéis. Je pensais qu'elle était venue me souhaiter la bienvenue au paradis, rien de plus, et m'expliquer au passage certaines choses que j'ignorais encore. Mais peut-être va-t-elle m'apprendre à rendre visite à mes parents en rêve, afin que je puisse les rassurer sur mon sort et leur faire part de ma rencontre avec un conseiller financier super sexy. Ils seront tellement contents pour moi !

— Alex, avant tout, je tiens à te féliciter pour la vie merveilleuse que tu as menée sur Terre. Certes, elle a été brève et je puis t'affirmer que cette donnée a été dûment prise en compte dans notre évaluation, toutefois… je dois t'avouer que certaines choses nous préoccupent.

A cet instant, je comprends que la fête est finie.

— Bien sûr, tu n'as jamais rien volé, à part ce gloss parfumé Bonne Bell, quand tu étais en cinquième. Mais ici, nous excusons ce genre de menus larcins, poursuit-elle, en me prenant la main. Tu n'as jamais commis de meurtres ou de délits punis par la loi. Tu n'as jamais infligé de souffrances à un autre être humain de manière volontaire. De ce point de vue-là, tu as été quelqu'un de tout à fait bien.

— Merci. C'est la vérité, ce que vous dites là. Bon, il se peut que j'aie fait quelques chèques en bois, mais ça arrive à tout le monde…

La nervosité commence à me gagner. Où veut-elle en venir, au juste ?

Sans me lâcher la main, elle enchaîne :

— Alex, le lieu où tu te trouves aujourd'hui constitue le niveau le plus élevé du paradis. « Le Septième Ciel », tu connais l'expression, n'est-ce pas ?

Si je la connais !

— Evidemment, acquiescé-je, toujours aussi larguée.

— Eh bien, ce septième niveau est réservé aux personnes qui, selon nos critères, ont accompli une œuvre exemplaire sur Terre. Certaines ont traversé de terribles épreuves, d'autres ont connu la pauvreté, d'autres encore ont surmonté des événements tragiques.

— Bien sûr, je comprends...

— La plupart d'entre elles ont mené une vie tout à fait normale, mais séjournent au septième niveau parce qu'elles ont affronté les vicissitudes de l'existence avec courage et la tête haute. Prends tes grands-parents, par exemple. Parti de rien, ton grand-père a réussi à créer son propre cabinet comptable. Il a subvenu aux besoins de sa femme et de sa fille. De son côté, ta grand-mère a inculqué à ta mère des principes d'éducation qui ont fait d'elle une femme forte. Ton grand-oncle Morris, lui, a renoncé à fonder un foyer afin de pouvoir s'occuper de ses sœurs. Ces vies-là sont des vies exemplaires, des vies tournées vers les autres.

— Oui, absolument, ils ont tous été formidables, opiné-je, m'efforçant de deviner les intentions qui se cachent derrière ce discours. D'ailleurs, j'aurais moi aussi accompli ce genre de choses si, comme vous ne l'ignorez pas, je n'étais pas morte aussi jeune.

— Et c'est pourquoi nous t'accordons un répit.

Je pousse un énorme soupir de soulagement, tout en piochant une gaufre dans mon assiette.

— Ouf ! Pendant un moment, j'ai cru que vous alliez m'expédier en enfer ou je ne sais où ! Dites, vous pourriez me passer le bacon ?

— Mais noooon..., se récrie-t-elle, en me tendant le plat. Jamais on ne t'aurait envoyée en enfer, voyons... Cela dit, il y a quelques petites choses que nous avons du mal à cerner. Certaines de tes actions sur Terre nous causent du souci.

— Pourquoi ? Qu'est-ce que j'ai fait ?

Je suis un peu vexée — ça peut se comprendre, non ?

— En réalité, ce n'est pas ce que tu as fait qui nous pose problème, mais ce que tu n'as *pas* fait. Comme je te l'ai dit, j'ai veillé sur toi durant toute ta vie et je sais pertinemment que tu as mené une existence honorable. Mais ce que nous, vos anges gardiens, sommes incapables de comprendre, ce sont les raisons qui ont motivé vos choix. En conséquence de quoi, nous aimons bien faire passer un examen d'entrée à certaines personnes.

J'en lâche ma fourchette.

— Un examen d'entrée ? Quoi, il y a des tests à passer ?

— Rien de bien méchant, m'affirme-t-elle, en reprenant ma main. Du reste, le pire qui puisse t'arriver, c'est de redescendre d'un ou deux niveaux.

— D'un ou deux niveaux ?

— Ma foi, nous avions pensé te mettre au quatrième...

— Attendez, vous me dites un ou deux niveaux et maintenant vous m'en faites dégringoler trois ! J'ai été si mauvaise que ça ?

— Le quatrième niveau, ça reste le paradis, Alex. Il n'y a pas que ce paradis-ci.

Pour la première fois depuis mon arrivée dans *ce* paradis-ci, j'ai l'appétit coupé.

— Mais je continuerai à voir tout le monde ?

— Bien entendu ! Tu pourras voir ta famille, tes grands-parents... Toutefois, je crains fort qu'Adam ne fasse plus partie du tableau. Tu continueras à fréquenter des hommes, même s'il est un peu plus difficile de trouver l'âme sœur aux autres niveaux, m'a-t-on dit.

— Et si nous tombons amoureux, Adam et moi ? Il n'existe pas une sorte de statut de résident ? Une carte de séjour qui me permettrait de rester au Septième Ciel avec lui ?

— Ha, ha, très drôle ! Mais non. J'ai peur que ça ne soit pas possible.

— Mais je garderai la maison ?

— Eh bien, tu auras une maison... Sauf que ça ne sera pas celle-ci. Tu habiteras un appartement dans un immeuble avec portier. Tu auras accès à une salle de sport, mais il n'y aura pas de piscine. Par contre, la piscine municipale est tout à fait agréable, me suis-je laissé dire.

— Une piscine municipale ? Mais c'est dégoûtant ! Et ma garde-robe ?

— Tu auras toujours de quoi te vêtir, évidemment. Mais pas de chambre reconvertie en dressing. Tu auras une penderie classique. Les plus beaux vêtements sont réservés aux résidents du Septième Ciel. Ce ne seront donc pas les modèles de cette année, mais ceux de l'année dernière. Cela dit, toutes les tenues continueront de t'aller et j'ajoute que leur coupe demeurera d'une qualité tout à fait acceptable.

— Et les chaussures ?

— Là encore, ce seront les modèles de l'année dernière. Ah, et puis il se peut qu'elles te serrent un peu…

— Je pourrai quand même continuer à manger tout ce que je veux ?

— C'est-à-dire que… oui, tu pourras manger tout ce que tu veux, mais il faudra que tu te fasses la cuisine. La bonne nouvelle, c'est qu'au Quatrième Ciel, tu pourras continuer à manger à ta guise sans te soucier de ton taux de cholestérol ni de ta tension. En revanche, tu devras surveiller ton alimentation, si tu tiens à conserver la ligne.

— Mais le cholestérol, on s'en fiche ! On ne peut pas avoir le choix entre les deux ?

C'est à cet instant que l'anxiété fait définitivement son nid en moi.

— Mes écrans géants ?

— Un seul.

— Toutes les chaînes ?

— Une sélection intéressante.

— Peaches ?

— Elle restera au septième niveau. Tous les chiens vont au Septième Ciel.

Là, c'est trop, je fonds en larmes.

— Je le savais ! C'était trop beau pour être vrai !

— Voyons, Alex, il n'y a pas que du négatif dans ce que je te dis…

Elle me passe un bras autour du cou pour tenter de me consoler, mais moi, je contemple tristement mon brunch à trois mille calories.

— Et puis, rien n'est encore définitif. Tout ce que tu as à faire, c'est réussir l'examen d'entrée et tu pourras rester ici.

Je me prends la tête entre les mains, désespérée.

— Prends la journée pour y réfléchir calmement. Encore une fois, tout n'est pas fini. Penche-toi sur ta vie. Pense aux choix que tu as faits. Réfléchis à la façon dont tu as mené ta barque. Tu es une femme intelligente. Tu sauras bien trouver le moyen de réussir ton examen.

— Il consiste en quoi, cet examen ? Il y a des épreuves de gym ? Je vous préviens, je suis incapable de grimper à la corde ! Et des maths, il y a des maths ? Je suis nulle en maths ! C'est comme l'examen d'entrée à l'université ou quoi ?

Je me mets à suffoquer comme un poisson hors de l'eau, combattant à grand-peine un début de crise de panique.

— Il s'agit d'une simple rédaction, Alex, c'est tout ce qu'on te demande de faire.

J'inspire profondément.

— Une rédaction ? Bon, ça ne devrait pas être trop compliqué, alors. Et le sujet, c'est quoi ?

— Le sujet ? « Racontez les dix plus beaux jours de votre vie. »

— Comment est-ce qu'on peut être noté sur ça ? C'est très subjectif, non ?

— Ce qu'on évalue, c'est ce que ces dix jours nous apprennent sur la façon dont tu aurais mené ta vie, si tu en avais eu la possibilité.

— Mais je n'en sais rien, moi ! Ecoutez, il doit forcément y avoir une erreur quelque part. Il n'y a pas quelqu'un à qui je pourrais m'adresser ? Où sont Marie, Dieu ou je ne sais qui de plus haut placé ? Il doit bien y avoir un directeur, un responsable, je ne sais pas, moi, avec qui je puisse discuter !

— Ecoute, Alex, il faut que j'aille accueillir un nouvel

arrivant, mais je te promets que cet examen n'est pas aussi difficile que tu l'imagines. Et quand bien même tu échouerais, le quatrième, voire le troisième niveau, ce n'est pas non plus le bagne !

— Le troisième niveau ? Parce que maintenant vous me parlez du troisième niveau ? Ça empire de seconde en seconde, votre histoire ! Qu'est-ce qu'on a, là-bas ? Un sac-poubelle rempli de fringues stylées d'il y a trois ans ?

— C'est un fourre-tout, pas un sac-poubelle.

Saisie d'un brusque haut-le-cœur, je me précipite vers l'évier.

— Alex, calme-toi… Tu vas t'en sortir haut la main, je t'assure. Prends cette journée, par exemple ; penche-toi sur ton passé. Ça va aller, tu verras. Pour avoir longtemps veillé sur toi, j'ai toute confiance en toi.

Je tape du pied par terre.

— Mais moi, je veux rester ici !

— Applique-toi à nous faire une bonne rédaction, conclut-elle, en prenant une dernière bouchée de sa gaufre. Je t'ai laissé deux cahiers, en haut, dans ta chambre. Je reviendrai les chercher dans deux semaines.

Sur ces bonnes paroles, Deborah, l'ange à la coloration ratée, sort de ma maison.

Autant vous dire que je ne me donne pas la peine de la raccompagner.

On se fait buter au quatrième niveau, non ?

— Encore une fois, Alex, je te répète que ce n'est rien.

Nous sommes attablés en famille devant le fameux hachis de foies de volaille de ma grand-mère.

— Ce n'est qu'un examen tout bête. Cela dit, au fond, quel besoin as-tu d'une aussi grande maison ?

J'embrasse du regard la demeure de style colonial sur le front de mer, avec ses champs de pâturin et ses écuries remplies de chevaux.

— Mais je n'aurai plus Adam, là-bas ! Je n'aurai plus les dernières fringues à la mode et j'aurai de nouveau de la cellulite !

— Bonté divine, Alexandra ! Si ce sont vraiment là tes priorités, il se pourrait bien en effet que ta place soit à un autre niveau.

Je fonds en larmes.

— Comment est-ce que tu peux me dire des choses comme ça, grand-maman ? Ça te ferait quoi, à toi, si tu ne pouvais plus conduire ta vieille Cadillac jaune citron ? Si tu te retrouvais avec une coiffure toute plate ?

— Eh bien, elle serait plate ! La belle affaire ! Du moment que je vous ai, toi, ton grand-père, Morris, mes parents, mes amis, le reste m'importe peu.

Là, elle marque un point. Indiscutablement. A côté, j'ai

l'air d'une sale gamine gâtée. Mais la différence avec la Terre, dans ce cas ? Quel intérêt d'être au paradis, si on n'y jouit pas de certains avantages ?

Mon grand-père vient mettre son grain de sel.

— Pourquoi tu cries comme ça, Evvie ? Tu vois bien que cette petite est toute tourneboulée. Elle veut le paradis auquel elle a droit.

— Comme si, au paradis, c'était chacun pour soi !

Oncle Morris s'y met aussi.

— Alex, tout ce qu'ils veulent, c'est savoir si tu as l'impression d'avoir eu une vie épanouissante. Ils ne comprennent pas que tu ne te sois pas mariée, par exemple. C'est pour ça qu'ils veulent savoir ce que tu comptais faire de ton existence.

Alors là, c'est foutu ! Qu'est-ce que je comptais faire de mon existence avant que la Mini Cooper m'expédie *ad patres* ? C'est bien le problème, justement : je n'avais pas la moindre idée du sens à donner à ma vie ! Toutes ces soirées entre copines, passées à me lamenter sur mon triste sort… Toutes ces discussions interminables avec mes parents… Leurs inquiétudes à mon sujet… Toutes les fois où je me suis vue telle que j'étais dans le miroir : une fille complètement larguée, tournant vainement en rond dans le petit monde qu'elle s'était créé, comme un hamster dans sa roue. Et voilà que ce cauchemar revient me hanter !

— Tu n'es pas sotte, reprend ma grand-mère. Tu es une jeune femme brillante, même si tu as parfois fait des choix contestables, mais justement ils veulent savoir ce qui t'a poussée à les faire, ces choix. Si tes motivations étaient pures, tout ira bien. Ça voudra dire que tu agissais en pleine conscience. Que tu poursuivais un but dans la vie. Alors, écris-la, cette rédaction, donne-leur ce qu'ils veulent et qu'on en finisse !

Ce que je fais.

Ça me prend la journée pour y réfléchir et voilà le résultat…

LES DIX PLUS BEAUX JOURS DE MA VIE

par

Alexandra Joan Dorenfield

1

Le premier plus beau jour de ma vie a été celui de ma conception. Non que je croie que la vie commence à la conception. Je ne connais pas la réponse à cette question et comme vous le savez peut-être, le sujet donne lieu à pas mal de discussions sur Terre. (Et à ce propos, justement, si vous avez un moment, un de ces quatre, j'aimerais qu'on en discute et que vous me donniez la version officielle.)

Non, si je commence par ma conception, c'est parce que, pour moi, ça a été un jour de chance, et c'est en cela qu'il est pour moi le premier « plus beau jour de ma vie ». Et puis, il me semble que si je commence par là, vous aurez une meilleure vue d'ensemble de mon existence : ce que j'ai fait, pourquoi je l'ai fait, la vie terrestre épanouissante et méritoire que *je n'aurais pas manqué de mener*, si, bien sûr, je n'étais pas morte prématurément.

Car le plus drôle, c'est que je n'aurais jamais dû naître.

On avait annoncé à mes parents qu'ils ne pourraient jamais avoir d'enfants. Lequel des deux avait un problème, je l'ignore, il n'en a jamais été question à la maison, mais si j'avais à parier dessus, je miserais tout sur mon père et je vais vous expliquer pourquoi.

A la fin des années 1960, la fécondation in vitro n'existait pas. Autrement dit, il n'était pas question de bébé éprouvette par-ci, ni de mère porteuse par-là. Si vous ne pouviez pas avoir d'enfants, il n'y avait pas trente-six solutions : vous adoptiez ou vous vous résigniez. Quand je me suis manifestée, mes parents étaient mariés depuis dix ans.

Mon père, Bill Dorenfield, est un homme au caractère bien trempé. Un self-made-man, comme on dit, parti de rien, sans un sou en poche. Mon grand-père paternel était démarcheur. Il vendait de tout, des casseroles jusqu'aux vêtements pour enfants. Mon père disait toujours de lui : « Quand il arrivait à se faire dix cents, il se débrouillait toujours pour que ça n'en fasse que cinq. » Mon grand-père ne buvait pas, ne jouait pas et ne se droguait pas. En revanche, il n'était manifestement pas doué pour gagner de l'argent (tare héréditaire dont j'ai écopé).

Mon père adore travailler (caractère génétique qui, pour le coup, a sauté une génération). Il a toujours travaillé. Issu des quartiers ouest de Philadelphie, où il a grandi dans les années 1930, il partait avant le lever du jour avec mon grand-père pour explorer la Pennsylvanie profonde ou pour traverser le New Jersey jusqu'au littoral et aux champs cultivés. De là, leur itinéraire de travail se confondait avec le trajet de retour à West Philly. En chemin, ils faisaient du porte-à-porte et vendaient tout ce que mon grand-père avait à écouler. On sortait de la Grande Dépression pour s'engager dans la Seconde Guerre mondiale et, comme le soulignait mon père, démarcher les gens avec un gamin, c'était l'assurance d'attendrir quelques « pigeons ». Certaines fois, mon père se faisait passer pour orphelin de mère. Ou bien, sur un signal de son père, il se mettait à tousser comme un pauvre petit malade à qui l'on ne pourrait fournir de médicaments que si le malheureux gogo consentait à acheter une batterie de cuisine ou une robe à froufrous — et ce, même si le gogo en question n'avait pas de fille. C'est aussi à cette époque que mon grand-père a donné à mon père le meilleur conseil qu'on puisse donner à quelqu'un : « Ce n'est pas en vendant cette camelote qu'on va s'enrichir. Dès que tu auras l'âge, commence plutôt à acheter de la terre. »

Je sais, ça fait très *Raisins de la colère*. Pourtant, je crois pouvoir dire sans risque d'erreur que ni mon grand-père ni mon père n'ont jamais lu ce roman. Comme quoi, mon grand-père avait beau être un vendeur à la noix qui n'ouvrait jamais un bouquin, il n'en demeurait pas moins un homme intelligent.

L'autre leçon que mon père a reçue de mon grand-père concernait la façon de procéder. Quel que soit ce que l'on a à vendre, « Ah, ça ne vous intéresse pas ? Bon… eh bien, bonne journée, alors ! » ne constitue en aucun cas une stratégie commerciale. Au contraire, plus on harcèle le client, plus les chances de lui fourguer quelque chose augmentent. A bout de nerfs, les gens finissent par acheter quelque chose pour se débarrasser du démarcheur importun. Très jeune, mon père a excellé dans cet exercice, c'est pourquoi mon grand-père le surnommait son porte-bonheur, même si, d'après mon père, la chance n'avait rien à voir là-dedans. Il ne s'agissait que de persévérance pure et simple. Le démarchage avec mon grand-père s'est poursuivi ainsi durant des années ; en parallèle, mon père continuait d'accumuler les bonnes notes à l'école. Il n'avait pas vraiment d'amis, du moins aucun dont j'aie jamais entendu parler. Les amis, il en a eu plus tard, et de manière proportionnelle à l'augmentation de ses revenus. Mon père n'a jamais eu de goût pour le sport, mais c'était un jeune homme déterminé qui refusait que quoi que ce soit se mette en travers de son chemin quand il s'agissait de gagner un dollar.

Voilà pourquoi je pense que c'est lui qui ne pouvait engendrer. Il a toujours été incapable de reconnaître ses faiblesses et ses échecs, donc le problème *ne pouvait pas* venir de lui. Et s'il ne pouvait pas venir de lui, il venait forcément de ma mère. Maman, elle, est très ouverte sur ce genre de choses. En même temps, peut-on parler de faiblesse ou d'échec quand il s'agit d'un stupide dysfonctionnement mécanique ? A propos, pourquoi est-on enclin à considérer que c'est moins infamant quand c'est la femme qui ne peut pas avoir d'enfants ? Voilà bien une chose qui m'a toujours échappé. La virilité d'un homme se mesurerait-elle à la mobilité de ses spermatozoïdes ?

Mais passons… Après le lycée, mon père s'est inscrit à l'université de Pennsylvanie, puis il a intégré une école de commerce à Wharton. Au bout du compte, il est devenu l'un des promoteurs immobiliers les plus prospères des Etats-Unis, sinon du monde. Cependant, sa force de caractère et sa détermination ne l'ont pas empêché d'avoir un point faible dans la vie (je veux dire, autre que la flemmardise de ses spermatozoïdes).

Achille avait son talon. Superman sa kryptonite. Moi, le troisième étage du Barneys de New York. Le point faible de mon père, c'était ma mère.

Maxine Elaine Firestein, de neuf ans sa cadette, était née au sein d'une famille de la classe moyenne, dans le quartier Wynnefield de Philadelphie. Mon grand-père maternel avait fait des études qui lui avaient permis de devenir comptable. La famille ne roulait pas sur l'or, mais grâce à des revenus suffisamment confortables, les Firestein possédaient une maison indépendante, une voiture et des pulls en cachemire qui faisaient fureur dans les années 1950, tandis que mon père, lui, avait grandi dans un appartement qui n'offrait qu'une seule chambre pour ses parents, ses deux sœurs et lui.

Maxine était la fille unique d'Evelyn et Harry Firestein et, à en croire mon père et d'autres, c'était la plus belle fille du pays à des kilomètres, des kilomètres et des kilomètres à la ronde.

« Maxine était la Grace Kelly du quartier », m'a dit plusieurs fois Sally LaFair, l'amie de ma mère. De fait, c'était vrai et ça le demeure encore aujourd'hui.

Vous comprendrez donc aisément pourquoi ça m'a toujours tant contrariée de tenir davantage de mon père, question physique. Ma mère a ce teint de porcelaine et ces pommettes que rien n'altère. Ma peau à moi peut prendre une jolie couleur hâlée, mais quand on a une mère au teint lumineux, on déteste que son propre épiderme puisse bronzer. Des pommettes, j'ai bien essayé de m'en trouver, mais tout ce que je sens sous mes doigts, c'est une ossature sans relief.

Ma mère a des cheveux brillants, sans la moindre fourche ni l'ombre d'une racine apparente, même si, à présent, elle se teint en blonde. Moi, des fourches, je n'ai que ça et pas un seul cheveu intact en vue. Quant à mes racines, elles se mettent à réapparaître sitôt réglée la note du coiffeur.

A l'époque, ma mère pouvait manger tout ce qu'elle voulait sans jamais prendre un gramme. Moi, sur Terre, il me suffisait de regarder une coupe glacée nappée de chocolat chaud pour prendre trois kilos. A soixante-trois ans, elle conserve une silhouette impeccable. Moi, à quatorze ans déjà, je ne sortais jamais de chez moi sans une gaine amincissante.

Ma mère était la fille la plus populaire du lycée Overbrook. Moi, à la Friends School, je n'avais pas particulièrement la cote : Dana Stanbury était la fille la plus populaire.

Ma mère ne ramenait que des bonnes notes de l'école. Moi, j'étais tout juste passable.

Le jour de son entrée à l'université de Pennsylvanie, on lui a pratiquement déroulé le tapis rouge. Moi, je m'y suis introduite par la petite porte, et encore parce que quelqu'un l'avait laissée ouverte.

Ma mère a un cœur d'or. Elle recueille les chiens perdus sans collier. Moi, je me suis acheté Peaches pour la coquette somme de huit cents dollars.

Tout ça pour dire qu'en ce temps-là, tout Philadelphie savait que Maxine Elaine Firestein était *la* fille à séduire, avec sa silhouette divine, ses tenues divines et sa personnalité divinement pétillante. Mon père en a pris bonne note.

D'après ma mère, la première fois qu'elle l'a vu, c'était chez Bonwit Teller, dans Chestnut Street. Elle faisait des emplettes avec ma grand-mère au rayon des foulards du premier étage, quand il s'est approché d'elles. Ce que ma mère ignorait (mais qu'elle apprendrait par la suite), c'était que mon père l'avait déjà repérée depuis des mois.

Un jour, au Latin Casino (un night-club que tous deux fréquentaient à l'époque), alors qu'il buvait seul au bar, il était tombé en arrêt devant elle. A l'en croire, il n'avait jamais vu femme plus belle qu'elle avec ses boucles blondes et son fourreau noir qui moulait son corps de façon suggestive. Elle était le point de mire de tout le club.

Papa était déjà une sorte de minimagnat de l'immobilier, achetant de petites propriétés par-ci par-là, quand il l'avait abordée, chez Bonwit Teller. Il n'était pas richissime, mais en prenait le chemin. En fait, il venait d'installer ses parents et ses sœurs dans un appartement plus grand, à deux chambres.

Malheureusement, mes grands-parents paternels sont morts avant ma naissance, je ne les ai donc jamais connus. (Hé, mais… une minute ! Je ne suis pas censée les retrouver ici ? Comment ça se fait que je ne les ai pas encore vus ?)

Bref, c'est ainsi que mes parents se sont rencontrés. C'est de loin mon histoire préférée. J'ai bien dû demander cinquante mille fois à ma mère de me la raconter, ce qui explique ma connaissance exhaustive du sujet (élément que je vous demande de bien vouloir porter à mon dossier d'admission).

Ça s'est passé en décembre 1958, par un de ces jours de froid mordant où tout ce qui n'est pas emmitouflé, comme vos oreilles ou votre nez, gèle instantanément. Ma grand-mère et ma mère faisaient des courses de Noël. Oui, je sais, toute ma famille est juive, mais nous avons toujours fêté Noël, c'est comme ça. J'attribue ce particularisme à notre propension à saisir le moindre prétexte pour nous réunir, nous offrir des cadeaux et nous bâfrer. Qui plus est, la foi de mes grands-parents avait connu un net relâchement, et mes parents leur avaient résolument emboîté le pas.

Bref, elles avaient décidé qu'elles concentreraient leurs achats dans ce magasin, car la seule idée d'en ressortir faisait encore grelotter ma mère chaque fois qu'elle me racontait l'histoire. Pour bien comprendre, il faut que vous gardiez en tête qu'à cette époque-là, un grand magasin était une destination en soi et non une simple grande surface où l'on fait un saut pour s'acheter une paire de bas. Ma grand-mère et ma mère me parlaient toujours de Bonwit avec des étoiles dans les yeux. Vous commenciez par vous offrir un bon déjeuner, puis vous vous mettiez à parcourir les rayons. Toutes les vendeuses vous appelaient par votre nom et connaissaient vos goûts, pas comme aujourd'hui, où il faut pister un employé un bon quart d'heure avant de pouvoir entrer dans une cabine d'essayage. Cette année-là, elles avaient une multitude de présents à acheter. Pour les collègues du cabinet comptable de mon grand-père, pour les cousins, les voisins, les amis. Et puis, elles étaient invitées à tant de soirées, durant les fêtes, que l'acquisition de nouvelles robes se plaçait en tête de leur liste de courses.

Ma mère affirme que si elle n'avait pas rencontré mon père ce jour-là, elle s'en serait quand même souvenu comme du jour le plus extraordinaire de sa vie.

« Tout était magique… Le magasin était bondé et tout le monde avait le même problème : quel cadeau acheter pour qui et bien sûr, que s'acheter pour soi. De sorte qu'il y régnait un brouhaha fébrile. »

Ma mère avait insisté pour que ma grand-mère s'offre une robe en mousseline de soie noire à manches cloches et sequins, pour la soirée de la Saint-Sylvestre. « Je n'oublierai jamais comme maman était belle dans cette robe sur ce podium d'essayage, devant le miroir à trois faces, disait-elle. La retoucheuse s'affairait autour d'elle, reprenant la taille et faisant gonfler par-dessous plusieurs épaisseurs de jupons de tulle. » De son côté, ma mère avait choisi une robe marron en dentelle anglaise au décolleté en forme de larme, retenue par de fines bretelles. Après les essayages, elles sont passées au rayon lingerie où elles ont complété leur tenue en achetant un nombre inimaginable de jupons. Ma mère affirmait qu'avec cette toilette, elle ressemblait à une fleur épanouie — mais dans le mauvais sens du terme — et elle profitait toujours de cette évocation pour me rappeler un principe essentiel que je ne parviens décidément pas à faire mien, malgré tous mes efforts : « De la modération en toute chose. »

Après avoir déjeuné, elles sont redescendues au rez-de-chaussée, pour se mettre en quête d'un foulard pour chacune des secrétaires de grand-papa. Elles hésitaient entre un foulard bleu ciel et un autre à pois orange pour Mlle DeMarco, l'assistante personnelle de mon grand-père à l'époque, quand une voix forte a retenti derrière elles : « Rien ne saurait vous rendre plus belle ! »

Là, maman s'interrompt toujours pour me glisser en aparté : « Ce n'est pas tant que ton père était beau, même s'il l'était. Ce n'est pas tant qu'il portait un costume splendide, même si ça faisait partie du tout. Non, c'est la façon dont il a prononcé ces mots de sa belle voix grave et affirmée, celle qu'il prend avec ses clients, au téléphone. »

— Je vous demande pardon ? a fait ma grand-mère.

D'emblée, elle s'est méfiée de lui.

Mon père lui a alors tendu la main.

— Madame Firestein, je m'appelle Bill Dorenfield.

Puis il a ajouté :

— J'ai l'intention d'épouser votre fille.

Ma grand-mère a reculé d'un pas pour le jauger. Penché au-dessus des présentoirs à foulards, on aurait dit qu'il s'apprêtait à jouer un coup au billard.

— Il est hors de question que tu épouses ce fanfaron ! a alors décrété ma grand-mère, en prenant ma mère par la main.

Elle ne s'en est pas moins renseignée, ensuite, sur les états de service de ce Bill Dorenfield auprès de Lil Feldman. Il était sorti avec Rona, la fille de Lil, et avait essayé « d'en profiter », ce qui, à l'époque, signifiait qu'il l'avait embrassée. « Je lui aurais laissé me prendre plus qu'un baiser, si on n'avait pas été dans les années 1950 ! », plaisantait Rona, chaque fois qu'elle croisait mes parents.

Le lendemain, deux douzaines de roses blanches sont arrivées à la maison, une douzaine pour maman et une douzaine pour grand-maman, sans aucune carte jointe.

— Pas de carte, a constaté ma grand-mère en jetant les fleurs à la poubelle. Non, mais pour qui est-ce qu'il se prend, celui-là ? Il ne sait pas qu'une femme a besoin d'entendre la formule magique ?

A partir de là, ma mère prétend s'être tenue en retrait. Si Bill Dorenfield réussissait à toucher ma grand-mère, il aurait la belle Maxine Elaine.

Le lendemain, il a fait parvenir à grand-maman son pudding au tapioca préféré de chez Horn et Hardart, celui avec les gros grains de tapioca, pas les petits riquiquis et coulants qu'on vendait partout ailleurs.

Ensuite, il lui a envoyé des billets pour l'orchestre symphonique, qu'elle a jetés à la poubelle, comme les roses.

— Pas de carte… Cet homme n'a pas deux sous de raison !

Le lendemain, ça a été son parfum préféré. Il n'a jamais révélé à personne d'où il tenait ses renseignements.

— Ce n'est plus mon parfum préféré, a déclaré grand-maman en s'en appliquant sur les poignets, puis en le remisant au fond d'un tiroir.

Le lendemain, il lui a fait porter une bouteille de vin français.

— Bon marché, a-t-elle estimé en regardant la bouteille.

Enfin, il s'est présenté à la porte.

— Que faut-il donc que je fasse ?

Ce à quoi elle a répliqué sèchement :

— Pourquoi ne pas tout simplement prononcer la formule magique ?

— Je veux épouser votre fille.

— Invitez-la d'abord au restaurant !

— Très bien.

Il a invité ma mère et, en mai, mes parents étaient mariés.

A ce qu'on raconte, mon père et ma grand-mère étaient au comble du bonheur.

Alors, comment trouvez-vous mon histoire ? Est-ce que ce n'est pas adorable que ma mère ait su, rien qu'en posant les yeux sur mon père, qu'il était l'homme de sa vie ? Est-ce que ce n'est pas adorable, la façon dont elle a laissé ma grand-mère prendre le relais ? C'est elle tout craché, ça. Féminine, belle et capable d'obtenir ce qu'elle veut sans même ouvrir la bouche. Je n'ai jamais été comme ça, moi. J'ai toujours dû répéter mes souhaits à l'infini jusqu'à ce que quelqu'un saisisse l'allusion.

Un jour, je devais avoir dix ans, j'ai découvert en rentrant de l'école une Cadillac Coupe DeVille jaune citron flambant neuve garée devant chez nous. Et, fait étrange, mon père n'était pas à son bureau. Il n'était jamais à la maison à cette heure, d'ordinaire, d'où mon étonnement.

— Tu as acheté une nouvelle voiture, papa ?

— Non, je dois la livrer quelque part. Et si tu venais avec moi ?

Ce que je me suis empressée d'accepter. Passer une heure avec mon père en plein après-midi, un jour de semaine, c'était une chance inespérée. Et faire un tour en voiture, c'en était une autre.

Nous avons roulé jusqu'à la maison de mes grands-parents.

— Qu'est-ce que c'est que ça ? a crié ma grand-mère depuis le seuil, en croisant les bras sur sa poitrine. Vous vous êtes encore offert une voiture neuve, c'est ça ? Et pour ma fille, jamais rien ?

— Elle est pour vous ! a alors lancé mon père, tout excité, en lui tendant les clés.

— Mais que voulez-vous que je fasse d'une voiture pareille ? Elle est trop belle ! Les gens vont croire que je veux me montrer !

— Vous n'aurez qu'à leur dire que votre gendre vous l'a offerte en remerciement de vingt ans de bonheur conjugal.

— De mieux en mieux ! Et j'imagine qu'en plus, il faut que je vous ramène chez vous ?

Ce genre de chamaillerie entre ma grand-mère et mon père était monnaie courante et pourtant, le jour où grand-maman est morte, je ne pense pas que quelqu'un l'ait pleurée davantage que lui. A la réflexion, elle devait être sincèrement attachée à lui, elle aussi, puisqu'elle continue à conduire cette voiture au paradis.

Voilà ! A présent, l'histoire d'amour de mes parents n'a plus de secrets pour vous. Vous imaginez donc quelles ont été leur peine et leur déception, lorsqu'ils ont appris qu'ils ne pourraient pas avoir d'enfants.

A vrai dire, ils n'en ont jamais beaucoup parlé. Ma mère dit qu'après ma naissance, tout cela était devenu sans objet, mais j'imagine les moments pénibles qu'ils ont dû passer. Je suppose que des analyses et des essais ont été faits, durant les dix ans qui ont précédé ma venue au monde — analyses et tests qui n'ont rien donné, forcément. Mon père a toujours eu le corps médical dans le collimateur et il se pourrait bien que son ressentiment remonte à cette période.

J'en arrive maintenant au premier plus beau jour de ma vie, advenu dans des circonstances assez tristes au départ mais, comme vous le savez déjà puisque je m'adresse à vous, l'histoire se finit bien. C'est oncle Morris qui a vendu la mèche, un soir qu'il me gardait. Quand j'ai demandé à mes parents si ce qu'il m'avait raconté était véridique, ils n'ont pas nié, mais ont balayé le sujet comme le font les parents quand ils ne veulent pas évoquer certaines périodes difficiles de leur vie avec leur enfant. C'est pour ça que je sais que c'est vrai.

Ma mère était allée chez le médecin pour son examen gynécologique annuel, la routine, quoi. Elle s'y rend toujours autour de Thanksgiving et moi aussi (enfin, avant), vu qu'elle m'avait emmenée avec elle pour ma première consultation et que j'ai continué à partir de cette date.

Cette année-là, 1968 pour être précise, on lui a décelé une grosseur au sein.

Je vous rappelle qu'on était à la fin des années 1960. On ne martelait pas aux femmes de se faire contrôler les seins tous les mois comme aujourd'hui. Aussi, quand on parlait de grosseur, c'était très angoissant, et à en croire oncle Morris, mon père était effondré, ma grand-mère, hystérique. La seule à ne montrer aucun signe de frayeur, vous vous en doutez, c'était ma mère.

« S'il y a quelque chose, on fera le nécessaire », se contentait-elle de dire. C'est bien d'elle, ça ! Mais je parie qu'au fond, elle était morte de trouille. Telle que je la connais, elle devait pleurer dans la salle de bains, puis sécher ses larmes et se river un sourire aux lèvres pour qu'on ne puisse la surprendre en plein désarroi. C'est bien simple, ma mère ne s'est jamais donnée en spectacle, contrairement à moi.

Mon père a alors pris contact avec les meilleurs médecins de Philadelphie et de New York. Il en a même joint certains à Londres et Paris. La biopsie n'ayant pas donné de résultat concluant, mon père a alors insisté pour avoir l'avis d'un spécialiste de New York. Toute la famille a fait le déplacement.

Les médecins ayant besoin d'examens plus approfondis, une seconde biopsie a été pratiquée, dont les résultats ont mis des jours avant d'arriver. Ils étaient tous à bout de nerfs, surtout mon père qui n'était pas allé travailler depuis trois semaines, chose qui ne devait jamais se reproduire.

Enfin, les résultats sont tombés.

Grosseur bénigne !

Mon père a exigé un autre examen, qui a été fait à Philadelphie.

Bénigne !

Il est reparti pour New York, histoire de vérifier encore une fois.

Bénigne !

Ce soir-là, mes parents ont en quelque sorte fêté ça.

Mais quelques semaines plus tard, ma mère s'est de nouveau sentie patraque, et ils ont tous recommencé à redouter le pire, en particulier mon père. Il est entré dans une fureur noire.

— Ces ânes de toubibs ! Un ramassis d'incapables, voilà ce qu'ils sont !

Ma mère ne pouvait pas faire semblant. La fatigue ne la lâchait pas. Mon père et elle sont retournés à New York, ont revu les médecins de Philadelphie. Nouveaux examens... Ma mère n'avait rien du tout.

— Alors pourquoi est-ce qu'elle passe son temps à vomir dans la salle de bains ?

— Parce qu'elle est enceinte, ont répondu les spécialistes de New York.

— Parce qu'elle est enceinte, ont fait écho les spécialistes de Philadelphie.

Et neuf mois plus tard, j'étais née.

Si vous êtes du genre sceptique et si vous croyez, comme moi, que les difficultés à concevoir de mes parents étaient dues au sperme déficient de mon père, vous devez vous poser des questions : et si ma mère avait eu une aventure avec le facteur ? Pourtant, si vous la connaissiez, vous sauriez qu'elle n'a jamais eu aucune liaison. Si vous saviez l'amour immense qui unit ces deux êtres, vous sauriez que ni mon père ni ma mère n'ont jamais commis la moindre incartade. Non, c'est la force de leur amour qui leur a permis de surmonter leur terreur à l'idée que ma mère ait un cancer du sein et qui les a ensuite amenés à me concevoir, au cours de la nuit d'euphorie qui a suivi l'annonce des résultats. J'en suis intimement persuadée.

Du coup, je me suis retrouvée avec des parents beaucoup plus âgés que ceux de mes camarades de classe. Ma mère m'a eue à trente-trois ans. Mon père, lui, en avait quarante-deux à ma naissance. De nos jours, ce n'est rien, mais moi, ça me contrariait un peu. Je craignais surtout qu'ils ne meurent avant que je parvienne à l'âge adulte (sacré farceur de destin !). Toutefois, j'adorais l'époque qui les avait vus grandir. J'adorais qu'ils me racontent comment vivaient les gens avant l'ère des téléphones portables et d'internet — avant la télévision, vous vous rendez compte ! J'adorais avoir une description de première main des grands magasins des années 1950. J'adorais que la maison résonne en permanence des airs de Sinatra, d'Ella, de Gershwin et de Cole Porter. J'adorais leur façon de danser joue contre joue au lieu de se frotter derrière contre derrière comme les jeunes de ma génération. En d'autres termes, quoi qu'il ait pu se passer entre nous par la suite, j'estime avoir eu une chance extraordinaire de les avoir eus comme parents.

Est-ce qu'on hérite de l'amour qui unit ses parents comme on hérite du nez de son père ou du rire de sa mère ? Dans ce cas, c'est peut-être ce qui m'a donné la force de m'en sortir, moi qui suis issue d'un malheureux spermatozoïde, le seul, peut-être, qui ait jamais réussi à se déplacer… Je ne sais pas. Il faudra que vous m'informiez des lois qui régissent ce point précis.

S.O.S. du paradis ! ! !

Alors, verdict ?

Il vous plaît, le premier de mes dix plus beaux jours, ou vous trouvez ça nul ? Vous allez me laisser mariner longtemps ? Parce que, là, je ne sais plus trop bien où me situer…

En temps normal, quand je ne sais vraiment pas quoi penser, j'appelle Pénélope ou ma mère pour qu'elles apaisent mes angoisses. Ça marche, en général, mais évidemment, ici, c'est impossible. Si seulement je pouvais entendre Pénélope s'écrier : « Attends, Alex, mais c'est trop bien ! ! ! »

Aurais-je dû préciser que je suis née par césarienne ? Est-ce qu'on obtient des points de sympathie supplémentaires, quand on vient au monde par césarienne ?

Pourquoi est-ce que je ne peux pas contacter ma mère ? Sur Terre, on a bien réussi à envoyer un homme sur la Lune et à inventer internet. Au ciel, ils ont des chaussures qui ne serrent pas et ils ne connaissent pas la cellulite. Alors ne me dites pas que depuis le temps que le paradis existe, personne n'a jamais mis au point un moyen de communiquer entre les deux, mis à part ces fameuses apparitions dans les rêves ? Où est-il, cet Alexander Graham Bell ? Je suis sûre que ce mec se la coule douce au Septième Ciel en sirotant des Mai Tai, alors qu'il pourrait inventer un système qui permettrait aux téléphones portables de relier ma maison à l'appartement de Pénélope à Manhattan ou à la table de chevet de ma mère.

Graham Bell le feignant, oui !

2

Deux grandes interrogations m'obsèdent depuis toujours, dont l'une est : qu'est-ce que la vraie richesse ?

J'ai vu ça sur une affiche, un jour. C'était une pub pour un organisme de bienfaisance qui s'occupe des SDF. Cette question s'étalait en grosses capitales au-dessus de la photo d'un SDF pas rasé, le visage sillonné de rides, mais éclairé par un grand sourire. Il lui manquait deux dents de devant et deux autres de chaque côté. Je l'ai imaginé, pendant que le photographe cadrait sa figure et qu'autour de lui, des gens tendaient des posemètres et des réflecteurs. A cet instant, me suis-je demandé, est-ce que ses déboires comptaient encore à ses yeux ? Peu importait qu'il soit SDF ou qu'il doive faire les poubelles pour manger. A cette minute, il était l'homme le plus riche du monde et ça n'avait rien à voir avec l'argent : tous les regards convergeaient vers lui et c'était ça, la raison de son sourire.

Cela dit, la photo n'était peut-être qu'une mise en scène. Il s'agissait peut-être d'un acteur payé cinq cents dollars le shooting, son visage parcheminé n'était peut-être que du maquillage et on lui avait peut-être noirci quelques dents. Depuis que j'ai vu cette affiche, j'hésite régulièrement entre les deux hypothèses. Ça dépend de mon humeur.

Quoi qu'il en soit, j'ai envoyé cent dollars à cette association qui s'est mise à me bombarder de prospectus jusqu'à ma mort (courriers tous adressés à M. Alexander Dorenfield, ce qui, en soi, était déjà extrêmement irritant), mais là n'est pas le problème. Le fait est que ces gens-là ont réussi à m'interpeller sur un point tout à fait crucial.

La seconde question est la suivante : de combien d'amis a-t-on réellement besoin, sur Terre ? Vous vous souvenez de la célèbre citation de Lee Iacocca ? C'était le président de je ne sais plus quel constructeur automobile... Chrysler ? Peu importe. Bref, cet homme-là affirmait (il citait son géniteur, en fait) : « Mon père disait toujours : "Si tu as cinq véritables amis, tu auras réussi ta vie." »

Eh bien, pour moi, tout ça, c'est des foutaises.

J'estime que quand on a un seul véritable ami, on n'a pas besoin de soutien supplémentaire. Je vous autorise à me citer (veillez simplement à ce que la phrase soit bien attribuée à *Mlle* Alexan*dra* Dorenfield).

J'ai eu des tas d'amis durant mon bref passage sur Terre. Quand je regarde dans le rétro, je vois une avalanche de dîners, de sorties en boîte et de bringues à tout casser. Je vois des virées shopping et des séances de potins. Je vois les amis que j'ai rencontrés à Philadelphie et à Los Angeles. Certains d'entre eux étaient des gens très bien. Pourtant, aucun d'eux n'était un Ami avec un A majuscule.

J'ai *déjà* la meilleure amie qu'on puisse avoir et ce, depuis l'école primaire. A partir de là, je n'ai jamais vu l'intérêt de me lier avec quelqu'un d'autre.

Pénélope Goldstein et moi, on s'est connues en CM1, à la Friends School. Mais avant de vous parler d'elle, il faut que je vous précise le contexte afin que vous ayez une vision d'ensemble de l'histoire.

J'ai toujours été plus ou moins incomprise (du moins, c'est l'impression que j'avais). Comme vous le savez maintenant, je suis un bébé miracle. Et non contente d'être un bébé miracle, je suis également fille unique, mais aussi petite-fille unique et nièce unique. Pas un seul cousin, même lointain. C'est triste à dire, mais la lignée des Dorenfield s'est achevée avec moi (la vache, ça me fout un de ces coups au moral, maintenant que je réalise !). Alors voilà : si votre fille/petite-fille/nièce était une enfant miracle, mais aussi l'ultime héritière du trône, vous ne la traiteriez pas comme une princesse au petit pois, vous ?

Si la réponse est non, je vous dirai que vous êtes libre d'agir à votre guise, mais que ma famille avait un tout autre point de vue.

De ma naissance jusqu'à mes vingt-cinq ans, j'ai toujours été comblée (sur le plan matériel j'entends, je ne compte pas, bien sûr, les tonnes de baisers et de câlins). Une poupée, une tenue ou un jouet me faisait-il envie ? Aussitôt je l'avais. Car je n'étais pas qu'une enfant miracle, j'étais également la fille miracle d'un gros promoteur immobilier. Parce que nous étions riches, là-dessus il n'y a pas à tortiller, ce qui me ramène à la question qui m'obsède : qu'est-ce que la vraie richesse ?

Etais-je une enfant heureuse ? Ma foi, considérons simplement l'évidence : pour mes cinq ans, j'ai eu une fête foraine avec un manège et une grande roue. Pour mes six ans, cinquante clowns ont jailli d'une minuscule Volkswagen et se sont mis à faire la ronde autour de moi avec des ballons, des cadeaux et des gâteaux (en vrai, ils m'ont flanqué une trouille bleue. Brrr… rien que d'y repenser, ça me fait flipper !). Pour mes sept ans, un hélicoptère est venu nous chercher, mes parents et moi, et nous avons déjeuné en décrivant des cercles au-dessus de Philadelphie. Pour mes huit ans, j'ai eu droit à une virée au magasin de jouets FAO Schwarz de New York. Ce jour-là, le magasin a fermé rien que pour moi et j'ai eu cinq minutes pour choisir absolument tout ce que je voulais. Je me suis aussitôt jetée sur une girafe grandeur nature (ou presque…). Mes parents riaient comme des fous en me regardant traîner à grand-peine la peluche à travers les rayons.

Ils n'étaient pas géants, mes anniversaires ?

Elle n'était pas géniale mon enfance, au milieu de tous les jouets du catalogue FAO Schwarz ? Moi, je dirais qu'elle était plutôt cool, exception faite d'un petit problème : tous ces anniversaires et tous ces jouets, je n'avais personne avec qui les partager.

Pauvre petite fille riche. Moi, autrement dit. Ce qui me ramène, une fois encore, à la question du début : qu'est-ce que la vraie richesse ?

Maintenant, vous commencez à voir où je veux en venir, non ? Mon enfance, c'était comme le Septième Ciel sur Terre. Et si mes parents étaient venus me trouver un jour en me disant : « Voilà, tu as le choix : tous ces jouets merveilleux ou cinq véritables amis », cela aurait été un sacré dilemme. Dieu merci, cette alternative n'a jamais été évoquée.

Une petite minute. Une idée vient de me traverser l'esprit. Est-ce que je suis censée, là, comprendre un truc philosophique ? C'est ça, la raison profonde de cette rédaction ? Prendre conscience de quelque chose, par exemple que le Septième Ciel, avec tout ce qu'on m'y offre, est une sorte de reconstitution de mon enfance ? Est-ce que je dois choisir ? Très bien… Alors, je prends le Septième Ciel avec mes grands-parents et Adam. Rien que pour ce mec génial et ma famille, ça vaut le coup d'être au Septième Ciel. Toutefois, si le Quatrième Ciel me proposait cinq super bons amis, il faudrait quand même que j'y réfléchisse. Mais d'après ce que j'ai entendu dire de l'endroit, j'en doute fort (il n'en propose pas, hein ?).

Bon, retour à la Friends School. Les autres enfants ne m'aimaient pas beaucoup. De mon côté, je ne les aimais pas davantage. Ils ne me comprenaient pas et je ne les comprenais pas non plus. Mes amis, c'étaient mes parents, mes grands-parents et mon grand-oncle. Quand mes parents sortaient le week-end, j'étais gardée soit par mes grands-parents, soit par oncle Morris. Je n'ai jamais eu de nounou ni de baby-sitter assignée — à quel étranger aurait-on pu confier l'enfant miracle ?

J'imagine que les autres enfants organisaient des soirées pyjama et des après-midi de jeu le week-end, mais moi, j'apprenais à jouer au bridge. Et je me débrouillais bien, en plus. Les autres enfants allaient chez McDonald's et Roy Rogers, pendant que moi, je développais un goût bien marqué pour le *kasha varnishkes*, ces farfalles cuisinées avec des oignons et du sarrasin grillé (le *kasha*, justement, pour ceux qui ne connaîtraient pas).

Ma grand-mère me racontait des anecdotes de son enfance passée dans Strawberry Mansion (avec un nom pareil, vous pourriez croire qu'il s'agissait d'une grande et belle demeure, mais en réalité c'était le nom d'un quartier défavorisé de Philly).

Grâce à oncle Morris, je sais faire la différence entre un Phillie Blunt bon marché et un Montecristo cubain ; je sais comment ils sont roulés, et ce qui rend l'un si supérieur à l'autre. Un jour que j'avais composé un faux numéro, le hasard a fait que je suis tombée sur Andy Musser, l'ancien speaker des Philadephia Phillies. Eh bien, mon grand-père m'avait si bien appris à reconnaître sa voix, que je l'ai tout de suite identifié, rien qu'à sa façon de dire « allô ». Durant une heure et demie, nous avons parlé de sa retraite et évoqué les heures de gloire des Philadelphia Phillies au Championnat du monde de 1980 avec Tug McGraw, Pete Rose et bien sûr, Mike Schmidt.

Je connais si bien tous les films d'Hitchcock, Cary Grant, Jack Lemmon, Billy Wilder et William Wyler, pour avoir regardé Channel 12 avec mes grands-parents, que je pourrais animer un cours sur le sujet.

Dit comme ça, mon enfance peut sembler douillette, entourée d'amour (après la disparition de mes grands-parents et de mon grand-oncle, j'ai *vraiment* regretté nos soirées du samedi), mais petite, tout ce que je voulais, c'était aller chez McDonald's et aux soirées pyjama avec mes copines de classe. Et puis, il y avait les moqueries dont j'étais la cible à l'école. A huit ans, j'étais une petite fille de soixante-cinq ans qui buvait du jus de pruneau à midi, et en plus j'adorais ça ! Je pouvais frimer tant que je voulais avec mes jouets merveilleux, les autres ne m'ont jamais acceptée.

Je ne suis venue trouver mes parents qu'une seule fois en larmes, à cause des railleries des autres enfants. Ce jour-là, ils ne m'ont donné qu'un seul conseil : « Va le dire à la maîtresse. »

Inutile de préciser que ma cote n'a pas remonté auprès des autres élèves, après ça.

Ce qui ne m'a pas empêchée d'appliquer à la lettre le conseil parental. Si un gamin m'embêtait à la récré, j'allais le dire. Si un élève tentait de copier sur moi, j'allais le dire. J'étais toujours remplaçante quand on formait les équipes de ballon prisonnier et toujours la première à me prendre le ballon dans la figure. Et j'allais le dire, bien sûr. Résultat : je peux me vanter d'être à l'origine de la suppression du jeu de ballon prisonnier des programmes d'E.P.S. de la Friends School, en raison des atroces souffrances physiques et psychologiques qu'il engendre. Ce qui n'a pas contribué non plus à ce que mes condisciples m'aiment davantage. Mais en toute franchise, ça m'était égal. Ces gosses n'étaient pas mon genre. Olivia Wilson, Kerry Collins et Dana Stanbury étaient des petites filles modèles à la coiffure irréprochable. Ce qui ne les empêchait pas, ces peaux de vache, de se planter derrière le terrain de basket et de tourner en dérision tout ce qui me concernait. Elles se moquaient de mon panier-déjeuner avec menu à quatre plats (chacun bien emballé dans un sachet séparé) et de mon uniforme bleu et blanc sans un pli avec mes chaussettes tubes bleues parfaitement remontées jusqu'au genou.

Seth Rosso, son jumeau Tom et Greg Rice me tiraient sur les couettes. Non par affection comme peuvent le faire les petits garçons avec les petites filles, mais parce qu'ils ne pouvaient pas me voir en peinture, détestation par ailleurs réciproque. Bon sang, ce que j'ai pu aller rapporter sur leur compte !

Ma mère a fini par m'enjoindre de tous les ignorer, et, même si ça a été difficile, je lui ai obéi. Je lisais, je dessinais et j'entretenais mon institutrice au sujet des meilleurs restaurants de la région. Pas question de laisser ces minables m'embêter !

Un jour, ils ont décidé de frapper un grand coup. Vu la violence et la soudaineté des faits, nul doute qu'il s'agissait d'une attaque préméditée.

Pourtant, le jour qu'ils espéraient être le pire de ma vie s'est révélé l'un des plus beaux. Nous en arrivons donc au deuxième plus beau jour de ma vie (qui aurait cru que j'avais tant de choses à raconter ?).

Et pourquoi ça ? Parce que c'est ce jour-là que j'ai rencontré ma meilleure et plus fidèle amie.

Nous étions en octobre, il était environ 9 heures du matin. J'étais au premier rang (je m'asseyais toujours au premier rang, mais ça, vous l'aviez déjà deviné, pas vrai ?). La directrice, Mme Macknicki, est entrée dans notre classe alors que notre institutrice, Mme Hoffman, terminait de faire l'appel.

— Les enfants, nous a-t-elle annoncé, à partir d'aujourd'hui, votre classe va compter une nouvelle élève. Elle s'appelle Pénélope Goldstein et nous arrive de New York. Nous devons tous lui faire le meilleur accueil.

A cet instant, j'ai levé les yeux. Je n'avais même pas remarqué l'entrée de Mme Macknicki et de Penny. J'étais trop absorbée par la lecture de mon livre, *Dieu, tu es là ? C'est moi Margaret* — un grand classique.

J'ai donc levé les yeux, non par un intérêt quelconque (depuis le temps, je savais que personne ne serait ami avec moi), mais parce que j'avais fini mon chapitre et que la classe était devenue subitement silencieuse. Puis une hilarité soudaine a gagné tous les élèves. C'était donc le bon moment pour regarder ce qui se passait. Au début, ça n'a été qu'un gloussement subtil qui s'est vite transformé en esclaffements étouffés pour finir en rires à gorge déployée.

J'avais bien envie de me joindre à la rigolade générale, néanmoins je me suis abstenue.

Je ne vais pas prendre de gants pour vous expliquer ce qui les faisait rire comme ça, parce que, si Penny était là, elle vous dirait la même chose. Ils riaient tous à cause d'elle, bien sûr, de son allure étrange et de sa laideur remarquable.

En premier lieu, elle mesurait quelque chose comme un mètre soixante-cinq. En CM1, c'est déjà stupéfiant en soi. Et puis elle devait peser dans les cent kilos, et même si elle ne les faisait pas vraiment sur la balance, c'était l'impression qu'elle donnait. Ses cheveux d'un brun terne retombaient en boucles grasses autour de son visage, et elle portait des lunettes rondes à monture dorée style John Lennon. Les bourrelets de graisse de son ventre tendaient son uniforme bleu et blanc et sa chemise à col Claudine ; quant à sa jupe plissée, on aurait dit une jupe crayon vu la façon dont le tissu s'étirait sur ses cuisses. Ses chaussettes bleu foncé ne lui arrivaient qu'à mi-mollets. Franchement, Penny ressemblait à la fille de Frankenstein (et je suis d'autant plus à l'aise pour vous le dire que la formule est d'elle, pas de moi).

Tous les élèves riaient, donc, sauf moi. Mon attitude ne découlait ni d'une mentalité plus noble ni d'un quelconque coup de foudre amical, mais d'une totale absence d'intérêt.

— Les enfants ! a aboyé notre institutrice, en abattant le poing sur son bureau, ce qui a eu pour effet de rétablir un silence complet. Est-ce ainsi que nous souhaitons la bienvenue aux nouveaux élèves ? Pas dans ma classe, en tout cas. J'exige que vous saluiez Pénélope avec courtoisie.

— Bonjour, Pénélope ! a alors fait toute la classe à l'unisson, moi excepté.

— Bonjour, tout le monde !

Penny leur a souri en exposant des gencives surdimensionnées. Je vais être d'une franchise brutale : elle était une anomalie génétique sur pattes ! Il n'y avait rien de gracieux chez elle. Toutefois, elle n'a pas paru le moins du monde ébranlée par l'explosion de rires qu'avait suscitée son apparition. Ce premier élément aurait dû me mettre la puce à l'oreille : cette fille avait tout pour me plaire, mais *Dieu, tu es là ? C'est moi Margaret* devenant de plus en plus passionnant, j'étais trop absorbée par ma lecture pour remarquer quoi que ce soit d'autre.

Mme Hoffman l'a conduite au fond de la classe (sans doute parce qu'à la hauteur à laquelle elle culminait, elle aurait empêché l'élève assis derrière elle de voir le tableau). Je l'ai oubliée jusqu'à l'heure du déjeuner.

Comme je l'ai déjà indiqué, j'étais à l'époque une enfant malingre. J'étais aussi très petite, atteignant à grand-peine les un mètre quinze. Mes parents et mes grands-parents craignaient toujours que je ne mange pas assez (dès que je suis entrée dans la puberté, ce point-là a cessé de leur causer la moindre inquiétude).

Ce jour-là, j'avais l'estomac dans les talons et j'espérais bien trouver au menu de mon repas à quatre plats un sandwich au pâté. En ouvrant ma gamelle, j'ai remarqué que mes quatre petits sachets étaient tout froissés au fond. Bizarre… Chaque fois que ma mère ou ma grand-mère empaquetait mon déjeuner, les différents plats étaient toujours joliment protégés dans des petits sachets, le tout enveloppé bien serré.

Quoi qu'il en soit, pas de sandwich au pâté dans ma gamelle. Pas de pomme Honeycrisp non plus (on était en automne et, comme vous le savez certainement, c'est le pic de la saison pour les Honeycrisp). Pas de salade de pâtes, ni de maïs, ni de bretzels Snyder's, ma folie. Bref, quelqu'un avait mangé mon déjeuner !

Je me suis levée de mon siège et me suis dirigée vers

l'endroit où je pensais trouver la surveillante la plus proche. Etrangement, je n'en ai vu aucune. Où étaient les enseignantes ? Les dames de la cantine ?

Dans le réfectoire, personne ne s'intéressait à moi, mais un grand silence y régnait. C'est alors que j'ai vu Seth Rosso, cette andouille, couler un petit sourire à son jumeau Tom, puis Kerry Collins et Olivia Wilson ricaner entre elles.

Je suis sortie du réfectoire et j'ai pris le couloir jusqu'à la salle des professeurs afin de trouver un adulte à qui faire part de mes doléances. Une pancarte était accrochée à la porte : « Réunion des enseignants. En cas d'urgence, veuillez vous adresser à la sous-directrice Mme Berg. »

Mes parents allaient en entendre parler, de cette histoire ! Laisser les enfants sans surveillance, même pour quelques minutes, ça n'était pas seulement irresponsable, c'était de la négligence professionnelle et sans aucun doute un motif de poursuites judiciaires.

Je suis retournée au réfectoire, bien résolue à affronter cette bande de mioches malfaisants. J'étais tout à fait capable de régler cette histoire moi-même. Ils ne me faisaient pas peur.

Je suis entrée dans la salle les poings serrés et prête à voler dans les plumes de tous les enfants qui m'attendaient devant la porte.

Et je me suis retrouvée piégée dans une version ultra-courte de *Sa Majesté des Mouches*.

— Qui a mangé mon déjeuner ? ai-je crié.

Ils étaient loin de m'effrayer. Aucune chance qu'ils me fassent peur.

— Ben alors, qu'est-ce qui t'arrive, Alex ? m'a demandé Dana Stanbury. Y a pas d'adultes pour se battre à ta place ?

Toute la classe s'est mise à rire.

— Qui a mangé mon déjeuner ? ai-je répété.

A vrai dire, je commençais à me sentir intimidée. Ils étaient quand même quinze contre moi.

— Y avait qu'un sandwich au pâté qui schlinguait, a

déclaré Greg Rice, en se tapotant l'estomac. Je crois que je me suis empoisonné. J'aurais dû m'en douter, t'es tellement garce que tes parents essaient de te tuer en te refilant de la viande avariée.

Le pâté n'était pas un reste des jours précédents ; ma mère l'avait au contraire confectionné tout spécialement pour mon repas. Souvenez-vous, j'étais une enfant miracle. Les enfants miracles ne se nourrissent pas de restes.

— Cette fille est un poison, comme son pâté ! a renchéri Olivia Wilson.

— Il faut la jeter à la poubelle ! a suggéré Kerry Collins, en éclatant de rire.

— Ouais ! A la poubelle, le déchet ! a braillé Tom Rosso, et sa proposition a aussitôt été saluée par des exclamations de joie.

Tom Rosso et son frère se sont approchés de moi. Je me suis mise à crier, mais Greg Rice m'a alors plaqué sa main sur la bouche, tandis que Kerry Collins fermait les portes du réfectoire pour que personne n'entende de bruit.

— Mettez ce déchet à la poubelle et balancez-la dans l'incinérateur ! a hurlé Dana Stanbury.

Vous vous rendez compte des proportions que peut prendre la cruauté des enfants ?

J'ai tenté de m'enfuir, mais Seth et Tom Rosso ont réussi à me maîtriser. Comme je l'ai déjà dit, je n'étais ni très grande, ni très costaude, et j'ai eu beau gigoter dans tous les sens, ils n'ont pas lâché prise. Olivia Wilson et Dana Stanbury regardaient la scène, manifestement ravies. J'avais toujours la main de Greg Rice plaquée sur la bouche, si fort que je commençais à avoir du mal à respirer. Mais pas question de leur faire le plaisir de pleurer. En réalité, je n'en ai pas eu le temps : avant d'avoir pu dire ouf, j'ai été jetée tête la première dans une poubelle.

J'ai essayé de toutes mes forces de m'en extraire, mais Seth Rosso m'appuyait sur la tête, m'enfonçant dans de vieilles pelures d'oignon et un reste de salade de pâtes au thon. Même après tout ce temps, j'en sens encore l'odeur.

Puis ils ont fermé le sac et ont entrepris de l'extirper de la poubelle avec moi dedans.

Là, je me suis mise à pleurer. J'avais vraiment peur.

Où voulaient-ils m'emmener, je ne le saurai jamais. Peut-être se dirigeaient-ils vers l'incinérateur, mais je ne suis pas sûre que la Friends School en ait jamais possédé un. Ils auraient pu me jeter dans le four, le lave-vaisselle ou tout simplement dehors.

Encore une fois, je ne le saurai jamais, parce que c'est à ce moment précis que j'ai rencontré ma meilleure amie. La seule amie dont j'aie jamais eu besoin en ce bas monde et qui me fait dire que le père de Lee Iacocca racontait des salades. Si j'avais dû choisir entre cinq très bons amis et Penny, je l'aurais choisie, elle.

Du fond de mon sac, j'ai entendu :

— Soit vous la reposez par terre tout de suite, soit je vous fais votre fête, l'un après l'autre !

— Ta gueule, mocheté ! a hurlé Tom Rosso.

Ensuite, j'ai perçu le bruit caractéristique d'un poing qui s'écrase sur un visage. J'étais à l'intérieur d'un sac-poubelle, des macaronis plein les oreilles, mais ça ne m'a pas empêchée d'entendre que quelqu'un venait de s'en prendre une en pleine poire. Sans plus tarder, le sac et moi sommes lourdement retombés sur le sol.

J'ai alors dressé subrepticement la tête hors de mon linceul de plastique : j'avais sous les yeux un croisement de Superman et de Wonder Woman. Une justicière obèse, binoclarde et à cheveux gras, boudinée dans un uniforme bien trop petit pour elle, avait pris fait et cause pour moi et avec une telle vigueur que je n'ai pas osé émerger entièrement du sac-poubelle par crainte de la suite.

Tous ceux qui se mettaient sur son chemin, tous ceux qui tentaient de riposter, avaient affaire à son poing. Dana

Stanbury et Greg Rice saignaient du nez. Tom Rosso avait un œil au beurre noir. Olivia Wilson pleurait sur la poignée de cheveux arrachés à son crâne. Quant à moi, j'étais toujours assise dans mon sac-poubelle, en état de choc.

— Ça va ? m'a demandé le mammouth de neuf ans, en m'aidant à m'en extraire.

J'ai saisi sa main.

— Oui.

Hormis les geignements d'Olivia Wilson, le calme était revenu dans la salle.

C'est alors que Mme Hoffman, notre institutrice, a fait son entrée.

— Qu'est-ce qui s'est passé ici ? a-t-elle hurlé.

Silence de mort.

La directrice nous a tous consignés dans le réfectoire et nous a reposé la question :

— Nous ne sortirons pas de cette pièce tant que personne ne m'aura dit ce qui s'est passé ici.

Personne ne soufflait mot.

— Alexandra ? Toi qui rapportes toujours tout. Que s'est-il passé ?

— J'étais... Je... mangeais mon déjeuner. Je n'ai rien vu.

— Comment se fait-il que tu sentes la poubelle ? Et comment se fait-il que tu aies de la salade de macaronis dans les cheveux ?

— Ma mère... m'a préparé de la saucisse de foie pour le déjeuner. Vous savez comme ça sent mauvais...

Mme Macknicki s'est alors tournée vers Penny.

— Pénélope, tu sembles être la seule ici à être indemne. Tu veux bien me dire ce qui s'est passé ?

— Je suis nouvelle, moi, a répondu Penny d'un ton plein d'assurance. Vous croyez vraiment que je tiens à démarrer dans ma nouvelle école en dénonçant mes camarades de classe ? Certainement pas. D'ailleurs, j'invoque le Cinquième amendement ainsi que j'en ai le droit en tant que citoyenne américaine.

Oui, Penny était brillante. Déjà... Son père exerçait la profession d'avocat et chez elle, on ne plaisantait pas avec le « Cinquième ». J'ai dû lui demander plus tard ce que c'était au juste et c'est comme ça que j'ai appris que la Constitution américaine empêche, entre autres, qu'une personne soit obligée de témoigner contre elle-même.

En temps normal, si un élève avait répondu une insolence de ce genre, il aurait reçu un sacré savon, assorti de menaces d'exclusion ou pire, se serait vu infliger des heures de colle pendant trois mois. Mais en brandissant cet argument, Penny ne laissait pas la place à la moindre discussion. Comment pouvait-on débuter dans une nouvelle école en avouant qu'on venait de flanquer une dérouillée à toute sa classe ? Il n'y a pas à dire, Penny en avait (si je puis m'exprimer ainsi) ! Et elle en a toujours, d'ailleurs.

En rentrant chez moi, cet après-midi-là, j'ai pris une longue douche brûlante, mais refusé de raconter à mes parents ce qui m'était arrivé à l'école, et ce malgré leurs questions pressantes — ils voulaient savoir pour l'odeur...

— Il se passe dans cet établissement des choses qui ne me plaisent pas du tout, a déclaré gravement mon père au téléphone, quand ma mère lui a appris que je sentais mauvais. Retirons-la de cette école, Maxine !

— Les autres enfants sont méchants avec toi ? m'a ensuite demandé ma mère. Tu voudrais aller dans une autre école ?

Ma réponse ne s'est pas fait attendre :

— Non. Elle n'est pas si mal que ça, finalement. Je veux rester là-bas.

Le lendemain, au réfectoire, j'avais quelqu'un avec qui manger mon déjeuner et l'après-midi même, j'ai été invitée pour la première fois à aller jouer chez une copine.

Mes parents se sont tout d'abord amusés du physique peu banal de Pénélope. « Cette gamine aurait besoin d'un bon coup de brosse et d'un régime draconien », a été le commentaire de mon père, le jour où il l'a rencontrée.

Mais ils ne savaient pas encore à qui ils avaient affaire. Très vite, cependant, ils ont vu en elle ce que j'avais vu dès le début : Penny était la fille la plus cool du monde.

Pénélope Goldstein est tout ce que je n'ai jamais été de mon vivant. A neuf ans déjà, elle n'avait pas craint de se battre pour une cause qu'elle estimait juste. Elle était loin d'être une beauté, mais jamais vous ne l'auriez deviné à la façon dont elle se comportait. Penny n'a jamais été très séduisante, n'a jamais eu un ravissant minois, mais elle a le don de faire croire aux gens que ses amples cuisses sont des atouts enviables. C'est pour ça que je l'aime tant. C'est pour ça que tout le monde l'aime. Il y a deux ans, je lui ai demandé pourquoi elle s'était battue avec les autres élèves pour me défendre. Elle m'a répondu : « Ces gosses te haïssaient. Alors, je me suis dit qu'ils devaient être jaloux de toi. Et s'ils étaient jaloux, c'est que tu devais avoir quelque chose de super cool. » C'est tout Penny, ça ! Elle a toujours eu la capacité hallucinante de voir le monde sous un angle auquel jamais personne n'aurait pensé.

Est-ce grâce à elle ? Ai-je compris, avec cet épisode, que la délation n'était pas la meilleure manière d'avancer dans la vie ? Toujours est-il que Dana Stanbury, Kerry Collins et Olivia Wilson sont devenues, elles aussi, de fidèles amies. Au fil des années, chacune en est venue à se confier : « Tu sais, Alex, je culpabilise à mort pour ce qui s'est passé ce jour-là et je tiens encore à te faire des excuses. » A chacune, j'ai répondu qu'après tout ce temps, il y avait prescription. D'un autre côté, je me suis demandé : si Pénélope ne leur avait pas flanqué une bonne raclée, ma vie aurait-elle été différente ?

Qu'est-ce que la vraie richesse ? De combien d'amis a-t-on réellement besoin en ce bas monde (ou au ciel) ? Je crois que ce récit vous indique clairement quelle est ma réponse.

Le ciel me vienne en aide !

J'ai besoin de faire une pause.

La pression commence à être trop forte pour moi. Je ne sais pas ce qu'on attend de moi exactement ; je navigue à vue et je vous assure que ce n'est pas évident ! Est-ce que c'est ça qu'ils veulent savoir ? Je veux dire... est-ce qu'on me laissera rester au Septième Ciel si je raconte que ma meilleure amie était la boulotte de la classe ?

Ah, le stress !

Pff...

Et si j'allais marcher ? Peaches consentira peut-être à m'accompagner... Elle m'ignore totalement, maintenant qu'elle a sa bande de copains chiens et un nombre incalculable de jouets. Je me sens tellement dévalorisée. Même ma chienne pense que je suis une ratée.

— Alex ? lance une voix, en bas.

C'est Adam. Pile-poil ce qu'il me faut !

Je fourre ma rédaction dans mon secrétaire et jette un coup d'œil au miroir avant de me souvenir que ce n'est pas la peine : je suis parfaite, et ce n'est pas une façon de parler. Je suis au paradis et mon apparence est *toujours* parfaite.

— Salut, Adam ! Je descends tout de suite.

Mais avant que j'aie le temps de prendre l'escalier, Adam est déjà dans ma chambre. S'il n'est pas encore plus mignon qu'hier, je ne m'appelle plus Alexandra ! Il porte un T-shirt noir et un Levi's vieilli et si je n'étais pas au trente-sixième dessous, je lui aurais sauté dessus.

— Salut, dit-il avant de m'embrasser longuement sur la bouche. Je ne t'ai pas vue de toute la journée, qu'est-ce que tu fabriques ?

— Oh ! Rien, je reconfigure cette chambre. J'ai bien envie de mettre le lit sous la fenêtre.

— Oui, ça sera joli. Tu veux que je t'aide à le déplacer ?

— A le déplacer ? Tu as oublié où nous sommes ?

Et je prononce la formule magique :

— Déplacer lit sous fenêtre.

Aussitôt, les meubles se mettent en mouvement et le lit se place de lui-même sous la fenêtre. Et tant qu'on y est :

— Retourner le matelas !

Draps et couverture s'envolent, tandis que le matelas fait un saut de carpe, puis se redéposent sur le lit, de nouveau parfaitement fait.

— J'ai l'impression d'évoluer dans un épisode de *Ma sorcière bien-aimée* ! s'esclaffe Adam. Il ne te reste plus qu'à apprendre à remuer le bout du nez.

Je pouffe, mais comme vous le savez, je ne suis pas d'humeur à rire.

Adam se laisse tomber sur le lit.

— Dis donc, je pensais à un truc… Demain, on pourrait aller faire un tour dans ma Ferrari toute neuve, histoire de voir comment elle se comporte. Je crève… sans jeu de mots… (il se met à rire) d'envie d'explorer le coin. Je me disais qu'on pourrait emporter de quoi pique-niquer, et voir où la route nous mène.

— Tu t'es acheté une Ferrari ?

Le désespoir me gagne. Au quatrième niveau, c'est sûr, on roule en Lada.

Mon exclamation le fait tiquer.

— Je ne l'ai pas *achetée*, rectifie-t-il. Elle était dans mon garage. Pourquoi, tu as une dent contre les Ferrari ?

— Absolument.

C'est un mensonge, même si la question n'est pas que je les aime ou non. Mais je suis tellement déprimée et stressée que même l'idée de passer l'après-midi dans une Ferrari avec un mec canon ne suffit pas à me remonter le moral.

Adam m'enlace.

— Hé, ça va, toi ?

— Très bien.

Encore un mensonge… Pourtant, je n'ai pas envie de lui mentir. Au contraire, je voudrais lui raconter tout ce qui m'est arrivé. Lui dire que je vais sans doute être rétrogradée au Quatrième Ciel pour ne pas avoir mené une vie suffisamment méritante sur Terre. Je voudrais qu'il lise ma rédaction et qu'il me dise si c'est nul ou non. Je voudrais qu'il m'assure que tout va s'arranger, qu'il me promette que même si on m'expédie au Quatrième Ciel, il viendra me voir avec, dans sa besace, quelques échantillons des dernières tendances. J'ai envie de pleurer sur son épaule et de lui confier que même si je ne le connais que depuis très peu de temps, il pourrait être l'homme de ma mort. J'ai envie de tout lui avouer, mais voilà, je ne peux pas. Je déchoirais à ses yeux. Il me prendrait pour une ratée, une minable.

Alors j'amorce une dispute.

— Ecoute, Adam, je te trouve vraiment génial, je t'assure. Simplement, j'estime que nous deux, ça va trop vite, tu comprends ?

Il me dévisage comme si j'avais perdu la tête, ce qui est peut-être le cas.

— O.K., dit-il d'un ton léger.

Je sais alors qu'il a saisi le message : je le sens prêt à s'en aller et à ne plus jamais revenir.

— J'ai besoin de temps pour faire le point, tu comprends ? Je te rappelle quand même que je viens de mourir. Il faut que je réfléchisse à mon avenir…

De nouveau, il me regarde comme si j'avais perdu la boule, ce qui ne fait plus aucun doute à présent.

— Voyons si j'ai bien compris, Alex... Tu n'as pas envie de me fréquenter plus longtemps, parce que tu es dans un endroit bizarre, c'est ça ?

— Exactement.

Ça se tient parfaitement, comme raisonnement, non ?

— Et moi, alors ? Tu crois que je suis où ?

Je reste interdite. Il m'a piégée, mais, coup de bol, avant que j'aie à répondre, il me pose une autre question.

— Il y a quelqu'un d'autre ?

— Non ! Qu'est-ce que tu vas imaginer !

Je réponds comme si c'était la pire énormité que j'aie jamais entendue, mais la vérité c'est qu'à sa place j'aurais posé la même question.

— Tu crois que je suis sortie en boîte hier soir et que j'ai rencontré un autre mec ?

Ce que je peux être garce, parfois ! Sur le moment, je me hais.

— J'ai juste besoin de souffler un peu, d'accord ? Un peu d'air, c'est possible ?

Je crie comme si je ne pouvais plus supporter sa présence, alors qu'en fait je n'ai jamais désiré un homme autant que lui.

Il lève les mains en signe de reddition.

— Très bien, je ne t'embêterai plus.

Il sort de ma chambre et descend l'escalier. J'ai envie de hurler « Reviens, je t'en prie ! », mais je me retiens. Je ne veux pas le blesser davantage. Je voudrais lui dire la vérité, mais je ne peux pas. Je ne veux pas dégringoler dans son estime le jour où on m'enverra planter mes choux ailleurs. Je ne veux pas qu'il se réveille dans quelques matins en s'apercevant que j'ai disparu. Je ne veux pas être obligée de lui laisser un petit mot :

Cher Adam, j'ai été rétrogradée au Quatrième Ciel. A un de ces jours.

Il m'oubliera. Il trouvera quelqu'un d'autre, quelqu'un de mieux, une femme merveilleuse qui aura mené une vie autrement plus méritante que la mienne sur Terre.

Je la hais déjà, cette femme.

La porte d'entrée se referme. Il ne l'a même pas fait claquer derrière lui. Quel gentleman… Je l'aime tellement. De ma fenêtre, je le regarde pénétrer dans son garage. J'attends de le voir émerger dans sa Ferrari rouge. Seigneur, c'est une décapotable en plus ! J'aurais adoré faire un tour dedans… Il emprunte l'allée, et je vois qu'il a l'air très triste.

J'ai besoin de parler à quelqu'un, n'importe qui. Et si j'appelais ma grand-mère ? Non, pas elle. Je sais exactement ce qu'elle me dira : « Tu t'es disputée avec l'homme le plus parfait du paradis ? Mais qu'est-ce qui ne tourne pas rond chez toi, ma petite ? Dis-lui la vérité, un point c'est tout ! Et s'il ne comprend pas, c'est qu'il n'en valait pas la peine. »

Pour le moment, ce n'est pas ma grand-mère qu'il me faut. En même temps, je ne connais personne d'autre qui soit mort. Aucun défunt de mon âge, je veux dire, genre supercopine à qui on raconte tout.

J'aperçois Peaches en train de courir dans le jardin en compagnie des autres chiens.

— Peaches !

Elle s'arrête et tourne la tête vers moi.

— J'ai besoin d'un câlin.

Elle reprend sa course.

— Peaches ! Attends, j'ai des friandises ! J'en ai même assez pour en donner à tous tes amis ! On pourrait se faire une petite teuf sympa, tous ensemble !

Peine perdue.

Alors là, oui… Là, je suis vraiment en pétard contre elle.

Oh ! Mais j'y pense… il y aurait bien cette fille… Une

amie d'enfance de ma mère… Une de ses meilleures amies. Maman m'en parlait souvent. Elle saurait peut-être me prêter une oreille compatissante ?

Alice… Alice Oppenheim, voilà ! Morte au lendemain de ses seize ans. Une histoire affreusement triste, c'est pour ça qu'elle m'a marquée.

Alice venait de fêter ses seize ans et de toute évidence, la soirée avait été très réussie. Plus tôt, Maman les avait accompagnées, sa mère et elle, pour aller acheter la robe, un machin rose à jabot — dit comme ça, on imagine une fripe atroce, mais maman affirmait que la robe valait beaucoup mieux que sa description. La fête avait eu lieu dans la salle de réception du restaurant La Taverne et ma mère s'y était rendue au bras de Sy Silverman qui, plus tard, devait devenir très ami avec mes parents. Bref, les Oppenheim habitaient à environ deux pâtés de maisons de chez mes grands-parents et, au beau milieu de la nuit, ma mère a été réveillée par un concert de sirènes de pompiers. Apparemment, il s'était produit un court-circuit dans l'installation électrique, lequel avait transformé la maison des Oppenheim en gigantesque torche. Les parents d'Alice souffraient de diverses brûlures et Butch, son frère, avait été gravement atteint à la jambe et au torse. Il est resté longtemps hospitalisé, mais a fini par se rétablir. Ma mère et moi l'avons croisé un jour, par hasard, devant l'épicerie fine de South Street. J'avais si souvent entendu l'histoire de leur famille que voir Butch pour de vrai, c'était comme de tomber sur un de mes acteurs fétiches. Vous voyez ce que je veux dire ? Bref, en reconnaissant ma mère, il n'a pas fondu en larmes, mais il lui a dit avec une extrême douceur : « Elle serait mariée, aujourd'hui. Elle aurait sans doute une fille comme la tienne. »

Triste, non ?

Ma mère lui a passé un bras autour de la taille et l'a serré affectueusement contre elle. Je devais avoir onze ou douze ans, à l'époque. J'ai fait semblant de ne pas comprendre de quoi ils parlaient.

Bref, Alice est morte dans l'incendie. Le premier enterrement auquel ma mère est allée. De temps en temps, elle me parlait d'elle. Elles n'arrêtaient pas de se disputer pour une ridicule histoire de jupons que ma mère lui avait pris.

A la réflexion, maman aimerait sans doute que je me tourne vers son ancienne amie. Oui, ça lui ferait sûrement plaisir.

Je décroche le téléphone et compose le 411.

— Poste céleste 411, quel niveau demandez-vous ?

Quel niveau ? Décidément, ça me poursuit !

— Euh, bonjour… Le Septième Ciel, je pense, je voudrais le numéro d'une certaine Alice Oppenheim.

J'entends la standardiste pianoter sur un clavier.

— J'en ai trois : une qui est décédée en 1482, une autre en 1823 et une dernière en 1953.

— 1953.

— Veuillez patienter, je vous mets en relation…

C'est plutôt marrant.

Une voix répond bientôt.

— Allô ?

— Hum, bonjour, vous êtes bien Alice Oppenheim, de Philadelphie ?

— Oui, c'est moi.

— Bonjour, Alice, euh… Vous ne me connaissez pas, mais je suis la fille d'une de vos amies d'enfance, Maxine Firestein… Je m'appelle Alex.

— Ça, par exemple ! Maxine a eu une fille ? C'est épatant ! Comment va ta mère ?

— Oh ! Très bien. Elle a épousé mon père et ils m'ont eue. En ce moment, bien sûr, elle doit être très malheureuse — vous comprenez, je suis morte tout récemment —, mais sinon, elle est en pleine forme.

— Maxine s'est mariée ? me demande Alice comme si c'était là une chose parfaitement saugrenue. Et avec qui ?

— Bill Dorenfield.

— Elle a épousé Bill Dorenfield, le tombeur de ces dames ?

Elle se met à rire.

— Je me souviens très bien de lui. Il était ami avec mon frère Butch. Pas un grand ami, ton père n'était pas un marrant, plutôt du genre bosseur. Alors, il a épousé ta mère... Ça ne m'étonne pas, remarque, c'était tout à fait son type de femme. Elle était tellement belle... Elle est toujours aussi belle ?

— Oh oui ! dis-je, tout en restant bloquée sur la description qu'elle a donnée de mon père.

Pas un marrant, plutôt du genre bosseur... Cet homme a-t-il une seule fois soufflé dans sa vie ?

— Ta mère était la plus jolie fille de la classe.

— Ça n'a pas changé.

— Est-ce qu'elle t'a raconté la fois où elle m'a chipé tous mes jupons bouffants ?

— Oui, elle m'en a parlé.

— Elle se justifiait en disant qu'elle m'en avait laissé un.

— Eh bien, hum... il faudra que j'entende votre version de l'histoire.

— Une autre fois ! Voyons, ça me ferait quel âge, aujourd'hui ? Soixante-trois, soixante-quatre ans... Ouah, qu'est-ce qu'elle est vieille !

— C'est vrai, mais elle ne fait pas son âge.

— C'est ce qu'on dit, oui. Qu'aujourd'hui, avoir soixante ans, c'est comme d'en avoir cinquante à mon époque, et qu'à cinquante ans, on en paraît trente, etc. Moi, je me suis vieillie exprès jusqu'à trente ans, parce que je ne voulais pas avoir seize ans pour l'éternité. Trente ans, c'est rudement chouette, mais tu vois, je n'avais pas envie d'aller au-delà.

— J'ai vingt-neuf ans !

— Sans blague ! Tu es morte comment ?

— Renversée par une voiture.

— Oh ! Quel dommage, désolée de l'apprendre ! Toutes mes condoléances à ta maman.

— Euh… Ecoutez, Alice… Je ne connais pas grand monde ici, en dehors de mes grands-parents et de mon grand-oncle. Ma mère me parlait tout le temps de vous, me racontait combien vous étiez proches, alors j'ai pensé qu'on pourrait peut-être se rencontrer. Si on déjeunait ensemble, un de ces quatre ?

— Génial ! Demain, ça te va ?

— C'est parfait.

— Il y a un très bon resto français en ville. Quand tu monteras dans ta voiture, tu n'auras qu'à dire « resto français en ville » et elle t'y emmènera tout droit.

— Il faut réserver ?

— Pas la peine, on est au Septième Ciel, n'oublie pas !

— Ah, c'est vrai…

— Tu n'es pas au Septième ? me demande-t-elle, sentant probablement mon désarroi.

— Si… pour le moment, mais…

— Ouf ! Tu n'es pas dans leurs espèces de limbes ! Pas de souci, alors, on en reparle demain.

— C'est vrai ? Pas de souci ? Parce que je m'en fais, moi, du souci.

— Promis, juré, pas de souci. Ta mère était l'une de mes meilleures amies, alors, je vais bien m'occuper de toi. Ecoute, là, il faut que file à mon cours de tennis, mais on se voit demain. Disons 13 heures, et on discutera. Il me tarde de te connaître !

— Moi aussi. 13 heures, c'est parfait.

— Et… Alex…

— Oui ?

— Franchement, ne te mets pas martel en tête. Je suis là.

— D'accord.

— Allez, bisous bisous !

— Au revoir, Alice.

« Bisous bisous » ? Peu importe… Ce coup de fil m'a sacrément remonté le moral !

Ma petite Peaches passe par le passage percé exprès pour elle dans la porte.

Elle se plante devant moi et lève les yeux d'un air navré, les oreilles retroussées.

— Tiens, mais qui voilà ? Mademoiselle Peaches ! Je me sens terriblement privilégiée à l'idée que tu daignes m'accorder un peu de ton temps si précieux.

Elle saute sur mes genoux et se met à me lécher le visage. Je la caresse.

— Oui, oui… Moi aussi, je suis désolée.

J'attrape une boîte d'éclairs au chocolat dans le frigo et j'embarque Peaches dans le salon. J'allume ma chaîne céleste de prédilection : « Vos épisodes de série préférés » et je tombe sur *I Love Lucy*, l'épisode où Lucy tente d'annoncer à Ricky qu'elle est enceinte de Little Ricky. Mon épisode préféré, bien sûr. Ensuite, je regarde mon épisode préféré de *Mary Tyler Moore*, celui où Rhonda emmène Henry Winkler à un dîner chez Mary et où cette dernière n'a pas de place pour le faire asseoir, ni suffisamment de veau prince Orloff. Henry doit se mettre tout seul près de la fenêtre pendant que les autres s'installent à la table de la salle à manger. C'est trop drôle ! Je commence un peu à fatiguer au milieu de mon épisode préféré de *La Tribu Brady*, celui avec Davy Jones. Vers le milieu de mon épisode préféré de *Taxi* (toute la bande essaie de faire obtenir son permis à Jim), je m'assoupis.

Je me réveille quelques heures plus tard. Il fait nuit. Peaches est toujours à côté de moi. Je l'ai tirée de son sommeil en bougeant.

— Merci d'être à mes côtés, ma belle.

Elle pose sa tête sur mon ventre et nous nous rendormons.

Un seul ami suffit peut-être sur Terre, mais au paradis, on n'en a jamais trop.

3

Sur Terre, outre mon nom officiel, je bénéficiais de cinq autres identités prestigieuses.

J'étais :

La fille de Bill Dorenfield (c'était même carrément mon second prénom, Alex « Fille de Bill Dorenfield », mais ce détail est sans importance au regard du plus beau jour de ma vie relaté dans ce chapitre).

La fille de Maxine Dorenfield.

La petite-fille d'Evelyn Firestein.

La petite-fille de Harry Firestein.

La nièce de Morris Salis.

Vous ne pouvez pas ne pas connaître mon grand-oncle et mes grands-parents. Tout le monde les connaît. Ils avaient quitté cette Terre depuis une bonne vingtaine d'années qu'on faisait encore référence à moi comme étant la petite-fille d'Evelyn Firestein, de Harry Firestein ou la nièce de Morris Salis. J'ai toujours adoré qu'on m'aborde en me demandant : « Vous ne seriez pas la petite-fille d'Evelyn Firestein, par hasard ? Quelle grande dame c'était ! »

Ça m'a toujours plu.

Et comme ils avaient des tombereaux d'amis, ce genre de scène se reproduisait souvent. Les Firestein régnaient sur la vie mondaine de Philadelphie. Je n'ai pas souvenir d'un temps où le téléphone n'ait pas sonné chez eux, sauf bien sûr quand quelqu'un était déjà au bout du fil, c'est-à-dire à longueur de journée.

Mon père taquinait ma mère quand elle avait passé toute la soirée au téléphone.

— C'est de famille ! m'expliquait-il en riant. Entre ta mère et ta grand-mère, la compagnie du téléphone ne mettra jamais la clé sous la porte.

Il en plaisantait, mais c'était la vérité. Quand je me remémore ma grand-mère, je la revois assise près du combiné jaune fixé au mur de sa cuisine, bavardant jusqu'à pas d'heure : qui portait quoi à telle ou telle soirée (avec en prime l'avis des deux interlocutrices sur la tenue en question), les projets de dîner en ville, d'excursion sur les plages du New Jersey... Les invitations pleuvaient : des mariages, des bar-mitsva, des galas par-ci, des kermesses par-là... Elles étaient toutes affichées sur le réfrigérateur de mes grands-parents. De son côté, oncle Morris, qui habitait la maison d'à côté, multipliait les rendez-vous galants ; sinon, on le trouvait au troquet du coin avec sa bande de célibataires endurcis.

Et puis, il y avait toujours un bal.

Mes grands-parents adoraient danser. Même les soirs où ils me gardaient, ils allumaient le tourne-disque à un moment ou à un autre, et se mettaient à danser le mambo, la rumba ou un simple two-step. Au reste, ils étaient excellents danseurs. Tous les gens qui ont fréquenté mes grands-parents et mon grand-oncle connaissaient leur talent sur la piste.

La famille conserve un film amateur tourné en Super 8. Ce sont les dernières images que nous ayons de mes grands-parents. On y voit grand-papa danser avec grand-maman dans notre cuisine. Puis le film s'interrompt. Il reprend ensuite avec des couples de danseurs différents : mon grand-père et ma mère, oncle Morris et ma grand-mère. Enfin, ma petite personne de quatre ou cinq ans fait irruption dans le champ de la caméra et je me mets à danser avec grand-maman et grand-papa. Puis, mon grand-père me soulève de terre et nous nous lançons dans un two- (ou plutôt three-) step. Je n'ai aucun souvenir du tournage de ce petit film. Ce doit être mon père qui tient la caméra, puisqu'il est le seul à ne pas apparaître. La séquence est muette, mais tout le monde parle à la caméra, sourit, fait des grimaces. J'ai souvent visionné ce petit extrait ; chaque fois que j'avais le cafard, en fait. Il ne durait que trois minutes environ, mais c'était largement suffisant. Ces images me ramenaient à l'époque où grand-maman, grand-papa et oncle Morris étaient encore vivants et où chez moi, le quotidien était un état de fête permanent.

Je regrette que toute cette période avec mon oncle et mes grands-parents ne puisse pas représenter en bloc le troisième plus beau jour de ma vie. On peut dire que, après Pénélope, grand-papa, grand-maman et oncle Morris étaient mes meilleurs amis. Personne n'a jamais été aussi proche de moi, personne ne m'a jamais mieux comprise que ces trois-là. Jusqu'à mes douze ans, j'avais l'impression que dans ma famille, c'était la fête non-stop.

Etant donné qu'il était hors de question de confier l'enfant miracle à une baby-sitter, les membres de ma famille me gardaient à tour de rôle, selon un principe de rotation. Un samedi soir, c'était mes grands-parents, le suivant oncle Morris. Et comme je vous l'ai déjà dit à propos du deuxième plus beau jour de ma vie, le samedi soir était consacré au bridge et au cinéma. Par conséquent, il était rare que mes parents restent à la maison.

Le samedi soir était spécial, mais à vrai dire, il ne se passait guère un jour sans que je voie tout le monde, parce que mes grands-parents et oncle Morris étaient toujours chez nous. Maman m'a raconté qu'au début de leur mariage, papa, excédé par l'omniprésence de sa belle-famille, lui avait demandé de dire à sa mère d'espacer ses visites. (Je trouve fort révélateur qu'il soit passé par ma mère pour délivrer le message à ma grand-mère. Je pense… non, je *sais* que grand-maman était la seule personne au monde à l'intimider.)

— Dis-lui qu'en t'épousant, il a épousé ta famille ! a alors rétorqué ma grand-mère.

Quand ma mère lui a fait part de cette réponse, mon père n'a rien répliqué. Mais ma grand-mère n'a plus jamais eu besoin de lui mettre les points sur les *i*. Il avait épousé la belle Maxine Elaine... il devait en assumer les conséquences.

Je surnommais oncle Morris mon Père Noël. Chaque fois que je le voyais, il avait un cadeau pour moi et souvenez-vous, je le voyais presque tous les jours ! Ça pouvait être tout et n'importe quoi : des pastilles à la menthe Life Savers ou une poupée de chiffon grandeur nature Raggedy Ann (qui s'est unie à ma girafe géante de chez FOA Schwarz lors d'une cérémonie toute simple que j'ai célébrée, à huit ans, devant tous les Dorenfield/Firestein/Salis réunis).

Oncle Morris possédait un magasin de vins et spiritueux au 2301 de South Broad Street, dans le sud de Philadelphie. On dit qu'au terme de la Prohibition, il a été l'un des premiers à prendre une licence de débit de boissons à emporter. Nul ne savait comment il se l'était procurée. Tiens, il faudra que je lui pose la question un de ces jours ! J'avais l'impression qu'il avait une double vie, une vie secrète que tout le monde ignorait. Il était demeuré célibataire, comme je vous l'ai déjà expliqué, s'étant senti moralement tenu de s'occuper de ses sœurs après le décès de leurs parents. Lorsqu'il n'est plus resté que grand-maman, elle a eu le culot de lui dire : « Je peux très bien m'occuper de moi toute seule. A présent, Morris, trouve-toi une fille ! » Il devait avoir autour de quatre-vingts ans...

Il n'en a rien fait. J'ai vu des photos de lui au bras de différentes femmes, dans ses albums, mais il ne s'est jamais marié. Pour lui, rien ne devait faire obstacle au soin qu'il vouait à sa famille. Moi, j'admire ça, pas vous ?

Durant la Seconde Guerre mondiale, oncle Morris a veillé à ce que ma grand-mère ait des bas et ma mère des chewing-gums (on avait beaucoup de mal à se procurer ces deux articles, en ce temps-là). Dans les années 1950, époque où les pulls en cachemire faisaient fureur, ma mère en possédait six. Oui, vraiment, oncle Morris était notre Père Noël.

Maintenant que vous savez tout du clan Firestein/Salis, vous comprenez mieux pourquoi j'affirme que ce sont des gens tout à fait extraordinaires.

Comme je l'ai déjà indiqué, j'aurais bien aimé traiter tous ces jours-là en bloc, mais puisque c'est impossible, je me contenterai de vous présenter le dernier de cette période dont je me souvienne, autrement dit, le troisième plus beau jour de ma vie.

Toutefois, avant de commencer, je dois attirer votre attention sur un point. Mes grands-parents et mon oncle souffraient de problèmes cardiaques. Pas de problèmes gravissimes, notez bien. Rien que n'auraient pu prévenir un régime équilibré et la pratique d'exercices physiques (pratique inexistante chez eux en dehors de leurs séances de danse). Je me souviens seulement qu'aucun d'eux ne salait les aliments, durant les dernières années. Il n'y avait pas de sel, chez eux. On ne se rend pas compte de la saveur qu'apporte le sel à un repas tant qu'on n'en est pas privé. Dès lors que cette mesure est devenue obligatoire, les dîners chez mes grands-parents n'ont plus jamais été les mêmes. Le maïs sans beurre salé ou les pommes de terre sans sel, berk ! Fini, la poitrine de bœuf marinée dans le ketchup, les hauts de cuisses et les pilons de poulet casher saumurés, le bouillon aux boulettes de pain azyme avec cubes de bouillon supplémentaires pour l'épaissir… Il n'y avait même plus une seule plaquette de beurre ou un misérable bagel à l'oignon ! A partir de là, on n'a plus servi chez eux que des blancs d'œufs et du pain complet, des blancs de poulet archisecs et du poisson sans goût. C'est la seule chose remarquable qui m'a frappée, et je n'en ai pas été contrariée outre mesure. C'était ainsi, voilà tout. Grand-maman me demandait chaque fois si je voulais du sel, mais je refusais d'en mettre un seul grain dans mon assiette quand j'étais chez eux. L'idée que je puisse généreusement m'en octroyer, alors qu'il leur était contrindiqué, me donnait mauvaise conscience, aussi m'en privais-je également. Ah oui, et puis grand-maman devait porter un patch au bras. C'était comme un gros pansement qu'elle se collait au-dessus du coude. Un jour, je lui ai demandé ce que c'était, si elle était tombée ou quoi, et elle m'a répondu que le patch contenait de la glycérine, un médicament destiné à la soulager. Comment un pansement sur le bras avait-il le pouvoir de la soulager, je l'ignorais à l'époque, mais je l'ai découvert plus tard.

Malgré ça, tout restait normal au sein de notre famille. On ne faisait pas d'histoires à cause de ce patch ou du sel. Enfin, peut-être qu'on en faisait, mais pas devant moi — surtout ne pas perturber l'enfant miracle ! — si bien que je ne me souviens pas d'avoir eu l'impression qu'il faille s'alarmer.

Mais revenons-en plus précisément au troisième plus beau jour de ma vie… La dernière fois que nous avons tous été réunis, la comédie musicale *Annie* était à l'affiche du Walnut Theatre de Philadelphie et nous devions y assister. J'en étais surexcitée de chez surexcitée. Cette soirée serait une vraie fête. Pénélope était invitée et on m'avait permis de choisir le restaurant. Tout d'abord, j'ai choisi Murray's Deli (j'ai toujours été une inconditionnelle du potage bortsch). Mais grand-maman m'a fait remarquer :

— Du bortsch, je peux t'en faire du meilleur à la maison. Choisis un endroit plus original.

J'ai alors opté pour Bennihanna.

— Avec tout le sel qu'ils mettent dans la nourriture ? Non, tu peux trouver mieux.

Alors, j'ai cité un restaurant que grand-maman adorait, pour lui faire plaisir.

— Et si on allait chez Bookbinders ?

— C'est une merveilleuse idée ! s'est-elle exclamée, en me

serrant dans ses bras. Tu es la petite fille la plus intelligente du monde !

Si vous ne connaissez pas, Bookbinders est un très célèbre restaurant de fruits de mer de Philly. Il existe depuis des siècles. Mes grands-parents et mon oncle y allaient du temps de leur jeunesse et mes parents aussi. C'est une institution. On y sert tout ce qui vous fait envie, même si vous êtes astreint à un régime sans sel.

Ce qui est bon, là-bas, c'est leur shortcake à la fraise, seconde raison qui a motivé mon choix.

Nous nous sommes tous faits beaux pour nous rendre au théâtre, ce soir-là, grand-maman, maman, Pénélope et moi en robe, papa, grand-papa et oncle Morris en costume. « On doit bien s'habiller pour aller au théâtre, par respect pour les gens qui sont sur scène », disait toujours grand-maman. Elle est même allée jusqu'à téléphoner à la mère de Penny pour s'assurer que cette dernière porterait bien une robe. Depuis, chaque fois que je vais voir un spectacle à New York, je continue à me faire belle (du moins je *continuais*). Ça me fout en rogne que les gens ne s'habillent plus pour se rendre au théâtre. C'est tellement triste ! Je suis la seule personne élégante de la salle, quand j'y vais (enfin, quand j'y *allais*).

Pour en revenir à Bookbinders, j'ai pris ce jour-là leur fameuse soupe de vivaneau. Penny a commandé une poêlée de crevettes et nous nous sommes partagé les frites (sans sel, pour que grand-maman puisse en picorer quelques-unes). Je ne me souviens pas de ce que mes grands-parents et mon oncle ont commandé, mais à tous les coups, c'était un plat sans sel.

Ah, il faut que je vous dise aussi que dans ma famille, on parlait toujours tous en même temps et cette soirée n'a pas fait exception à la règle. Ça ne m'avait jamais frappée, jusqu'à ce que Pénélope m'en fasse la remarque. Quand elle y a fait allusion, j'ai compris soudain que chacun suivait le fil de son propre monologue, adressé à la cantonade, au cas où quelqu'un souhaiterait rebondir dessus.

— C'est comme un langage secret qui n'appartiendrait qu'à vous, a-t-elle conclu.

Ça m'a beaucoup étonnée qu'elle ne comprenne pas ce qui se disait. C'était pourtant clair ! Maman et grand-maman échangeaient les derniers potins, interrompues de temps à autre par papa qui rectifiait une information : « Vous déraillez, Evelyn, Mort Gainsburgh ne trompe pas Sylvia ! » De leur côté, papa et grand-papa discutaient des Phillies, interrompus quelquefois par oncle Morris : « Tu es fou, Harry, les Phillies possèdent un avantage majeur sur Détroit en la personne de Mike Schmidt ! » Enfin, oncle Morris parlait au bar de son stock d'alcools, interrompu çà et là par maman : « Oncle Morris, c'est de la vodka que tu m'as fait goûter, la semaine dernière ? Elle était délicieuse. » Et puis, il y avait des gens à saluer dans le restaurant… Des tas de gens. Ça ne loupait jamais : chaque fois que nous sortions tous ensemble, les gens ne cessaient de s'arrêter à notre table.

— Tiens, Carol et Richard ! s'écriait grand-maman, tandis que lesdits Carol et Richard se ruaient vers nous pour nous saluer et échanger les commérages du jour.

— Ça ne serait pas un vrai samedi soir si Evvie et Harry Firestein n'étaient pas de sortie ! affirmaient Ruth et Lou Goldman en se dirigeant vers nous.

— Bill Dorenfield ! lançait un promoteur de moindre envergure que mon père. Nous étions justement en train de parler de votre projet dans Spruce Street, l'autre jour.

Ce soir-là, j'ai ignoré tout le monde (sans toutefois en perdre une miette) et dégusté ma soupe de vivaneau en papotant avec Penny, pendant que défilait le cortège des connaissances. De temps en temps, quelqu'un faisait allusion à moi. Ruth Goldman, par exemple.

— Regardez comme elle est jolie, tout le portrait de sa mère.

— Je vous appelle lundi au sujet de cette proposition, concluait le type qui essayait de faire affaire avec mon père.

— Alors, c'est entendu, nous déjeunerons ensemble la semaine prochaine, disait Carol à ma grand-mère.

Voilà, c'était ma famille…

Après le dîner, nous sommes donc tous allés voir *Annie*. Vous connaissez sans doute, mais pour que vous ayez le contexte, je vous précise qu'*Annie* est inspirée d'un personnage de bande dessinée, *Little Orphan Annie*. L'orphelinat la choisit pour passer Noël avec un célibataire plein aux as, Daddy Warbucks (on est en droit de se demander pour quelle raison exacte un adulte voudrait passer Noël avec une fillette. Cela dit, à l'époque, nous avons tous marché comme un seul homme. Mais je m'éloigne du sujet.) Daddy Warbucks se prend d'affection pour Annie (hum hum, mais encore une fois, je m'éloigne du sujet) et décide de l'adopter, sauf qu'Annie, elle, croit que ses vrais parents vont finir par venir la chercher. Il y a ensuite toute une embrouille avec Mlle Hannigan, la directrice de l'orphelinat, jalouse qu'Annie soit adoptée par Warbucks. Son frère et elle se font alors passer pour les parents d'Annie afin de la récupérer, mais comme dans toutes les belles histoires, à la fin, ils sont démasqués et Annie reste vivre avec Warbucks qui l'adopte. Liesse générale. Tout le monde nage dans le bonheur.

Depuis que le spectacle était à l'affiche, toutes les filles de mon âge fantasmaient sur *Annie*, convaincues d'être la future interprète du rôle. Dana Stanbury et Kerry Collins se sont mises à prendre des cours de chant et lorsque le concours de jeunes talents est arrivé en ville, ça n'a plus été qu'un concert ininterrompu de *Tomorrow*, la chanson emblématique de la comédie musicale. Moi, je savais que je n'avais pas de voix, contrairement à Dana, Kerry et Julie, aussi, quand mes grands-parents m'ont demandé de la leur interpréter, j'ai refusé. Mais un jour qu'il n'y avait personne dans les parages, j'ai essayé devant Pénélope.

Son verdict a été implacable :

— Tu chantes vraiment comme la dernière des casseroles, Alex.

Penny était la seule à savoir me remettre les idées en place.

N'empêche, j'adorais ce spectacle. J'adorais l'histoire de cette petite orpheline qui finit par se retrouver comblée de tout ce dont elle rêvait. Ça ne m'a pas frappée à l'époque, mais aujourd'hui, je m'en rends compte : je vivais comme Annie devait un jour vivre.

Nous nous sommes installés au balcon, dans une loge privée. Grand-maman nous glissait des noix de cajou en douce (non salées, bien entendu). Quand on en est arrivé au moment où Annie est forcée de quitter Daddy Warbucks pour suivre Mlle Hannigan, grand-maman et moi, on a fondu en larmes.

Quel spectacle ! (Au fait, par curiosité, vous donnez des spectacles, ici ? Si oui, j'adorerais revoir celui-ci.)

Après le théâtre, nous avons déposé Penny chez elle. De retour à la maison, nous avons dégusté de la glace chocolat menthe 31 Flavors, mon péché mignon, sur la terrasse de derrière. La soirée était très chaude. On entendait le chant des grillons et les lucioles illuminaient la nuit. Assise entre grand-maman et grand-papa, j'ai écouté les commérages des grandes personnes sur Ruth et Lou Goldman, Richard et Carol, et ce type obséquieux qui essayait de faire affaire avec mon père. A un moment, quelqu'un a dit qu'il fallait que j'aille faire ma toilette. Je me suis brossé les dents et ai gagné ma chambre rose avec mon lit à baldaquin rose, mes poupées du monde entier et mon doudou Snoopy, le fidèle gardien de mon sommeil.

Je suis allée me coucher, ce soir-là, de même que d'innombrables soirs auparavant, bercée par les rires et les bavardages étouffés de ma famille, qui s'attardait dehors.

— Combien de fois dois-je vous dire que Mort Gainsburgh n'a pas de liaison dans le dos de Sylvia !

Ça, c'était grand-papa.

— D'autant que je sais de source sûre que Mort Gainsburgh n'est plus en état d'avoir de liaison avec personne.

Oncle Morris.

— D'où tu tiens cette information ?

Maman et grand-maman d'une seule voix.

— Au bar, tout le monde sait que le « Popaul » de Mort Gainsburgh a des faiblesses ; il a eu un problème à la prostate, il y a quelques années. Il passe son temps à s'en plaindre et à regretter l'époque où il trompait Sylvia à tour de bras.

Grand-maman triomphe en riant.

— Il lui est donc bel et bien infidèle ! Je le savais.

— Ma foi, il a pu l'être, mais plus maintenant.

Conclusion des hommes de la famille, dans une explosion de rire général, tandis que je pouffais dans mon lit.

Ce soir-là a été le dernier soir avant que les grands changements ne surviennent. Il n'avait rien d'extraordinaire. Et c'est justement pour ça que je m'en souviendrai toujours comme l'un des plus beaux jours de ma vie.

Parce que après ça, tout le monde s'est mis à tomber malade.

Un jour, je suis rentrée de l'école et ma mère m'a appris que grand-papa était à l'hôpital, mais qu'il n'y resterait que quelques jours.

Les quelques jours sont devenus des semaines et très vite, oncle Morris s'est installé chez nous pour s'occuper de moi, parce que mes parents passaient tout leur temps à l'hôpital. Je n'ai jamais rendu visite à grand-papa là-bas. Durant toute cette période, sauf quand j'étais à l'école, je ne voyais presque personne à part oncle Morris. Surtout, ne jamais emmener l'enfant miracle dans un hôpital rempli de gens malades.

D'habitude, oncle Morris avait une façon bien à lui de me servir mon petit déjeuner. Il me faisait du pain perdu ou des crêpes, puis il jouait le rôle d'un garçon français affligé d'un accent prononcé :

— Mademoiselle Dorenfield, ce matin, j'ai pris la liberté d'adjoindre un jus d'orange fraîchement pressé à votre petit déjeuner.

— Il y a de la pulpe dedans, répliquais-je, affectant de repousser le verre.

— Mes plus plates excuses, bredouillait-il, je vous promets que cela ne se reproduira pas.

— Je compte sur vous pour y veiller.

Nous éclations de rire et nous nous étreignions de toutes nos forces.

Il faisait sauter les crêpes et les rattrapait dans la poêle, à mon grand ravissement. Le plus drôle, bien sûr, c'était quand elles atterrissaient par terre parce que alors, la règle des cinq secondes s'appliquait. Si oncle Morris n'arrivait pas à récupérer la crêpe en cinq secondes maximum, elle partait à la poubelle. S'il y parvenait, il la jetait quand même, n'empêche que c'était amusant de compter.

Sauf que durant cette période, rien ne s'est passé ainsi. Tout le temps que grand-papa est resté hospitalisé, oncle Morris m'a simplement servi des céréales dans du lait froid, sans rester dans la cuisine avec moi.

Enfin, grand-papa est revenu chez lui et j'ai pu lui rendre visite. Il avait terriblement maigri et grand-maman l'obligeait à garder la chambre toute la journée. Il m'a serrée dans ses bras. J'ai voulu m'asseoir sur son lit, mais grand-maman m'en a empêchée. Tout ce dont je me souviens, c'est qu'elle ne cessait d'arranger les oreillers qui le soutenaient en répétant à tout le monde : « Tout ce qu'il lui faut, c'est du repos, laissez-le tranquille. » C'est à ce moment-là aussi que j'ai remarqué le patch sur son bras.

— Ça sert à quoi ? Tu t'es fait mal ?

— Ce n'est qu'un médicament. Ça m'aide à pouvoir m'occuper de grand-papa.

Durant cette période, il arrivait souvent que le téléphone sonne en pleine nuit, à la maison. C'était même devenu une chose tellement banale que parfois, je continuais à dormir, mais le plus souvent, la sonnerie résonnait dans le silence et je me réveillais. Depuis ma porte, je voyais la lumière dans la chambre de mes parents. J'entendais leurs grommellements assourdis pendant qu'ils s'habillaient. Je sortais de mon lit et j'allais les voir.

— C'est grand-papa ?

— Tout va bien, ma chérie, retourne te coucher. Oncle Morris est là si tu as besoin de lui.

J'obéissais.

Je devais découvrir plus tard que grand-papa avait fait une forte poussée de température ou qu'il n'arrivait plus à respirer et qu'une ambulance était venue le chercher. Mais tout ça, je ne l'apprendrais que des années plus tard, au gré de conversations avec mes parents.

Je ne voyais presque plus ma grand-mère. Et puis, un jour, j'ai déclaré :

— Je veux voir grand-maman.

Alors, mes parents m'ont emmenée chez elle. Quand nous sommes arrivés, elle était couchée, avec son patch sur le bras, et elle m'a laissée m'allonger à côté d'elle sur son lit.

— Regardez-moi ces dents, m'a-t-elle dit. Quelles belles dents tu as, ma chérie. Fais-moi plaisir surtout, prends bien soin de tes dents, parce que les dentiers, c'est chiant comme la pluie.

— Maman ! s'est écriée ma mère, horrifiée que ce mot malsonnant ait été employé devant l'enfant miracle.

Ce n'est que plus tard que j'ai repensé à cette histoire de dents. Ce n'est que plus tard que je me suis interrogée sur le fait d'avoir trouvé grand-maman alitée. Je la croyais simplement fatiguée.

Et puis, une nuit, il s'est produit un événement des plus étranges.

Le téléphone s'est mis à sonner. Je me suis réveillée. La lumière s'est allumée dans la chambre de mes parents et propagée jusqu'à la mienne.

J'ai entendu ma mère éclater en sanglots, oncle Morris descendre dans la chambre de mes parents. Lui aussi a fondu en larmes. Je suis sortie du lit et les ai rejoints.

— Tout va bien ?

Maman m'a fait signe de venir m'asseoir près d'elle.

— Approche-toi, ma chérie… J'ai une bien triste nouvelle à t'annoncer. Grand-maman est montée au ciel.

— Tu veux dire grand-papa ?

— Non, ma chérie.

Elle a dû s'interrompre pour se moucher.

— Le cœur de grand-maman a commencé à la faire souffrir cet après-midi et à présent, elle est au ciel.

Je ne comprenais pas. Pourquoi grand-maman serait-elle morte ? Elle n'était pas malade. Elle mangeait tout sans sel. Elle portait ce patch sur le bras.

— Mais elle n'était pas malade !

Que se passait-il donc, dans cette maison ?

— Nous ne voulions pas que tu te fasses de souci. Quand les gens se font vieux, il arrive qu'ils tombent malades très rapidement et c'est ce qui s'est passé pour elle, m'a alors expliqué papa, les yeux mouillés.

Mes larmes ont débordé. C'était la première fois que je voyais pleurer mon père. A ce jour, je ne sais toujours pas ce qui m'a le plus bouleversée, la disparition de grand-maman ou l'immense chagrin de mon père.

— Et grand-papa ? me suis-je enquise.

Tout ça n'était peut-être qu'une ruse. Ils pensaient peut-être que je pourrais affronter la mort de grand-papa si j'apprenais qu'en fait grand-maman allait bien.

— Il est toujours hospitalisé, a répondu maman dans un filet de voix.

Trois jours après, nous avons organisé les obsèques de

grand-maman. Grand-papa n'a pu y assister. Cinq jours après l'enterrement, le monde continuait de défiler à la maison.

Carol et Richard :

— Ta grand-mère était une très grande dame, Alex.

Lou et Ruth Goldman :

— Je n'ai jamais connu quelqu'un qui aimait autant la vie que ta grand-mère.

Sylvia Gainsburgh, au bras de son mari Mort :

— Ta grand-mère était tellement bonne ! Elle ne disait jamais du mal des autres dans leur dos.

Deux jours après, grand-papa était mort.

Mes grands-parents sont partis à deux semaines d'intervalle. Certains ont dit que grand-maman était montée au ciel en premier pour réserver une table pour le dîner. D'autres, qu'elle voulait tout installer dans leur nouvelle maison.

A mon arrivée là-haut, j'ai demandé à grand-maman :

— Qu'est-ce que tu as dit à grand-papa, quand il est monté au ciel ?

C'est grand-papa qui m'a répondu, en imitant la voix nasillarde et haut perchée de ma grand-mère :

— Bonté divine, Harry ! Tu ne peux pas me laisser tranquille deux secondes, hein ?

Nous avons tous bien ri.

Après ça, oncle Morris a emménagé chez nous à plein temps, mais il n'était plus question de danser. La merveilleuse odeur de son cigare ne flottait plus dans la maison. Il n'y avait plus de crêpes à faire sauter. Il passait le plus clair de son temps assis dans sa chambre, devant la télévision. Il ne s'occupait plus de moi. C'était moi qui m'occupais de lui.

Je lui servais des crêpes noyées sous le sirop d'érable.

Nous regardions beaucoup la télévision. Je me fichais pas mal de ce qui passait. Et je ne pense pas que ça l'intéressait davantage. Je voulais simplement lui tenir compagnie. Ses meilleurs amis étaient morts et il était trop triste pour arriver à se changer les idées.

Un jour, je lui ai demandé de danser avec moi, mais il m'a répondu :

— Je n'en ai pas envie.

Et il a refermé la porte de sa chambre.

Puis, un autre jour, j'ai découvert en rentrant de l'école que Matilda était entrée dans notre vie. Matilda était l'infirmière d'oncle Morris. Plus tard, elle est devenue notre gouvernante.

— Qu'est-ce qu'il a, oncle Morris ?

— Rien, m'a répondu maman, il est triste. Et maintenant, il a besoin d'aide.

Il a tenu six mois sans mes grands-parents. C'était un samedi et je regardais *Mildred Pierce* sur la 12 dans ma chambre, un des films préférés de ma grand-mère. Il avait eu une attaque un peu plus tôt dans la matinée. C'est maman qui l'a trouvé mort dans son lit. Je n'étais pas encore levée. On ne m'a pas permis de quitter ma chambre. De toute façon, je n'en avais aucune envie. Oncle Morris était mort dans la pièce voisine. Il a fallu des années avant que je puisse de nouveau pénétrer dans cette chambre d'amis.

J'entendais des bruits : mes parents se murmuraient des choses, puis des gens ont frappé à la porte pour emporter oncle Morris.

Pour lui, il n'y aurait qu'une petite cérémonie. Certains de ses amis sont venus lui rendre hommage plus tard, mais nous avions eu trop d'enterrements, pas question d'organiser un service élaboré comme pour mes grands-parents. Nous avions déjà eu notre lot d'obsèques.

Après ça, en dehors de la sonnerie du téléphone, le silence a été tel dans la maison qu'on aurait pu entendre une mouche voler. Maman refusait de prendre les appels. Je devais répondre aux gens : « Elle est encore trop affligée », et bien que je ne connaisse pas le sens du mot « affligé », je le disais quand même.

Fini les pas de danse esquissés sur le linoléum de la cuisine. Fini les petits films de famille. Un jour que j'ai demandé à maman de m'acheter du jus de pruneau, elle m'a regardée avec des yeux ronds. Les baby-sitters se sont mises à défiler à la maison, le samedi soir, mais aucune ne voulait jouer au bridge avec moi. J'ai d'ailleurs complètement oublié les règles du jeu.

Plus tard, je me suis interrogée : j'embellissais peut-être leur souvenir ? J'ai alors tenté de me remémorer leurs pires moments. Ma grand-mère pouvait être franchement pénible. Elle avait (et elle a toujours) cette voix nasale et haut perchée et tout ce qui sortait de sa bouche ressemblait plus à une question ou à une exigence qu'à une constatation. Mon grand-père, lui, était un homme silencieux. Peut-être parce que ma grand-mère parlait tout le temps plus fort que lui. Peut-être était-il un vrai moulin à paroles avant de la rencontrer. Mais franchement, c'était surtout un type droit dans ses bottes qui travaillait comme comptable et rapportait du bacon à la maison. Ou des chaussures de danse, selon les cas. Peut-être trouvez-vous bizarre qu'oncle Morris soit demeuré célibataire, même quand ses sœurs ont été adultes, qu'il n'ait jamais eu de petite amie sérieuse et qu'il ait toujours vécu à côté de chez mes grands-parents. Mais tout ça n'a aucune importance. Ils étaient et restent trois des personnes les plus merveilleuses qu'il m'ait été donné de connaître, voire les plus merveilleuses de toutes. Qu'importe les travers qu'ils pouvaient avoir, ils savaient vivre, et quand on les revoit, même dans la mort, on se rend compte que rien n'est plus vrai.

A présent, vous savez pourquoi cette dernière soirée en famille se distingue des autres et pourquoi j'en fais le troisième plus beau jour de ma vie. A présent, vous savez pourquoi j'aime la soupe de vivaneau et la comédie musicale *Annie*.

Ce jour-là, nous avons été six pour la dernière fois. Ce

jour-là a été le dernier où nous avons parlé les uns par-dessus les autres et où la danse a régné dans notre foyer au lieu du silence.

Après ce jour, j'ai cessé d'être l'enfant miracle.

Chère Alice qui est aux cieux

— Grand-maman ? dis-je, les larmes aux yeux.

— Alex, qu'est-ce qui se passe ? s'affole ma grand-mère à l'autre bout du fil.

— Qu'est-ce qui se passe ? demande grand-papa en fond sonore.

C'est toujours ainsi que se déroulent les conversations téléphoniques avec mes grands-parents. Il faut toujours tout répéter à grand-papa. Pourquoi ne décroche-t-il jamais sur un autre poste ? Mystère… Mais depuis le temps, j'y suis habituée.

— Rien, j'avais juste envie d'entendre ta voix.

— Alex, je m'inquiète pour toi. Cette rédaction, c'est trop dur pour toi. Tu veux que grand-papa t'aide à l'écrire ? Il a toujours eu une belle plume.

— J'arrive tout de suite ! renchérit grand-papa.

— Non, non, ce n'est pas la peine ! C'est seulement que je viens de rédiger le passage où vous mourez. Ça m'a fichu le cafard et j'avais besoin d'entendre ta voix.

— Et c'est le plus beau jour de ta vie, ça ?

Grand-maman a haussé le ton, manifestement piquée.

— Qu'est-ce qu'elle dit ? demande grand-papa.

— Dans sa rédaction, elle a décrit notre mort comme étant l'un des plus beaux jours de sa vie.

— Mais non ! Bien sûr que non ! Je me suis mal fait

comprendre... Il ne s'agit pas du jour de votre mort, mais de la dernière bonne soirée que nous avons passée tous ensemble.

— Ah, bon... (à grand-papa) au temps pour moi, j'ai mal compris. Ce n'est pas notre mort qui a été l'un des plus beaux jours de sa vie.

— Ah, bon..., fait grand-papa.

— Grand-maman ?

— Oui, ma chérie ?

— Est-ce que je peux passer chez vous, demain soir, histoire qu'on fasse un bridge, tous les quatre ?

— Mais oui... Il faut juste que je vérifie que Morris n'est pas déjà pris, mais sinon, tu peux y compter. J'y pense, si tu invitais Adam à faire le quatrième ?

— Oh ! Il a autre chose de prévu, dis-je très vite.

— Avec qui ?

— Avec qui ? répète grand-papa.

— Avec son arrière-arrière-grand-père. Ils vont à la pêche.

— Très bien, dans ce cas, j'appellerai mon frère.

— Merci, grand-maman. Dis... on pourra boire du jus de pruneau ?

— Une bouteille est apparue ce matin même dans mon réfrigérateur, figure-toi.

— Et on pourra regarder *Mildred Pierce* ?

— Ça te remonterait le moral ?

— Oui.

— Alors, c'est ce que nous ferons. N'importe quoi pour faire plaisir à notre petite Alex.

— Merci, grand-maman. C'est dur, tu sais, dis-je, en essuyant mes larmes.

— Tu t'en sortiras très bien, ma chérie, et sache que nous serons toujours à tes côtés, quel que soit le niveau du paradis où tu te trouves.

— Promis ?

— Promis... Nous serons toujours là pour toi. Alors,

quels sont tes projets pour la journée ? Et si tu allais faire un tour en ville ? Tu n'as encore rien vu, depuis ton arrivée.

— C'est justement ce que je vais faire. Je dois rencontrer Alice Oppenheim. C'était une amie de maman, tu te rappelles ?

— Alice Oppenheim ?

— Quoi, Alice Oppenheim ? demande grand-papa.

— Alex déjeune avec Alice Oppenheim.

— Où l'a-t-elle rencontrée ?

— Où l'as-tu rencontrée ?

— Je lui ai téléphoné.

— Tu lui as téléphoné ? répète grand-maman, comme si c'était la chose la plus incroyable qu'elle ait jamais entendue. Mais comment est-ce que tu as fait, pour avoir son numéro ?

— J'ai appelé le 411.

— Tu sais faire ça ? me demande-t-elle, déconcertée. La standardiste donne des numéros de téléphone ?

— Et comment pensais-tu obtenir des numéros de téléphone, Evelyn ?

Ça y est ! Nouvelle dispute en vue…

— Je n'ai jamais entendu parler d'une chose pareille !

— Qu'est-ce que tu racontes, Evvie ? Comment te procures-tu tes numéros de téléphone, alors ?

— Eh bien, j'ai mon répertoire ! Les gens me donnent leurs numéros.

— Et si tu as besoin d'un numéro et que personne ne te l'a donné ?

— Ça ne s'est encore jamais produit.

Vous imaginez ce qu'aurait enduré grand-maman, si elle avait dû vivre à l'ère d'internet ? Et je ne vous parle même pas des télécommandes universelles…

Je les interromps :

— Ecoutez, je vais être en retard, mais je vous rappellerai tout à l'heure.

— Attends ! Quel numéro tu as dit, déjà, pour le standard ? me demande grand-maman.

— Le 411 ! hurlons-nous en même temps, grand-papa et moi.

— Et c'est là qu'on te donne les numéros de téléphone ? Il faut absolument que je raccroche.

— Ecoute, là faut que j'y aille, grand-maman. Je dirai bonjour de ta part à Alice.

Mais elle ne semble plus m'écouter.

Derrière elle, mon grand-père tempête :

— Pour l'amour du ciel, Evelyn, tu composes le 411 et la standardiste te demande le nom de la personne que tu cherches…

Je raccroche.

— … et si j'arrive à pondre une bonne rédaction, on me laissera rester ici, au Septième Ciel, sinon, on me fera descendre au Quatrième, sans Adam, sans dressing de la taille d'une chambre, et il faudra que je réserve pour aller au resto.

J'essuie mes larmes, tout en piochant une des frites qui accompagnent mon steak.

Les yeux d'Alice ne me quittent pas, comme si mon histoire était la plus hallucinante qu'elle ait jamais entendue. Elle en est littéralement bouche bée.

Enfin, elle sort de sa transe, prend une profonde inspiration et s'écrie :

— Mais tu te rends compte, Alex ? Tu es comme… tu es comme une rock star ! Tous les gens célèbres sont au Quatrième Ciel.

J'en suis bouche bée.

— Qui ça ?

— C'est ouf ! (Elle dit vraiment ça : « C'est ouf ! ») Jimi Hendrix, Elvis, Janis Joplin, Jim Morrison, Billie Holiday, Judy Garland… Là-bas, c'est la fête tous les soirs !

— Attends… Tous ces gens ne sont pas morts d'overdose ?

— Ah ? Tu crois ? En tout cas, ils font de la bonne musique ! Le Quatrième, c'est génial comme niveau !

— Mais je ne veux pas descendre au Quatrième Ciel. Je veux rester tout en haut, au Septième !

Mes larmes se remettent à couler. C'était une erreur d'avoir voulu rencontrer cette fille. De toute évidence, c'est l'une des personnes les plus immatures du paradis.

Pour commencer, elle m'a suggéré de monter dans ma voiture et de dire simplement : « restaurant français en ville ». Sauf que des restos français, il y en a peut-être huit. J'ai dû remonter sept fois de suite dans ma foutue Porsche et dire : « l'autre restaurant français en ville », avant de trouver le bon. Coup de bol, il n'y a pas d'horodateurs ni rien d'approchant, ici, et puis on déniche toujours une place pile devant l'endroit où on veut aller. J'aurais pété un câble, sinon.

Avec tout ça, j'arrive au restaurant avec une demi-heure de retard (normal) et là, pas d'Alice ! Au bout de vingt minutes, une jeune femme entre. Elle parle à la serveuse qui la conduit à une table, de l'autre côté de la salle. Ce n'est pas Alice, me dis-je. Non, ce n'est pas elle. Il se passe encore vingt minutes avant que je me rende compte que si, c'est bien elle. Cette idiote a demandé Alex *Firestein*, le nom de jeune fille de ma mère ! Quand je finis par aller m'enquérir de la personne qu'elle attend — elle a déjà dévoré trois corbeilles de pain, histoire de tuer le temps —, elle s'esclaffe, trouvant « tordant » le coup du nom de famille. Quelle idiote ! Mais mignonne. Jolie silhouette. Je dirais un bon 36… Elle porte un bas de survêtement blanc Juicy, un débardeur blanc et une veste trois quarts blanche en tricot, sûrement DKNY. Moi, j'étrenne mon legging noir, une minijupe écossaise Alexander McQueen, des bottes noires Robert Clergerie et un T-shirt noir à manches longues. On fait très yin et yang, toutes les deux, et je ne puis m'empêcher de penser que c'est peut-être aussi le reflet de nos personnalités.

— Ecoute, dit-elle, en me prenant la main. Vu d'ici, je sais bien que ça doit te paraître épouvantable, l'idée de dégringoler de quelques niveaux, mais ça reste le paradis, et il est merveilleux où qu'on soit. Toutes ces histoires de biens matériels, c'est chouette, mais l'important, à tous les niveaux, c'est le sentiment d'être aimé, de savoir qu'on a bien vécu sa vie. C'est ça, le paradis !

Elle me débite son baratin à grand renfort de gesticulations, comme si elle me faisait part d'une révélation mystique.

Regain de larmes de mon côté.

— Mais moi, je me sens punie. Pourquoi on me punit ? Je ne suis pas un monstre, je n'ai rien fait d'horrible !

— D'abord, pourquoi est-ce que tu pars du principe que tu vas louper ta rédaction ? Tu sais que t'es déprimante, comme fille ? (Elle pique quelques frites dans mon assiette.) C'est pas la première fois que je vois ça. J'ai été ange gardien durant des années…

— Et la personne sur laquelle tu veillais, elle a réussi son examen d'entrée ?

— Non, enfin, je veux dire… elle est toujours vivante. Mais je connais quelqu'un qui a dû passer l'examen, comme toi. Il s'est planté, d'accord, et il vit au quatrième niveau, mais il écoute de la musique sensass !

Cette fille ne m'est d'aucun secours.

— Comment ça se fait que tu aies été ange gardien ?

— Eh bien, à mon arrivée ici, je n'avais pas de famille. Je n'avais que seize ans. En fait, si, j'avais des arrière-grands-parents, mais pas tellement d'atomes crochus avec eux. Quand je suis morte, j'ai été triste un bon bout de temps. Tu comprends, je ne suis jamais tombée amoureuse, sur Terre, je ne me suis jamais mariée, je n'ai pas eu d'enfants. Je voulais juste connaître tout ça, alors je me suis engagée là-dedans, histoire de voir la vie. C'était marrant. Je veillais sur une fille de Chicago. C'était dans les années 1960 et je peux te dire qu'on est allées dans des endroits incroyables ! C'est comme ça que j'ai connu tous ces grands musiciens.

— Et qu'est-ce qu'elle est devenue ?

— Sheila ? Oh ! Elle va très bien. Elle s'est mise à militer au sein du Mouvement de libération des femmes, dans les années 1970, puis elle a rencontré un mec, elle est tombée amoureuse et ils sont partis vivre à Dallas. Elle a trois enfants, aujourd'hui. Maintenant que j'y pense, il se peut même qu'elle soit grand-mère. Au bout de quelques années, j'ai arrêté de m'occuper d'elle. Ma mère venait de mourir et je voulais passer du temps avec elle. Mon frère Butch est mort il y a quelques années, lui aussi, autrement dit, j'ai retrouvé presque toute ma famille. Mais j'ai pu voir Sheila tomber amoureuse et avoir un enfant. C'était vraiment beau. Ça m'a permis d'imaginer à quoi aurait ressemblé ma vie. Ça valait vraiment le coup de faire ce truc.

— Alors, tu ne regrettes pas d'être morte si jeune ?

Elle réfléchit à la question.

— Tu sais ce qui me fout en rogne ?

Elle se penche vers moi, plante ses yeux dans les miens, et murmure :

— Ce qui me fout en rogne, c'est de ne pas avoir eu l'occasion de changer le monde. Qu'est-ce que je regrette de ne pas avoir participé à la libération des femmes ! C'est dingue, ce qu'elles ont fait, ces filles… L'égalité des droits et tout le reste. De mon temps, il n'y en avait que pour les hommes. J'aurais tellement voulu faire brûler un soutien-gorge !

Je crois qu'elle a terminé, mais non, elle poursuit avec un soupir :

— C'est à ce moment-là que j'ai décidé de ne pas vieillir davantage. Ça me plaît d'avoir trente ans. Trente ans, c'est l'âge où tu es encore considérée comme jeune, mais en même temps, tu as le droit de manger à la table des grandes personnes. Oui, trente ans, c'est le plus bel âge, sur Terre comme au ciel, conclut-elle, en se renversant contre sa chaise, comme si elle venait de se réconcilier avec elle-même.

— La table des grandes personnes, qu'est-ce que c'est ?

— La table des grandes personnes… Tu sais bien, dans les repas de famille, les enfants mangent à une table et les grands à une autre. C'est comme ça que je le vois, en tout cas.

— Sauf que chez nous, quand j'étais petite, il n'y avait pas de table à part pour les enfants. J'étais fille unique.

— Ah, c'est vrai ! Et comment vont tes grands-parents, à propos ? Je me souviens d'eux, ils avaient une sacrée pêche.

Je souris.

— Ils l'ont toujours. Ils vont bien.

— Ils ont dû être rudement contents de te revoir.

— Oui, en effet, dis-je, en souriant de plus belle.

De nouveau, elle se penche vers moi.

— Je peux te poser une question, Alex ?

Son regard intense reflète à la fois l'impatience et le plaisir anticipé.

— Est-ce que tu as pu faire quelque chose pour changer le monde ? C'était comment d'être une femme à ton époque ? Tu te rends compte de la chance que tu as eue de grandir à un moment où les femmes sont les égales des hommes ?

Soudain, je prends conscience de la génération à laquelle elle appartient réellement, et je me sens nulle. Physiquement, Alice a peut-être l'air d'avoir trente ans, mais elle n'en avait que seize à son décès, et dans les années 1950, par-dessus le marché.

— Tu as pu changer le monde ? me demande-t-elle de nouveau.

Je dois prendre quelques secondes pour réfléchir à sa question.

J'ai porté un bracelet jaune Livestrong. J'ai voté aux trois dernières élections présidentielles. J'ai arboré le ruban rose pour soutenir la lutte contre le cancer du sein et le ruban rouge en signe de solidarité avec les malades du SIDA, pour aider la recherche…

Mais… ai-je fait quoi que ce soit pour changer le monde ?

— C'est-à-dire que les jeunes femmes de la seconde partie du XXe siècle n'ont pas eu à changer le monde, Alice… Nos mères l'ont fait avant nous.

— Et toi alors, tu as fait quoi ?

— Pour changer le monde ?

J'ai envie de lui répondre que je me suis acheté des tonnes de chaussures et de sacs à main, histoire de rigoler, mais je ne suis pas sûre qu'elle saisisse la plaisanterie, et puis ce n'est pas tout à fait une plaisanterie, du reste. Après tout, le consumérisme, c'est la clé de notre prospérité, pas vrai ? Mais je m'abstiens de lui dire ça. Franchement, je n'ai aucune idée de ce que j'ai bien pu faire pour changer le monde. Etais-je trop jeune ? Trop flemmarde ? D'ailleurs, attendait-on vraiment de moi que je change le monde ? Je lisais le *New York Times* (O.K., seulement la rubrique mode, mais je jetais quand même un coup d'œil aux autres pages, de temps en temps). Je me tenais informée de l'actualité internationale, de tous les trucs qui se passaient en Afrique… Je regardais Oprah. Eh… mais… c'est à cause de *ça* qu'ils vont peut-être me rétrograder au Quatrième Ciel ? Parce que je n'ai pas changé le monde ?

— Je n'en sais rien, dis-je finalement à mi-voix.

— Ta rédaction t'aidera peut-être à trouver la réponse.

Je ne relève pas. Un mal de tête surgi de nulle part commence à m'enserrer les tempes. Une migraine au paradis, vous y croyez, vous ? Est-ce qu'ils ont seulement de l'Advil, ici ?

— Hé, s'écrie-t-elle, tout excitée, si on allait faire les magasins ?

— Je ne sais pas… Il faudrait que je rentre, dis-je hypocritement, tout en songeant à ma boutade-qui-n'en-était-pas-vraiment-une de toute à l'heure, à propos d'acheter des sacs et des chaussures.

Peut-être ai-je suffisamment fait de shopping dans ma vie. Mais Alice a de la suite dans les idées.

— Allez ! insiste-t-elle, en me forçant à me lever. Ta mère sera furax contre moi, si elle apprend que je ne t'ai pas remonté le moral. Ne me dis pas que tu n'aimes pas faire les boutiques ?

Sa dernière question m'arrache un petit rire et avant que j'aie eu le temps de dire ouf, nous voilà parties.

Le shopping au paradis, c'est… comment dire ? *Divin*. J'explique à Alice qu'il me faut un marcel. Sauf qu'ici, ça s'appelle un « Marcelle ». Sans rire, le magasin où elle m'emmène s'appelle *La revanche des Marcelles* ! A l'intérieur, on en trouve de toutes les formes et de toutes les tailles, dos nageur, débardeurs classiques, des centaines de modèles…

— Bonjour Alex, fait la vendeuse, en m'envoyant un baiser. J'attendais de faire votre connaissance. Nous ne savions pas si vous désiriez un « Marcelle » moulant ou ample.

— Je vais prendre les deux, dis-je, en pouffant avec Alice.

— C'est bien ce que nous pensions, répond la vendeuse, en en fourrant dix de chaque dans un sac.

— J'adore ton total look noir, me confie Alice, tandis que nous entrons chez *Mince et Chic*. Moi, j'ai encore trop tendance à m'habiller tout en blanc, comme à l'époque où j'étais ange gardien.

Comme vous pouvez l'imaginer, tout, mais alors tout, chez *Mince et Chic*, est noir.

— Alice, bienvenue chez *Mince et Chic*, le magasin qui renouvelle le noir.

J'essaie un pantalon ample avec un de mes nouveaux « Marcelles ». Alice enfile un caban militaire Jean-Paul Gaultier, orné de boutons dorés des années 1980.

Je glapis :

— Il est trop beau !

— Sublime, approuve la vendeuse.

Alice se tourne vers moi.

— Tu trouves ?

— Si tu ne le prends pas, je l'achète.

Elle est vraiment ravissante dedans, même si, comme vous le savez désormais, au paradis, on est à tomber quoi qu'on ait sur le dos.

Je commence à bien m'amuser avec elle, finalement. J'ai peut-être eu tort de la juger aussi sévèrement. Après tout, c'est une gamine.

Chez *Quatre Carats et plus,* nous nous décidons pour des clous en diamant de quatre carats, parce que franchement, si vous aviez le choix, vous prendriez moins de quatre carats, vous ?

Chez *Mini Riquiqui* (où le 34 va à tout le monde), nous nous intéressons à la nouvelle collection d'automne de Dolce & Gabbana. J'achète (ou plutôt je prends) des hauts très décolletés et Alice des tenues plus sages. Je ne suis plus trop branchée manches trois quarts bouffantes maintenant que je n'ai plus les bras flasques, mais Alice si.

Tandis que j'essaie un bustier argenté avec un pantacourt, je prends conscience du plaisir que j'ai à faire cette virée shopping. Durant les deux dernières heures, je n'ai pensé à rien, ni à la rédaction, ni au Quatrième Ciel. Ma mère s'éclaterait comme une folle dans ces magasins célestes.

— Hé, Alice !

Elle est en train d'essayer des mocassins Cole Haan, tandis que j'enfile des escarpins Louboutin avec des talons aiguilles de quinze centimètres.

— C'est quoi le truc pour visiter les gens en rêve ? Je voudrais faire savoir à mes parents que je vais bien.

— Ça demande beaucoup d'entraînement, répond-elle, en jaugeant l'effet de ses chaussures dans le miroir. C'est le genre de choses qui doit venir de l'intérieur. Tu te concentres, tu synchronises ton âme et ton esprit et tout à coup, ça marche.

— Comment on s'entraîne à faire ça ?

— Bof, il n'y a pas d'entraînement à proprement parler.

C'est vraiment difficile à expliquer… C'est un peu comme le jour où tu as réussi à faire du vélo : tu ne sais pas comment tu t'y es prise pour tenir dessus en équilibre. Là c'est pareil.

— D'accord. Donc, en gros, c'est comme faire du vélo.

— Ce qui est vraiment super, une fois que tu as chopé le truc, c'est de redescendre sur Terre et de te retrouver parmi tout le monde.

— Tu veux dire comme dans les films, quand une personne se balade sans que les autres la voient ?

— Exactement ! C'est trop marrant ! Au début, quand tu arrives à le faire, tu as envie de passer des semaines sur Terre, à traîner… Sauf qu'une fois, j'ai surpris mes parents en train de faire l'amour… Ça m'a fait un de ces chocs ! J'ai décampé en quatrième vitesse. Je vais te dire un truc : tu vois toutes les fois où tu as cru que tu étais toute seule sur ton canapé, en train de te mettre le doigt dans le nez ?

— Non, je ne vois pas…

— Bien sûr que non, rétorque-t-elle, pince-sans-rire. Eh bien, disons qu'il y avait peut-être quelqu'un qui te regardait.

— Quelle horreur !

— Crois-moi, Alex, quand tu sauras redescendre sur Terre, tiens-t'en aux grands événements : mariages, bar-mitsva, inaugurations présidentielles…

Elle se retourne vers la vendeuse :

— Je vais prendre neuf paires de ce modèle, en violet.

— Pourquoi se priver ! plaisante la femme en lui tendant un sac rempli de mocassins.

Nous éclatons de rire toutes les trois.

— Et moi, je vais prendre celles-ci, dis-je, en désignant les talons aiguilles Louboutin. Et je vais les garder aux pieds.

— On s'y sent comme dans des baskets, pas vrai ?

— Tout à fait, elles sont incroyablement confortables !

Je sautille sur place en souriant.

***

De retour chez moi, je jette mes nouvelles affaires dans le dressing. Peaches a elle aussi regagné la maison après une longue journée à courir après la balle, et nous nous allongeons sur mon lit, sous la fenêtre. De là, on voit toutes les étoiles.

Tout à coup, le téléphone sonne. Faites que ce soit Adam !

Mais c'est grand-maman.

— Bonsoir, ma chérie. Comment s'est passé ton déjeuner avec Alice ?

— On s'est bien amusées. Elle est sympa, un peu étrange, mais sympa… Elle te transmet ses amitiés.

— C'est une gentille fille. Un peu bizarre, en effet, si mes souvenirs sont bons. Je suis contente que tu sois sortie, ça a dû te faire du bien.

— Oui, dis-je, en me rallongeant sur le lit. Et de ton côté, la journée a été bonne ?

— Oh ! Excellente ! J'ai appelé le 411 qui m'a fourni des tas de numéros ! C'est tout à fait extraordinaire, qui aurait cru ça ?

— Elle a passé toute la journée pendue à ce satané téléphone ! crie mon grand-père.

— Harry ! Va donc écouter un de tes matchs de base-ball. Ton grand-père me court sur le haricot, Alex ! Vivement que tu viennes manger demain, nous pourrons faire front contre lui. Je viens de faire apparaître ton *kasha varnishkes* préféré.

— J'ai hâte ! Je te raconterai tout demain, je t'adore.

— Moi aussi, ma chérie, et grand-papa t'embrasse.

— Quoi ? l'entends-je demander derrière elle.

— Je dis à Alex que tu l'embrasses !

— Dis-lui que je lui envoie tout l'amour du paradis.

Je raccroche, pour composer aussitôt un autre numéro.

— Salut, Alice, je voulais juste te remercier pour cette journée.

— Oui, on s'est bien amusées. En fait, j'allais te téléphoner pour savoir comment tu te sentais.

— Beaucoup mieux.

— Ah, tant mieux ! Je sais ce que c'est de mourir si jeune. On se sent parfois très seule et paumée, surtout avec tout ce qui te tombe dessus en ce moment. Appelle-moi, si jamais tu as envie de parler, d'accord ?

— Promis ! Au fait, si tu ne fais rien, demain soir, je mange chez mes grands-parents. Je suis sûre qu'ils seraient ravis de te revoir.

— Bien sûr ! Avec plaisir !

— Génial. A demain !

Je tente alors de me reposer les yeux et de me concentrer, suivant les recommandations d'Alice, mais toutes sortes de pensées me parasitent la tête.

J'aurais dû prendre cinq débardeurs dos nageur de plus…

Non, concentre-toi… Concentre-toi sur papa et maman.

Je m'oblige à visualiser mes parents.

Ils ne font pas trop pétasse, ces talons aiguilles ?

Concentrée, Alex.

Concentrée !

Maman.

Papa.

— Peaches !

Je lui donne une petite bourrade agacée.

— Tu ronfles !

Concentrée.

Concentrée.

Je m'imagine devant la chambre de mes parents. Ils dorment ; je vois leurs pieds au bout du lit. J'essaie d'entrer dans la pièce, mais je n'arrive pas à en franchir le seuil.

Concentrée.

Je rassemble toutes les forces de mon esprit. Le pied de maman semble tressaillir.

Je n'arrive pas à entrer.

Je suis de retour au paradis. Peaches s'est déplacée de l'autre côté du lit.

Je fais un nouvel essai.

Concentrée.

Concentrée.

Peine perdue. Je réessaierai demain.

Je reste allongée une bonne demi-heure. Impossible de m'endormir. Mon esprit continue de battre la campagne.

J'aurais dû faire quelque chose pour changer le monde, c'est clair.

4

A quinze ans, je me souviens, j'ai demandé à mon père :

— Comment sait-on qu'on est amoureuse ?

— Pourquoi, quelqu'un veut te faire faire quelque chose contre ta volonté ?

— Comment ça ?

— Ecoute, si jamais un garçon t'embête, tu me le dis, d'accord ?

A vrai dire, j'aurais bien aimé qu'un garçon m'embête. Sauf qu'à cette époque, pour avoir un mec, il aurait fallu que je le drogue (façon de parler, parce que je ne l'aurais jamais fait, notez bien. D'ailleurs, je suis sûre que si j'avais glissé un comprimé dans son verre, il aurait encore trouvé la force de me repousser.)

Pénélope, elle, a eu son premier copain à quinze ans. Elle était toujours aussi grosse, mais elle avait des seins énormes et n'en aimait son corps que davantage. Tous les garçons la dévoraient des yeux. Elle avait troqué ses montures métalliques contre des lentilles de contact. Ses cheveux gras et mal peignés étaient toujours aussi gras et mal peignés, mais nous étions dans les années 1980 et, d'une certaine manière, sa drôle de coiffure lui donnait un air cool, égayée qu'elle était par des mèches roses et violettes. Alors que Penny acquérait courbes et charme à la puberté, de mon côté, je perdais les deux. Les cookies et les Pop-Tarts avaient fini par me tomber sur les cuisses. De l'huile de friture suintait de mes pores, créant sur ma figure un paysage lunaire fait de boutons et de points noirs. En plus, j'avais commis la monumentale erreur de me faire faire une permanente. Nous étions allées chez le coiffeur ensemble, Dana Stanbury et moi. La sienne était superbe. Quant à moi, la coiffeuse devait avoir laissé le liquide frisant trop longtemps, car les boucles lustrées que j'avais réclamées à cor et à cri s'étaient transformées en coupe afro. Alors que les autres filles sortaient avec leur copain, je m'employais à oindre ma tête de mouton d'une tonne de soin démêlant, à presser et nettoyer mes boutons d'acné (oui, bon… nettoyer, pas exactement, mais on n'est pas très loin de la vérité quand même). En d'autres termes, la puberté m'avait transformée en authentique tragédie.

Alors, quand mon père m'a demandé si un garçon m'embêtait, j'ai préféré lui répondre que les inconvenances de mes camarades masculins se limitaient à m'appeler Face de pizza.

Mes copines en étaient navrées pour moi, surtout Penny.

Je me souviens tout particulièrement d'une fois…

Elle était en train de me passer de la mayonnaise dans les cheveux à l'aide d'un peigne. Cette astuce, relevée dans un magazine, était censée assouplir et redonner de la tenue à mes frisettes. Elle a eu pour seul effet de me donner envie d'un sandwich œuf/salade.

— Tu n'es pas si moche que ça, m'a-t-elle dit.

Et Kerry Collins de renchérir, inspectant ma tignasse de près :

— D'une certaine façon, c'est même plutôt cool…

Olivia Wilson y est allée, elle aussi, de son commentaire :

— C'est parce que tu n'as pas encore l'habitude de ce look. Tu n'es peut-être pas aussi moche que ce que tu t'imagines…

— Vous savez bien que si ! ai-je bramé.

— Oui, bon, c'est vrai que t'es moche, a reconnu Penny. Cela dit, tu restes ma meilleure amie, même si tu es affreuse.

C'était bien d'elle, de balancer des trucs comme ça. Elle a toujours été la reine des compliments ambigus.

J'ignore comment, mais ma mère se débrouillait pour ne rien voir.

— Tu es belle, me répétait-elle, tu es la plus jolie jeune fille du monde.

Papa, lui, était plus lucide. Un soir, alors que je m'emparais d'un litre de glace au chocolat dans le congélateur, il a déclaré :

— Maxine, Alex commence à ressembler à un sumo.

Sa réflexion m'a mise en pétard. Lui-même n'a jamais été svelte. Pourtant, au départ, il avait le physique requis. De loin, on le croirait bâti pour être mince, mais ses excès de bonne chère lui font retomber la bedaine par-dessus la ceinture. En même temps, il affiche une silhouette plutôt correcte. Vous savez comment ça se fait, vous ? Mais pour en revenir à moi, j'étais grosse, point barre. J'ai emporté la crème glacée et englouti la moitié du pot. Ça lui servirait de leçon.

Et si mon corps partait en vrille, mes hormones n'étaient pas en reste.

Je serais sortie avec n'importe quel garçon qui me l'aurait demandé. Je ressentais un besoin impérieux de flirter, d'être embrassée, enlacée, tripotée, voire d'expérimenter divers rapports bucco-génitaux. Vous n'imaginez pas à quel point j'étais frustrée. Je n'avais jamais touché un pénis de ma vie. Je n'en avais vu que dans mon manuel d'hygiène et ils étaient couverts de lésions d'herpès. Bref, j'avais atteint le stade que les parents qualifient « d'obsession pour la braguette ».

Manque de bol, il n'y avait pas un seul garçon obsédé par Alex Dorenfield.

Penny, donc, a eu son premier copain, Andrew McAuliffe, en même temps que les autres filles, en classe de troisième. Andrew n'était pas dans notre collège. Il fréquentait la Haverford School, une école de garçons (le paradis sur Terre, quoi). Il accusait trente centimètres et vingt-cinq kilos de moins qu'elle, mais ça ne les a pas empêchés de tomber amoureux. A la façon dont elle passait le bras autour de son cou et dont lui posait la main sur son large postérieur, il était clair que les différences physiques ne leur faisaient ni chaud ni froid.

N'empêche qu'ils s'aimaient et leur destin paraissait gravé dans le marbre. Andrew savait qu'en sortant avec Penny, il lui fallait faire avec sa grosse boutonneuse de copine qui insistait pour leur tenir la chandelle partout où ils allaient. Je crois que ma présence ne le dérangeait pas ; il était plutôt gentil. Peut-être était-ce de la pitié de sa part, je ne sais pas. Ou alors, Penny lui avait d'emblée mis les points sur les *i* : il était hors de question qu'elle aille quelque part sans moi.

Je leur collais tout particulièrement aux basques le week-end. Andrew avait deux ans de plus que nous ; il disposait donc d'une voiture. J'ai passé des heures à l'arrière de sa Golf Volkswagen à les regarder se tenir la main, pendant qu'Andrew conduisait. Il y avait toujours une soirée bière, le samedi — un garçon de la Main Line (un quartier huppé situé le long de l'ancienne ligne de chemin de fer reliant Philadelphie à Pittsburgh, pour ceux qui ne sont pas de Philly) qui organisait une fête en l'absence de ses parents pleins aux as.

Personnellement, je détestais ces soirées. Tout le monde se mettait minable et comme ces gamins étaient tous pétés de thune, leurs énormes baraques finissaient invariablement en dépotoir. Il y avait toujours un crétin pour grognonner d'une voix de dessin animé : « Tiens, tiens, tiens, v'là la grosse Alex », faisant allusion à ma récente et apparemment inéluctable prise de poids.

N'empêche, à part se rendre à ces soirées, il n'y avait rien d'autre à faire le week-end. Je crois qu'au fond, j'aurais préféré rester à la maison, mais j'avais la devise *carpe diem* chevillée au corps et chaque samedi, mon optimisme me faisait espérer que la soirée serait meilleure que la précédente pour moi. Ce soir peut-être, me disais-je, je me ferais peloter, ou au moins embrasser... Hélas, mon souhait ne se réalisait jamais ! Penny, Andrew et moi-même procédions toujours selon le même mode opératoire. Ils se dégotaient une chambre inoccupée et couchaient ensemble, tandis que moi, j'errais dans la maison, boule de graisse roulant de couple en couple et laissant dans son sillage un effluve de mayonnaise. Olivia Wilson, Dana Stanbury et Kerry Collins (qui, bien entendu, avaient toutes développé d'impeccables silhouettes) se trouvaient en général là, elles aussi. Alors, je regardais avec qui elles sortaient ou essayaient de sortir. Ross et Greg Rice, dans leur veste de soccer de la Friends School, fumaient de l'herbe dans un coin. Zach Mason, Joshua Roberts et son petit frère, Mike, jouaient au jeu de la pièce et picolaient jusqu'à l'hébétude, ou plutôt jusqu'à ce que l'un d'eux se mette à vomir ou s'écroule ivre mort. Et puis il y avait moi, le boudin afro à boutons, qui finissait toujours par les observer (et ce dans un grand inconfort, ajouterais-je, car c'est à cette époque que j'ai commencé à porter une gaine), en espérant qu'un jour, un garçon (pas de mon bahut, bien sûr) m'entraînerait dans une des chambres inoccupées. Je n'étais pas encore prête à coucher, mais je n'aurais pas dit non à quelques batifolages.

Mes parents ne m'ont jamais imposé de couvre-feu. De toute façon, il n'aurait pas eu de raison d'être. J'étais toujours rentrée à la maison à une heure raisonnable, vu que je n'avais rien de mieux à faire.

— Nous te faisons confiance, me disait toujours maman, en s'appliquant quelques gouttes de Chanel N° 5 avant de sortir.

— Simplement, ne laisse pas un seul de ces garçons poser ses sales pattes sur toi, précisait papa, en attachant ses boutons de manchette.

Il m'était d'autant plus facile de ne pas m'attarder que toutes mes copines devaient être rentrées à minuit et que je n'avais — hélas — aucune raison de m'incruster après le départ de tout le monde.

Et puis, un jour, mes parents m'ont annoncé qu'ils s'envolaient pour le week-end à New York. En soi, ce n'était pas un événement exceptionnel. A cette époque, ils passaient leur temps à sauter dans un avion et c'était Matilda, notre gouvernante, qui restait à la maison pour s'occuper de moi. Cette fois, néanmoins, ils me laissaient seule.

— Nous te faisons confiance, Al, m'a dit mon père. Tu as quinze ans, tu es assez grande pour t'occuper de toi toute seule.

— Et puis nous ne sommes qu'à un coup de fil d'ici, a renchéri maman.

— Je ne peux pas venir avec vous ?

— Bah, qu'est-ce que tu feras, quand nous serons au gala ? Tu vas passer toute la soirée à te morfondre dans une chambre d'hôtel en attendant qu'on rentre ? Sors plutôt avec tes amies, amuse-toi !

— Tu es tout à fait capable de te débrouiller seule.

— Et puis, Pénélope peut rester dormir à la maison, si tu veux.

N'importe quel ado aurait fait des sauts périlleux de joie à l'idée de rester seul un week-end entier, mais ça faisait une éternité que mes parents et moi n'avions rien fait ensemble. Pourtant, je ne le leur aurais jamais dit. Trop mélo. Comme la fois où je leur avais demandé si on pouvait aller chez Bookbinders un vendredi soir, rien que nous trois.

— Voyons, Alex, tu sais bien que nous devons nous rendre à cette soirée caritative, il y aura des tas de gens importants. Tu n'as pas d'amies qui auraient envie de faire quelque chose avec toi ? Et Pénélope, elle est où ?

Aussi, cette fois, j'ai tenu ma langue et appelé Penny pour lui annoncer que mes parents partaient en goguette et qu'elle pouvait venir dormir chez moi. Qu'est-ce qu'elle a répondu, d'après vous ?

— Avec Andrew, on prendra la chambre de tes parents.

De mieux en mieux ! Maintenant, j'allais devoir tenir la chandelle sur mon propre canapé, avec dans les oreilles les grincements du lit de mes parents.

Le vendredi soir est arrivé. J'ai commandé deux pizzas, une pour Penny et Andrew, l'autre pour moi, avec un supplément de fromage (j'étais déjà obèse et repoussante, ça ne pouvait pas être pire). J'avais loué *Seize bougies pour Sam* en DVD, pour ma propre distraction. Je venais de me coiffer d'un bonnet de douche après m'être enduit les cheveux d'une bouteille entière de soin démêlant, quand la sonnerie du téléphone a retenti.

— Alex, c'est Penny...

Elle avait une voix épouvantable.

— Je crois que j'ai chopé une saloperie avec le sandwich au steak de l'école... Attends, excuse-moi, je reviens...

Après quelques minutes, elle a repris :

— Je ne peux pas m'éloigner des toilettes. Andrew m'a dit qu'il te tiendrait compagnie.

— Mais je ne veux pas qu'Andrew vienne seul ici !

— Qu'est-ce que je peux faire d'autre ? Tu sais bien que quand tu es toute seule, tu balises à cause de la chambre où est mort ton oncle Morris.

Là, elle marquait un point.

— Je ne suis jamais restée seule avec Andrew... De quoi on va parler ?

— Loue un film, je ne sais pas, moi...

— J'ai pris *Seize bougies pour Sam*. Il va vouloir le regarder, tu crois ?

— Andrew adore *Seize bougies pour Sam*. Il se prend pour Jake Ryan.

Vingt minutes plus tard, Andrew sonnait à la porte. Je me fichais pas mal de l'accueillir en pyjama et coiffée d'un bonnet de douche poissé de démêlant. Comme si je n'étais pas suffisamment séduisante comme ça, je venais de m'attaquer à un bouton qui avait surgi sur mon nez.

— Tu saignes, m'a-t-il fait remarquer, quand je lui ai ouvert.

J'ai haussé les épaules et me suis effacée pour le laisser entrer. Quel intérêt aurais-je eu à me faire belle ? Même si Andrew n'avait pas été le copain de Penny, il ne m'aurait pas plu.

Pour commencer, il faisait ma taille. Je ne sais pas si vous êtes au courant, mais presque tous les mecs de la Main Line mesurent moins d'un mètre quatre-vingts (à ce propos, il y a peut-être une raison à ça, il faudra qu'on en parle). J'ai moi-même étudié cette particularité physique durant des années, profitant de chacun de mes séjours hors de Pennsylvanie pour étayer mes constatations. C'est un phénomène que je n'ai jamais observé ailleurs. Attention, ce que j'en dis, ce n'est pas pour débiner qui que ce soit. C'est juste un truc que j'ai remarqué.

Bref, Andrew était petit. Il avait des cheveux châtain clair, très fins même à l'époque, si bien qu'on savait qu'il finirait par tous les perdre un jour ou l'autre. De fait, je suis tombée sur lui par hasard, des années après — nous avions quelque chose comme vingt-huit ans — et il était déjà complètement chauve, à part quelques mèches sur les côtés.

Mais c'était un gentil garçon, qui aimait sincèrement Penny, et rien que pour ça, il avait toute mon affection. Et c'était vraiment sympa de sa part de venir me tenir compagnie.

Sitôt arrivé, il a appelé Penny. La pauvre était toujours aussi malade.

— T'en fais pas, je vais m'occuper d'elle, l'ai-je entendu dire, tandis que je tartinais mon bouton sanguinolent de fond de teint. C'est plutôt toi qui m'inquiètes, Penny, prends bien soin de toi, surtout.

Comme je viens de le dire, c'était vraiment un très gentil garçon.

Oh ! Je sais ce que vous pensez. Andrew vient passer la soirée chez moi et brusquement, il me voit au-delà du fond de teint sur mon nez, de mes quinze kilos en trop et on finit au pieu, pas vrai ?

Eh bien, désolée, mais ce n'est pas du tout ce qui s'est produit. Non, mais vous me prenez pour qui ? Je ne suis pas le genre de fille qui couche avec le copain de sa meilleure amie, moi ! J'essaie de rester au Septième Ciel, je vous signale, pas de me faire rétrograder au Premier !

Non, voilà ce qui s'est passé : vingt minutes environ après l'arrivée d'Andrew, alors que nous attendions les pizzas en commençant à regarder *Seize bougies pour Sam,* le téléphone a sonné.

— Est-ce qu'Andrew peut aller me chercher du Pepto à la pharmacie Babis ?

Penny avait tout juste réussi à sortir sa phrase que déjà les haut-le-cœur la reprenaient.

Je lui ai passé Andrew et j'ai essayé de suivre leur conversation malgré les braillements de Molly Ringwald à la télé : « Des grands-parents qui oublient un anniversaire ? Tu rigoles, ils ne vivent que pour ce genre de conneries ! »

— O.K., j'y vais, je suis chez toi dans une minute, a dit Andrew en raccrochant.

Puis il s'est tourné vers moi.

— Faut que j'aille chez Babis acheter du Pepto pour Penny, mais elle ne veut pas que je te laisse toute seule. Tu peux m'accompagner, si ça te dit. Sinon, mon frangin est rentré de fac, je peux lui demander de venir ici.

Je n'avais jamais rencontré Bobby. Andrew avait bien mentionné une ou deux fois l'existence d'un grand frère qui étudiait à Princeton, mais c'est tout. Franchement, je ne sais pas pourquoi j'ai accepté qu'il vienne chez moi. Le fait est que je n'avais pas envie d'aller chez Babis et qu'il était temps de rincer mon soin démêlant. Et je détestais rester toute seule dans cette grande maison. Chaque fois que je l'entendais craquer, je croyais que c'était mon oncle Morris qui se manifestait depuis l'au-delà. En fait, je lui ai demandé pas plus tard qu'hier si c'était lui qui hantait la baraque et il m'a rétorqué : « Parce que tu crois que je n'avais rien de mieux à faire que de flanquer les jetons à ma nièce adolescente ? »

Bref, j'ai accepté qu'Andrew appelle son frère. Ce qu'il a fait. Il lui a demandé si ça ne le dérangeait pas de venir, et Bobby a répondu qu'il serait là dans la demi-heure. Pourquoi un type étudiant à Princeton acceptait de veiller sur l'amie grosse et boutonneuse de la petite amie de son frère, voilà une chose qui me dépassait, mais le fait est qu'il a accepté.

Je sortais de la douche quand le carillon de la porte a retenti. Je suis allée ouvrir. Une fois encore, je me fichais pas mal de l'allure que j'avais. Enveloppée dans mon gros peignoir de bain en tissu-éponge, j'arborais une serviette en turban sur la tête et des espèces de chaussons en forme de lapin en peluche auxquels Penny trouvait une allure terriblement gay, mais dont j'appréciais le confort.

Quand j'ai ouvert, ma première pensée a été que Bobby ne ressemblait pas du tout à Andrew. Lui aussi était petit — comme la plupart des mecs de la Main Line, grâce à moi maintenant vous le savez —, mais contrairement à son frère, il avait des cheveux bruns et épais. On sentait que lui ne les perdrait jamais. D'ailleurs, la fois où j'ai croisé Andrew, des années plus tard, il était accompagné de son frère et Bobby avait encore tous ses cheveux.

Les yeux d'Andrew étaient marron, ceux de Bobby verts. Il portait une chemise oxford et un pantalon de toile. Sympa… Quoique… Je me souviens que son pantalon était trop remonté à la taille, ce qui lui donnait un côté très geek, rien à voir avec Andrew qui se baladait toujours en jean et T-shirt et ne sortait jamais sans sa veste de soccer Haverford.

— Merci d'être venu, Bobby.

— Pas de souci.

Il a jaugé d'un coup d'œil mon peignoir en éponge et mes chaussons.

— Je sors de la douche. J'allais passer un survêtement...

Repartant vers ma chambre, j'ai lancé :

— Si le livreur de pizzas sonne à la porte, l'argent est sur la table.

Bien. Et maintenant, quel survêt allait être assez mignon et susceptible d'augmenter un chouïa mon capital séduction auprès d'un étudiant (qui n'avait sans doute aucune envie de me peloter, mais on ne sait jamais) ?

Je me souviens d'avoir pesté contre moi-même pour avoir annoncé que j'allais passer un survêtement. L'ennui, c'est que si j'avais enfilé quelque chose de plus chic, Bobby aurait pu s'imaginer que je le trouvais craquant — ce qui était le cas —, sauf qu'il fallait que je la joue vierge effarouchée. Vous savez ce que c'est.

Non... Je me dois de vous dire la vérité. En fait, Bobby n'était pas si mignon que ça. Pour commencer, il était maigre comme un clou. Tout en os. On distinguait carrément le squelette de son visage sous la peau. Il ne se nourrissait pas, ce mec, ou quoi ? Lui aussi avait des boutons, pas autant que moi, mais il faisait quand même face de pizza sur les bords. Bon, il n'en demeurait pas moins qu'il était chez moi.

J'étais encore dans ma chambre, en train d'essayer tous les pantalons de survêt de ma garde-robe, quand j'ai entendu Bobby répondre au carillon. *Seize bougies pour Sam* en était au passage où Jake découvre Ted Farmer coincé sous la table basse et qu'il lui explique que Samantha craque pour lui. J'ai été ravie que le livreur de pizzas voie un mec lui ouvrir la porte. On commandait beaucoup chez Boston Style Pizza, avec mes parents, et ce type venait très, très, très souvent à la maison. Nos échanges se limitaient à « Combien ? » et à « Merci », mais c'était vraiment trop cool qu'il s'imagine que j'avais un petit copain, un étudiant par-dessus le marché, même s'il n'était pas si mignon que ça et si son ossature pointait sous la peau de son visage.

— C'est les pizzas ! m'a crié Bobby.

J'ai fini par trouver le pantalon de survêt idéal, mon Champion rouge qui me mincissait de cinq cents grammes. Avec ça, j'ai enfilé mon sweat bleu de la Friends School. Ainsi accoutrée, je me suis dirigée vers la cuisine où Bobby avait posé les cartons sur la table.

— En fait, j'ai déjà mangé, m'a-t-il dit — ce qui m'a aussitôt fait penser qu'il souffrait peut-être d'anorexie —, mais tu peux y aller, si tu veux.

Comme si j'avais l'intention de m'abstenir !

J'en avais l'eau à la bouche. C'est bien simple : j'aurais bouffé le carton rien que pour l'odeur qui s'en échappait. Mais jamais devant un mec, qu'il soit maigrichon, moche ou pas.

— Oui, moi aussi, j'ai déjà mangé... En fait, ces pizzas, c'était pour ton frère.

Un ange est passé.

— En tout cas, merci encore d'être venu, Bobby.

— Ça ne me dérangeait pas. En ce moment, je révise mes examens et ma petite sœur a invité des copines à la maison. Andrew m'a dit qu'ici, il n'y aurait pas de bruit.

— Oh ! Ça non...

J'avoue que sur le coup, ça m'a froissée qu'Andrew ait dit à son frère que je vivais dans un funérarium.

— C'est vraiment très calme, ici... Bon, je vais te laisser bosser. De toute façon, il faut que je me sèche les cheveux.

— Merci.

Il a considéré les bouquins qu'il avait apportés.

— Finalement... j'aurais peut-être de la place pour une part, si tu es partante, toi aussi.

Une demi-heure après, il ne restait plus qu'un quart de la première pizza.

— Les soirées d'étudiants, ça craint, a commencé à

m'expliquer Bobby, en attaquant sa troisième part. A un moment, j'ai pensé intégrer une fraternité, mais quel intérêt, finalement ? Ça n'est qu'une continuation du lycée et ce qui compte, c'est la quantité de bière qu'on est capable d'avaler.

J'ai acquiescé avec enthousiasme.

— Cent pour cent d'accord avec toi ! C'est vrai quoi, ils ne se rendent pas compte qu'ils ont l'air complètement débiles, à se torcher comme ça ?

Il a souri.

— Je croyais être le seul à le penser. Se bourrer la gueule de temps en temps, je veux bien, mais tous les soirs…

— Absolument !

Je commençais à lui trouver du charme, à ce garçon. Peut-être que je pourrais lui apprendre à ne pas remonter son pantalon si haut ?

— De toute façon, après la fac, j'envisage de prendre l'habit. Alors, quel effet ça ferait, si je passais toutes mes études à picoler ?

— Abso… *L'habit* ?

— Oui, a-t-il affirmé avec force, comme s'il en était fier. J'envisage de prendre l'habit. Mes parents ne sont pas d'accord, ils veulent que je devienne médecin ou avocat, c'est d'ailleurs pour ça que je suis à Princeton, mais ma véritable vocation, c'est de servir Dieu.

— Ça veut dire que tu ne peux pas faire l'amour ni rien ?

Je vous parais peut-être naïve, avec ma question, mais je vous rappelle que j'avais quinze ans et que j'étais juive (pour couronner le tout, j'avais laissé tomber l'école hébraïque, histoire d'être encore plus larguée en religion).

Il s'est mis à rire.

— Je ne compte pas être prêtre, mais pasteur. Les pasteurs peuvent se marier, avoir des enfants et tout le reste.

— Ah… Eh bien, euh… c'est cool comme métier, je trouve.

Nous avons mangé notre pizza en silence pendant quelques

minutes. Il avait dû piger qu'à mes yeux, être pasteur n'était pas franchement un idéal de vie. Il a levé la tête et m'a souri.

— Tu es plutôt mignonne, tu sais. Andrew a oublié de me le dire.

— Merci, ai-je répondu, gênée.

Honnêtement, je ne croyais pas qu'il me draguait. Encore une fois, représentez-vous les forces en présence : d'un côté, une petite juive de quinze ans dénuée de toute éducation religieuse, de l'autre, un futur pasteur qui avait entendu l'appel de Dieu. J'aurais pu lui demander si draguer une fille d'une autre confession était contraire à la règle, mais j'ai préféré me taire. J'avais déjà clairement fait la démonstration de ma nullité tant sur le plan physique que sur le plan scolaire, pas la peine d'en rajouter.

— J'espère que ça ne te dérange pas ?

Et là, il s'est penché vers moi. Que comptait-il faire, je n'en savais rien. Il avait reposé sa part de pizza dans le carton et se penchait vers moi — moi et mes cheveux mouillés, mon pantalon de survêt, mes chaussons en forme de lapin et mon fond de teint sur le nez.

— Me déranger ? Mais de quoi tu parles ?

Franchement, je n'avais pas la moindre idée d'où il voulait en venir.

Pour toute réponse, il m'a embrassée.

Mon premier baiser ! (Et dans la foulée, le quatrième plus beau jour de ma vie !)

Au début, ça n'a été qu'un petit bisou sur mes lèvres, mes lèvres encore grasses de pizza. Un minuscule baiser, donc, mais ce modeste frôlement m'a embrasée d'un tel désir que j'ai dû me retenir pour ne pas lui sauter dessus (d'abord, il aurait fallu que je pose ma part de pizza).

Un petit bisou, et il s'est arrêté pour me sourire, à trois centimètres de mon visage.

Et rebelote : encore un petit bisou.

Au feu, au feu !

Le baiser suivant a été entièrement à mon initiative, je n'y tenais plus. L'idée d'abandonner mes lèvres à un aspirant pasteur, c'était trop pour mon pauvre cœur. Du reste, ça faisait peut-être partie de son futur job, de donner son premier baiser à un boudin. Bobby serait peut-être comme ces prêtres qui portent des cilices et se flagellent le dos… Et alors ? Ce contact, ce feu, j'en voulais encore !

J'ai plaqué mes lèvres sur les siennes et il a répondu à ma fièvre avec fougue. Nous nous embrassions, étroitement enlacés, et nos langues emmêlées tournaient avec frénésie, mues par une force quasi magnétique. Si seulement le livreur de pizzas avait pu nous voir ! J'avais de la salive de Bobby partout sur le visage ; il m'a même léché la joue (berk), mais encore une fois, ça m'était égal. Je me suis essuyée du revers de la main et nous avons repris notre baiser.

Nous étions debout dans la cuisine, et semblions ne jamais vouloir en finir. Molly Ringwald disait à Jake Ryan : « Merci de m'avoir rendu mes dessous ! » et Jake répondait : « Joyeux anniversaire, Samantha ! »

Joyeux anniversaire, Alexandra !

Nous nous étreignions comme des malades ; Bobby n'arrêtait pas de me lécher et moi, de m'essuyer le visage.

— Tu veux qu'on aille dans ta chambre ? m'a-t-il demandé au bout d'un moment.

J'ai alors empoigné le futur pasteur par le bras et nous avons dégringolé l'escalier jusqu'à ma chambre, nous jetant sur le couvre-lit rose, en dessous du baldaquin. Je lui ai fait remarquer que sa figure et sa chemise étaient tartinées de fond de teint, ce qui l'a beaucoup amusé.

Nos baisers se sont poursuivis toute la nuit. Nous avions le visage à vif, mais ça nous était bien égal, à lui comme à moi. Seule comptait cette urgence de nous manger la bouche sans répit. Le téléphone a sonné plusieurs fois, mais je n'ai pas pris la peine de décrocher. C'était comme si tout mon besoin hormonal d'être embrassée et caressée venait d'exploser en moi. Je ne pouvais m'empêcher de lui bécoter le visage. J'ai su plus tard que c'était Penny qui téléphonait pour me donner de ses nouvelles — elle se sentait un peu mieux. Mais, fine mouche, elle a vite cessé d'appeler, devinant la raison qui me détournait du téléphone.

Mes parents, eux, n'ont pas appelé une seule fois. Ils me faisaient confiance. D'ailleurs, mon père n'aurait sans doute vu aucune objection à ce que sa fille se fasse « embêter » par un futur pasteur. Quoique. Il aurait peut-être préféré que ce soit par un futur rabbin.

Vers 2 heures du matin, Bobby a fini par toucher mes seins... Oh ! délices ! A ce jour, les caresses sur les seins restent mon unique, mais immense point faible. Je crois que c'est parce que j'ai une toute petite poitrine. Dès qu'un homme me touche les seins, il déclenche en moi le plus intense des désirs sexuels. Je me suis mise à gémir comme une laie en rut, mais une fois encore, je m'en fichais pas mal. Des années plus tard, je reconnaîtrais que nous n'avions fait que nous frotter frénétiquement l'un contre l'autre, et j'en reste, aujourd'hui encore, horriblement mortifiée. Le sexe sans pénétration, c'est un peu gênant d'avouer qu'on l'a fait, sur Terre. Cette nuit-là, cependant, on s'en moquait tous les deux.

J'aurais bien voulu toucher son pénis... Tout le temps qu'on s'embrassait, une phrase tournait en boucle dans ma tête : « Touche-le ! » J'ai bien essayé de diriger lentement ma main, mais rien à faire, je n'y arrivais pas. Alors, j'ai passé toute la nuit à me frotter à lui pendant qu'il me caressait les seins, ce qui nous suffisait apparemment.

Nous nous sommes assoupis vers 4 heures du matin, je pense. Je me suis réveillée vers 6 heures, incapable de dormir avec ce garçon dans mon lit. Il avait l'air si paisible dans mes draps blancs en dentelle anglaise... Je n'en revenais pas qu'il soit là.

Je ne savais pas ce qui me semblait le plus déplacé : ce

garçon dans mon lit, ou toutes mes poupées du monde en rang d'oignons sur les murs. Ce soir-là a été le dernier que mon Snoopy a passé sur mon oreiller. Lorsque mon regard est tombé sur lui, je l'ai balancé sous le lit. Peut-être s'y trouve-t-il encore.

Hormis dans le salon, où la télé crachotait des parasites depuis la veille, le silence régnait dans la maison. J'avais envie de me lever pour aller éteindre le poste, mais je ne voulais pas réveiller Bobby. Je voulais qu'il reste là et en même temps, je voulais qu'il parte. Je n'avais pas l'impression d'être amoureuse de lui ni rien, mais avoir un garçon dans mon lit, un étudiant qui plus est... Si seulement j'avais eu un appareil photo ! Le bruit de la télévision m'agaçait tellement que j'ai fini par me lever pour l'éteindre. A mon retour, Bobby était réveillé.

— Salut, a-t-il dit, en se redressant dans le lit, un petit sourire aux lèvres.

Il portait encore ses vêtements, fripés mais intacts. Il s'est levé pour les défroisser du plat de la main et rentrer sa chemise dans son pantalon. Qu'est-ce qu'il était coincé, comme mec, mais bon, ça restait un mec dans ma chambre.

— Salut, ai-je répondu, affreusement gênée, mais avec un petit sourire, moi aussi.

Il s'est mis à rire.

— Dis donc, j'ai pas beaucoup bûché, hier soir !

— Non, c'est vrai..., ai-je acquiescé depuis le seuil de la chambre.

— Bon, faut que je file, j'ai des tonnes de cours à réviser, aujourd'hui.

Comme s'il allait se mettre à bosser à 6 heures et demie du matin ! En fait, ça m'était égal. J'avais beau vouloir faire ma vie avec un garçon, celui-là n'était pas le bon. Ça ne me brisait pas vraiment le cœur qu'il veuille s'en aller. Et pour tout dire, j'étais vannée.

— D'accord.

Je l'ai raccompagné jusqu'à l'entrée.

— Ravi de t'avoir rencontrée, Alex...

Je le sentais un poil mal à l'aise.

— Moi aussi.

J'ai ouvert la porte. Il s'est en allé.

Est-ce qu'il m'appellerait un jour ? Est-ce que ça m'intéressait de le savoir ? Non. Dit de cette façon, ça a l'air froid, mais j'avais obtenu de lui ce que je voulais et je pense que la réciproque était vraie.

Sauf que quand je suis allée me contempler dans le miroir, j'ai failli tomber raide morte. Mes cheveux, qui étaient déjà dans un état épouvantable quand j'étais allée me coucher, avaient été massacrés par la tête de lit. D'un côté, ils étaient tout aplatis et de l'autre, complètement en pétard, comme après une expérience scientifique qui aurait mal tourné.

Voilà ce qui m'a fait tirer un trait définitif sur Bobby. Cette vision dans le miroir était effroyable. Quel garçon sain de corps et d'esprit pourrait être assez en manque pour vouloir embrasser cette « chose » qui me ressemblait ? Je ne m'apitoie pas sur mon sort, je dis juste la vérité. J'avais besoin d'un relooking complet.

Bobby n'a jamais appelé. Et je ne devais plus jamais le revoir jusqu'à cette rencontre fortuite, des années plus tard, lorsque je l'ai croisé dans la rue avec son frère. Il n'était pas devenu pasteur. Il vendait du matériel dentaire. Il ne m'attirait déjà pas la fameuse nuit que nous avions passée ensemble et il ne m'a pas attirée davantage ce jour-là. Il restera néanmoins le garçon de mon premier baiser et ça, c'est quelque chose d'unique et de merveilleux. Aujourd'hui, avec l'expérience (j'ai eu en effet l'occasion d'embrasser des tas d'autres mecs par la suite, tous aussi peu séduisants qu'il l'était à l'époque), je continue d'attribuer à Bobby un très net avantage sur ses successeurs.

Le lendemain, Penny n'a pas manqué de m'interroger sur ce qui s'était passé. Elle voulait des détails, mais des détails, on ne peut pas en donner plus qu'il n'y en a, n'est-ce pas ? Nous nous étions embrassés pendant cinq heures d'affilée et il m'avait caressé les seins, point final. Non, je n'avais pas approché sa braguette (sauf en me frottant pathétiquement contre lui).

N'empêche, cet épisode a changé radicalement le cours de ma vie. J'avais été embrassée, enlacée et, plus important que tout, un garçon m'avait désirée, au moins l'espace d'une nuit.

Il m'a fallu attendre huit mois pour en finir avec ma permanente. Penny et Andrew ont fini par se séparer. C'est Penny qui l'a largué. J'ai oublié pourquoi. Je pense qu'elle en avait assez de lui, tout simplement. Elle n'a jamais pu rester longtemps avec un homme. Elle voulait être libre. Pour ma part, j'ai patienté neuf mois, après l'épisode Bobby, avant d'être de nouveau embrassée et de perdre ma virginité en prime. Avec qui ? Peu importe. Un garçon de Haverford, si vous tenez vraiment à le savoir. C'était juste histoire de le faire, comme pour le premier baiser.

Après ça, j'ai accepté beaucoup plus facilement que mes parents me laissent seule à la maison les soirs où ils sortaient.

Parce que, seule, je ne l'étais que très rarement.

Je n'ai jamais été du genre à faire tout un plat du sexe, et je continue.

Un baiser, en revanche… Pour moi, un baiser demeure la chose la plus intime que puissent partager deux êtres, et je crois que je passerai le reste de ma mort en quête d'un baiser qui soit aussi inoubliable que le premier.

Remercions le ciel pour ses modestes bienfaits

Mais qu'est-ce que c'est que ce boucan ?

Des claquements secs, des énormes « paf ! »

C'est quoi, ce binz, à la fin ?

Ah, c'est Adam…

Ce qu'il est craquant ! Regardez-le, avec son maillot de base-ball et sa casquette… Il a même des crampons aux pieds. Il s'est fait installer une cage de frappeur dans son jardin. De la fenêtre de ma chambre, je le regarde attendre la balle qui file droit sur lui. Quel swing ! Grand-papa en serait impressionné. Adam frappe ses balles bien au-delà de son parc de quatre hectares. Il est vraiment doué. C'est peut-être encore un truc céleste, à moins qu'il n'ait été un joueur hors pair de son vivant ?

C'est de la folie, tout ça, quand même. Je devrais être en bas, avec lui. Si c'était lui qui m'avait larguée, j'aurais orienté la cage de façon à faire voler en éclats tous les carreaux de ses fenêtres.

Il est tellement gentil…

Et je suis tellement cruche !

Je hurle, histoire d'attirer son attention de manière charmante :

— Allez batteur ! Batte, batte, batte la balle et swing !

Mais mes encouragements ont pour seul effet de lui flanquer une trouille de tous les diables, alors que ça n'était pas le but recherché, et au lieu de frapper la balle (qui devait bien lui arriver dessus à 145 kilomètres/heure), il se la prend en pleine figure.

— Oh non !

Je dévale l'escalier et fonce vers la porte.

— Attends, Adam, je descends !

Quand je déboule dans le jardin, il vient de frapper une autre balle. Je cours vers lui.

— Tu vas bien ?

— Mais oui, dit-il, en renvoyant une balle. Je n'ai rien senti.

— Ah oui, c'est vrai... J'ai encore oublié où on était.

Je reste plantée à côté de la cage, sans savoir quelle attitude adopter. Lui m'ignore et continue de frapper ces foutues balles.

— Ecoute, il faut que je te fasse des excuses...

— Je ne veux pas les entendre, Alex.

— J'ai longuement réfléchi à tout ça et je suis sincèrement désolée. J'ai eu la trouille, c'est tout. J'ai réagi de façon stupide.

— Tu crois peut-être que c'est facile pour moi ?

— Bien sûr que non, Adam, je sais bien que pour toi aussi, c'est traumatisant, cette histoire de mort. On a tous du mal à s'y faire.

— Alors, pourquoi ne pas essayer de surmonter ça ensemble ? me demande-t-il sans me regarder.

Il frappe une balle.

— Ça me plairait beaucoup, Adam, énormément même, mais pour le moment, il se passe des choses et je ne veux pas m'engager trop sérieusement.

— Qu'est-ce qui peut bien se passer ?

Je me mords la langue. J'ai terriblement envie de tout lui déballer, mais quelque chose m'arrête. Il est tellement attentionné !

— C'est que je...

Allez, idiote, dis-lui !

— Ecoute, je ne peux pas te dire ce qui m'arrive, mais avec un peu de bol, tout ça sera bientôt derrière moi.

— Il se passe vraiment quelque chose, alors ? fait-il, tandis qu'une autre balle lui frappe l'épaule.

— Oui.

— Quoi ? Ce n'était pas ton heure, en fin de compte ?

— Si, si. La Mini Cooper était bien censée me renverser. Je suis bel et bien morte, ça n'a rien à voir...

— Alors, c'est quoi ?

Une balle l'atteint dans le dos.

— Tu veux bien arrêter ce truc une minute, Adam ? Je sais qu'on est au paradis, mais je n'aime pas te voir prendre toutes ces balles.

Il va éteindre le lance-balles.

— C'est... c'est juste une histoire stupide qu'il me faut régler toute seule. Plus tard, je te raconterai tout, mais pour le moment est-ce qu'on pourrait en rester là ? Est-ce que tu peux simplement me faire confiance ?

Il prend une profonde inspiration comme s'il y réfléchissait.

— D'accord. J'imagine que tu as tes raisons. Et je les respecte. Quoi qu'il se passe, j'espère que tout va bien pour toi.

— Oui, je vais bien. Toute cette histoire sera bientôt terminée et nous pourrons en rire.

— Ah, c'est ce genre de choses...

— Oui, une chose qui, aujourd'hui, me paraît être la fin du monde, mais qui me semblera probablement très drôle dans deux mois.

— Je l'espère.

— Alors... amis ?

Il laisse passer quelques secondes avant de répondre :

— Amis, d'accord.

Nous restons plantés là une longue minute, hésitant sur la conduite à tenir. Je meurs d'envie de l'embrasser, mais je sais qu'il ne faut pas.

— Ça te dit de frapper quelques balles ? me propose-t-il.

— Euh… c'est pas trop mon truc, mais je veux bien essayer.

Il va rallumer le lance-balles.

— Moi, j'ai toujours été nul à la batte. Et maintenant, je me prends pour Hank Aaron !

Il me tend sa batte et j'expédie la première balle par-dessus sa maison.

— Tu es douée !

— Surtout si on considère que c'est une première pour moi !

Nous continuons à manier la batte à tour de rôle, puis, vite lassés de ce petit jeu, nous décidons de laisser les balles nous atteindre en pleine face.

— Essaie de te la prendre dans l'œil, me suggère-t-il, en riant. Tu vas voir, ça fait un petit bruit mou super sympa.

Nous passons donc les deux heures qui suivent à nous prendre volontairement des balles dans la figure. C'est complètement absurde comme occupation, je vous l'accorde, mais pas plus qu'une princesse juive et un banquier d'affaires devenus capables, du jour au lendemain, de frapper la balle aussi loin que Hank Aaron.

5

Avant de m'attaquer au récit de mon plus beau jour suivant, je dois vous faire part d'une réflexion.

Dans la vie, il arrive qu'on fasse un truc en se disant que c'est le top du fun. Et en y repensant, des années après, on se rend compte que c'était au contraire l'une des choses les plus débiles qui soient. Vous voyez ce que je veux dire ?

Eh bien, c'est exactement ce qui m'est arrivé.

Quand je repense à ce plus beau jour-là (le cinquième, si vous suivez), je m'aperçois que, sur le moment, j'ai vécu cet épisode comme la plus grande partie de rigolade de ma vie, mais si je devais dater précisément le début de tous mes problèmes, il me faudrait sans doute entourer ce point-là du calendrier. Je me suis longuement interrogée avant d'entamer ce chapitre : devais-je malgré tout en faire l'un des plus beaux jours de ma vie ? J'en ai conclu que oui : ce jour-là est sans conteste à ranger *aussi* dans cette catégorie.

Mais avant que j'aille plus loin, permettez-moi de revenir deux ans en arrière, pour vous préciser le contexte.

Vous vous souvenez de mon premier baiser avec le futur pasteur ? Vous savez qu'après, j'ai commencé à sortir avec des tas de garçons et que je me fichais pas mal que mes parents me laissent seule à la maison ?

Eh bien, on peut dire qu'à partir de ce moment-là, j'ai pété les plombs. Un peu comme si le futur pasteur avait lâché dans la nature un chat sauvage aux pulsions insatiables.

J'ai fini par me débarrasser de ma permanente ; je me suis remise à manger de façon plus raisonnable et j'ai entamé un cycle d'injections de cortisone hebdomadaires chez le dermato. Rapidement, je n'ai plus été aussi moche et les garçons ont commencé à se retourner sur moi.

Pour vous donner une idée, à dix-huit ans, j'étais sortie avec tous les garçons de la Main Line. Bon, peut-être pas avec *tous*, mais avec un nombre conséquent d'entre eux. Attention : je croyais sincèrement qu'ils s'intéressaient à moi. C'est vous dire si j'étais jeune et stupide. En y repensant, je regrette de tout cœur de ne pas avoir eu à l'époque la conviction que mon corps était un temple sacré qui ne devait être partagé qu'avec un être qui comprendrait et apprécierait à sa juste valeur le cadeau inestimable qui lui était fait. Mais ça, je ne l'ai pigé que des années plus tard. D'un autre côté, cette leçon, je l'ai sans doute tirée de toutes ces expériences, et ce n'est déjà pas si mal. En passant d'un extrême à l'autre, j'ai fini par prendre conscience qu'il me fallait trouver un moyen terme. Sur Terre, l'enseignement du respect de soi est à revoir du tout au tout. Quand on se tape le cours d'hygiène obligatoire en cinquième et qu'on visionne le traditionnel petit film sur la puberté, on devrait certes nous parler des transformations physiques que nous subissons, mais on devrait surtout nous dire que notre corps est un cadeau merveilleux et que, en tant que tel, nous devrions en prendre grand soin. Loin de moi l'idée de jeter la pierre à Mme Bickle, notre prof, pas plus qu'à mes parents ou à un quelconque adulte, mais je pense qu'il s'agit là d'un sujet terriblement négligé. Je me suis toujours dit que si un jour j'avais une fille, ce serait le premier principe que je lui inculquerais.

Il n'en reste pas moins que j'associe cette période de ma vie à une éclate totale. Penny et moi, ainsi que quelques autres filles, nous étions procuré de faux papiers d'identité qui nous permettaient d'entrer dans les clubs les plus chauds de Philly. Une flopée d'amis plus âgés nous avaient pris sous leur aile et sortir ne signifiait plus pour nous se torcher à une quelconque soirée bière en banlieue, mais se rendre à des dîners raffinés où l'on servait du champagne. Seule condition pour fréquenter ce genre d'endroit : il fallait présenter impeccablement. Je me suis donc mise à m'intéresser sérieusement à la mode et, comme le disait mon père, les facturettes étaient là pour en attester. Maman, elle, aimait bien ma nouvelle apparence.

— Quelle jolie jeune fille tu es devenue, Alex ! Je n'arrive pas à y croire. Ta grand-mère serait très fière de toi.

Même les garçons du lycée voulaient sortir avec moi, c'est dire ! Les jumeaux Rosso se sont mis à me faire les yeux doux, quand ils ont appris que j'étais la reine de la nuit à Philly. Dana Stanbury, Kerry Collins et Olivia Wilson recherchaient mes conseils pour plaire aux garçons alors qu'avant, c'était l'inverse. Très vite, je suis devenue la fille la plus populaire du bahut en raison de mon mode de vie décadent.

Je tiens quand même à préciser une chose. Une chose *très* importante… J'ai peut-être un peu trop fait la bringue, mais je n'ai *jamais* touché à la drogue. Je le jure, *jamais*. J'ai essayé l'herbe, une fois, mais ça m'a rendue tellement parano que j'ai passé trois heures enfermée dans un box des toilettes du Black Banana Club, le temps que l'effet se dissipe. Cette expérience a suffi à me détourner de ce genre de substances. Pour autant, je reconnais volontiers avoir picolé. La vodka, c'était ça, mon truc. Quant à coucher avec tout le monde… C'est vrai que là aussi, j'ai abusé. Certes, je ne me suis jamais droguée, mais j'ai fait tout ce qu'une mineure ne doit pas faire, et si j'avais su à l'époque tout ce que je sais aujourd'hui, le plus beau jour dont je vous parle ne serait pas couché sur ces pages. Le fait est qu'en ce temps-là, je ne savais pas. Il n'en demeure pas moins que si je veux être franche, je me dois de l'inclure dans ma liste des plus beaux jours de ma vie, même si depuis, j'ai acquis un peu de plomb dans la cervelle.

Ma scolarité (vous ne serez pas étonnés de l'apprendre) pâtissait de mes sorties nocturnes. En première, mes notes sont passées de bonnes à carrément médiocres. J'ai obtenu quatre cent quarante points (sur le minimum de six cents requis) à mon examen d'entrée à l'université, tout ça parce que la veille, j'avais fait la bringue jusqu'à 5 heures du matin.

Le jour de l'épreuve, je me suis présentée en salle d'examen en pyjama, avec une demi-heure de retard et la gueule de bois. Quand tous les élèves ont reçu leurs résultats, la conseillère d'orientation m'a priée de passer la voir par le biais d'un petit mot. Je ne l'ai pas trouvée seule dans son bureau ; mes parents y étaient aussi. Comme vous le savez, pour que mon père s'absente une minute de son boulot, il fallait que la situation soit grave.

— Alexandra, a commencé Mme Anderson de sa voix douce et posée, si je t'ai convoquée, c'est que nous sommes un peu préoccupés par tes résultats à l'examen d'entrée à l'université.

— Un peu ? s'est récrié papa.

— Pourquoi ? Combien j'ai eu ? Neuf cents ? Mille ? ai-je alors demandé, le plus sérieusement du monde.

Rien ne me démontait à cet âge, comme vous pouvez le constater.

— Tu as obtenu un total de quatre cent quarante points, petite idiote ! a hurlé mon père. Et encore, on t'en donne déjà deux cents si tu sais écrire ton nom correctement : j'espère que ça, au moins, tu y es arrivée !

Ma mère a essayé de le calmer.

— Bill, je t'en prie…

Lorsque Mme Anderson a déclaré qu'une telle baisse dans mes notes pouvait dissimuler une dépression nerveuse, j'ai cru que ma mère allait se sentir mal.

— Alex, m'a-t-elle dit, nous ne comprenons pas comment

un tel désastre a pu se produire. Ça ne s'est pas bien passé avec ce professeur particulier que nous t'avons trouvé pour réviser ?

Pauvre maman... La vérité, c'est que mes cours particuliers, je les séchais pour filer faire la fête au centre-ville avec mes amis. Le prof en question était étudiant à Villanova et chaque fois que j'allais le retrouver à la bibliothèque Luddington, je me contentais de lui tendre le chèque avant de tourner les talons. Il s'est fait une fortune grâce au fric de mes parents. J'espère que lui, au moins, a su mettre cet argent à profit.

En attendant, mon résultat minable m'avait quand même causé un choc. Franchement, je pensais avoir mieux réussi que ça.

— Est-ce qu'il y a quoi que ce soit que nous devrions savoir ? m'a demandé Mme Anderson, en me prenant la main. Tu as eu des difficultés, ces derniers temps ?

— Elle ? C'est la gamine la plus gâtée que je connaisse ! s'est emporté mon père. Elle roule en BMW flambant neuve et claque tout mon argent en fringues ! Parce que ne t'imagine pas que je ne vois pas passer les facturettes, Alexandra ! Non, madame, ce qu'il lui faut, c'est un bon coup de pied au cul ! Qu'elle arrête de se la couler douce aux frais de ses parents.

Pourtant, rien n'a changé après cette entrevue houleuse. Mes parents auraient pu me priver de sortie ou du moins, me *signifier* qu'ils me privaient de sortie. Mais comme, la plupart du temps, ils n'étaient pas là pour vérifier que je restais à la maison, je sortais quand même. Finalement, je trouvais même mon score à l'examen marrant. Au lycée, on m'a bientôt surnommée « quatre cent quarante » et ça aussi, ça me plaisait bien.

Tout compte fait, cette histoire d'examen ne m'a pas vraiment causé de problèmes. Souvenez-vous : mon père était riche et j'avais beau me moquer comme de l'an quarante de faire des études, lui y tenait. Il veillerait à ce que je fréquente non seulement l'université, mais qui plus est, celle que ma mère et lui avaient fréquentée, l'université de Pennsylvanie. Le gymnase Bill et Maxine Dorenfield devait m'en assurer l'accès.

Je dois vous dire que j'ai adoré mes années de fac. Je quittais enfin le bahut et la Main Line pour m'installer en ville, dans une résidence universitaire et en chambre particulière, s'il vous plaît (maman craignait sinon que je n'aie pas mon content d'heures de sommeil). J'ai même fini par avoir mon propre appartement (dans un immeuble Dorenfield, bien sûr, mais papa n'y était jamais et très franchement, moi non plus).

Après le lycée, Dana Stanbury est allée étudier à l'université du Colorado, Kerry Collins à Pepperdine, en Californie, et Olivia Wilson à Northwestern, à Chicago. Penny, elle, est partie faire ses études à la New York University. Or, s'il y avait bien une chose qui surpassait tous les clubs de Philly, c'étaient les clubs de New York. J'ai demandé à mes parents la permission d'être transférée à la NYU. Ils m'ont opposé un refus catégorique.

— Avec tout ce que j'ai dépensé pour te faire entrer ici ? s'est égosillé papa. Tu vas me faire le plaisir d'aller à Penn et avec le sourire, encore !

J'ai donc mené une sorte de double vie : étudiante en psycho à Penn, le jour (quand j'arrivais à me lever), et la nuit, habituée des clubs de New York. Je rentrais à Philly juste à temps pour assister au cours de 9 heures dans la tenue que je portais en boîte. Inutile de dire que j'étais l'étudiante la plus stylée de première année !

Pour la première fois de ma vie, j'étais libre. Je me faisais toutes sortes de nouveaux amis dans les clubs new-yorkais. Ray Milland (Don Birnam, dans *Le Poison* de Billy Wilder, pour ceux qui n'auraient pas vu le film) a perdu un week-end. Moi, j'ai perdu quatre ans. C'était stupide et décadent, mais c'était vraiment génial.

Et puis, un samedi matin d'automne, à Manhattan…

Penny et moi avions vingt-deux ans. Fraîchement émoulues de la fac, nous rentrions à son studio situé dans Bleecker et Broadway après une nuit en boîte. Il était près de 7 heures. Ni elle ni moi n'avions envie de prendre un taxi. C'était un matin idyllique : aucun nuage, une gentille brise, pas trop de monde dans la rue. L'un de ces moments bien particuliers où, après avoir inspiré à pleins poumons, on réfléchit à la vie pour conclure que, décidément, c'est le bonheur. J'étais dans la ville la plus fantastique du monde, en compagnie de ma meilleure amie, et nous avions passé la nuit à danser et flirter non-stop. Personne pour nous dicter notre conduite. De l'argent en veux-tu, en voilà, grâce aux cartes de crédit de nos parents. Aucune de nous deux n'avait encore de travail, même si Penny envisageait d'entrer en fac de droit (chose qu'elle ferait, un an plus tard). Ce matin-là, donc, en marchant dans les rues de Lower Manhattan avec elle, je songeais que oui, la vie était vraiment belle.

Là-dessus, la pluie s'est mise à tomber.

Attention, quand je dis la pluie, je veux dire la vraie, une averse soudaine et venue de nulle part ; des gouttes de la taille d'un *quarter* dégringolaient du ciel et nous n'avions aucun endroit où nous abriter. Nous avons commencé à courir le long de Houston Street sous de véritables trombes d'eau. Je riais si fort que je n'arrivais pas à rattraper Penny qui me devançait d'un demi-pâté de maisons. Quand elle s'est arrêtée pour se retourner, elle a été prise d'un tel fou rire à ma vue qu'elle s'en est écroulée sur le trottoir. Je devais avoir une tête épouvantable !

C'était ce genre de moments que personne ne peut trouver drôles, à moins d'y être. Je vais formuler les choses autrement. Pensez à votre meilleure amie. Pensez à un moment où vous avez ri comme des folles toutes les deux, moment qui n'a pourtant amusé personne quand vous l'avez raconté plus tard. Tout ce que vous avez vécu ensemble vous revient alors en masse à l'esprit. C'est ainsi que j'ai revu Penny, le jour de son arrivée à la Friends School, grosse, immense et pataude, que je me suis rappelé mon soulagement, du fond de mon sac-poubelle, quand elle est intervenue. Je nous ai revues à dix ans, jouant dans ma chambre avec mes poupées du monde puis à douze, assises sur mon lit, parcourant les numéros de *Vogue* de ma mère et imitant les poses des mannequins sur les photos. Nous avions quatorze ans la première fois que nous avons piqué des clopes dans le sac de ma mère. Nous sommes allées les fumer derrière la maison de Penny (enfin, nous avions surtout beaucoup toussé). J'entends encore sa voix pâteuse et dolente m'expliquer au téléphone que le sandwich au steak de l'école l'avait rendue malade, incident qui devait déboucher sur mon premier baiser. Je nous revois à vingt ans, silhouettes de rêve se frayant main dans la main un passage dans un club de New York, au milieu de types qui essayaient de nous draguer. Je nous entends jacasser et rire, j'entends des heures et des heures de conversation qui nous font arriver à cet instant. Il est 7 heures du matin, ma meilleure amie est écroulée sur un trottoir du centre-ville de New York, et moi, je tente de l'aider à se relever sous une pluie battante, malgré le fou rire qui nous tient.

Trempées jusqu'aux os, nous avons fini par atteindre son appartement. Elle louait un studio minable dans une ruelle qui donnait directement sur Broadway, pour un loyer de mille dollars. Quand ce n'étaient pas les cafards qui lui causaient des soucis, c'était sa chaudière. L'appareil irradiait parfois une telle chaleur que Penny pouvait perdre jusqu'à deux kilos en transpiration, rien qu'en regardant la télé pendant une demi-heure. Elle a dû aller en justice pour obtenir la réparation de cette chaudière (procédure qui devait en outre lui rapporter un joli dédommagement financier), mais ce matin-là, c'était pire que jamais. Quand nous sommes entrées dans l'appartement, on ne pouvait même plus parler de chaleur sèche. Avec le déluge qui tombait du ciel, le studio était passé de l'état de sauna à celui de hammam. L'air était tellement saturé d'humidité que les fenêtres étaient couvertes de buée. C'est bien simple, nous nous sommes retrouvées très vite encore plus trempées du seul fait d'être à l'intérieur. Je n'exagère pas en disant que la vapeur était telle que nous avions du mal à nous distinguer. C'était la forêt équatoriale d'Amazonie, transposée dans Bleecker et Broadway.

— Ecoute, Penny, ai-je alors dit, on ne peut pas rester ici. On va se dégoter un hôtel.

Je ne me souviens plus laquelle de nous deux a suggéré le Plaza. Moi sans doute, j'ai toujours été fan d'Eloïse, l'héroïne des livres pour la jeunesse, mais ce passage est très flou dans ma tête. Bref, nous nous sommes présentées à la réception du Plaza dans nos vêtements dégoulinants de la veille. Je me suis servie de la carte de crédit de mon père. « La petite carte magique », comme l'appelait Penny, étant donné que je passais le plus clair de mon temps à la faire chauffer, sans jamais voir ni savoir le montant de la facture. Comment se fait-il que mes parents m'aient laissée faire ? Encore un mystère… Sans doute continuais-je d'être leur enfant miracle. Au Plaza, il n'y avait aucune chambre libre, tout ce qu'on pouvait nous proposer, c'était une suite. Penny et moi nous sommes alors fait la réflexion qu'il nous fallait bien ça comme superficie. Je ne me souviens plus du prix que coûtait la suite à l'époque, mille dollars, peut-être plus, mais n'oubliez pas, j'avais la petite carte magique, l'argent n'était pas un problème pour moi.

La suite possédait deux chambres et une vue sur Central Park. Affamées, nous avons commandé la moitié du menu au service d'étage et regardé la télé, enveloppées dans nos peignoirs en éponge au chiffre du Plaza. Aux alentours de midi, le sommeil nous a rattrapées.

A notre réveil, il faisait nuit. Comme nous avions terminé nos études, nous menions toutes les deux des existences de noctambules.

— Hé, mais on n'a rien à se mettre…, s'est avisée Penny, en émergeant de sa torpeur.

Nous devions dîner à 22 heures à l'I Tre Merli avec deux types rencontrés la veille, et la simple logique semblait exiger que nous nous mettions en quête de nouvelles fringues.

Munies de la petite carte magique, nous sommes parties en direction du Bergdorf. Qu'avons-nous pu acheter pour atteindre un montant aussi astronomique, je serais bien en peine de m'en souvenir. Je sais seulement que j'ai pris une veste trois-quarts en velours et Penny un manteau en shetland (il commençait à faire frisquet, dehors.) Je sais que, forcément, nous avons acheté des petites culottes et des soutiens-gorge, et aussi que Penny a repéré un jean qui lui allait à merveille. Pour ma part, j'adorais ma petite robe noire moulante en Lycra, frangée de velours. Avant ça, il se peut que nous ayons bu un ou deux verres à l'Oak Bar (ou trois ou quatre) et peut-être étions-nous un peu pompettes. Comme nous n'avions pas même une brosse à cheveux, le concierge du Plaza nous a pris rendez-vous chez John Dellaria où nous nous sommes fait coiffer et maquiller. Toujours est-il que nos achats ont dépassé les vingt mille dollars, comme je l'apprendrais plus tard. Beaucoup plus tard…

Comme je l'ai dit plus haut, sur le moment, rien n'avait d'importance. Nous étions libres, New York était notre terrain de jeu et la petite carte magique nous offrait la possibilité de faire tout ce qui nous chantait. Le bonheur, quoi.

A 22 heures, nous avons retrouvé nos deux bonshommes à l'I Tre Merli, et tout ce dont je me souviens, c'est d'avoir commandé du champagne à tire-larigot. Qui étaient ces types ? Aucune importance, c'étaient juste des mecs qu'on avait rencontrés. Le montant de l'addition ? Aucune importance. Petite carte magique (je découvrirais plus tard que la note atteignait trois mille dollars).

Ensuite, la fête en boîte. Penny et moi étions alors des piliers du Nells, un club de la 14e Rue. Les portiers nous connaissaient, de sorte que nous entrions toujours sans problème. A l'étage, le restaurant était un véritable paradis du relationnel de façade. Baisers et accolades s'échangeaient de table en table comme si on retrouvait de vieux amis perdus de vue, alors que bien souvent, ce n'étaient que des rencontres de la veille. En bas, je me souviens d'avoir dansé avec deux hommes en même temps, dans ma robe en Lycra. Chaque fois que j'entends *Finally* de CeCe Peniston à la radio, je repense au plaisir que j'ai pris à danser, ce soir-là, flanquée de deux types que je ne connaissais ni d'Eve ni d'Adam et qui auraient aussi bien pu me mettre à poil. J'étais trop bourrée pour m'en rendre compte ou me soucier de quoi que ce soit.

Toute la nuit, j'ai ondulé des hanches, tournoyé au gré de la musique. Je me sentais belle, sexy ! Jamais je n'avais éprouvé un tel sentiment de plénitude. Enfin ! Enfin, ça m'arrivait ! Je n'arrêtais pas de me dire : « S'ils pouvaient me voir maintenant ! », *ils* étant tous ceux qui s'étaient moqués de moi quand j'étais grosse et couverte de boutons. Et cette pensée me faisait exulter. J'avais une vie de rêve et l'alcool, l'énergie, les gens qui m'entouraient, tout cela produisait en moi un effet qui me propulsait encore plus haut dans le ciel. Je planais littéralement ; je me sentais libérée de toutes contraintes : de mes complexes physiques, des barrières financières… de tout ! Jusqu'à la fin de mes jours, je me reverrais en train d'onduler des hanches dans ce club. Cette sensation, je ne devais plus jamais la retrouver.

Vers 3 heures du matin, nous avons décidé d'emmener toute la bande poursuivre la fête dans notre suite. Une demi-heure plus tard, une vingtaine de nos meilleurs amis de la veille opéraient une razzia dans le minibar. Quand celui-ci a été vide, ils ont commandé des bouteilles à gogo au service d'étage.

Je me souviens d'avoir dansé sur le canapé, juchée sur mes talons aiguilles de quinze centimètres : je sais donc que c'est moi qui ai perforé les coussins. Je me revois tendre la bouteille de vodka au mec qui se trémoussait avec moi. Nous sautions à pieds joints sur l'assise et c'est à ce moment-là, je pense, qu'il a renversé de la vodka dessus. Qui fumait la clope, en revanche, impossible de me le rappeler… Tout ce dont je me souviens, c'est Penny qui hurle : « Alex, espèce d'idiote, t'as foutu le feu au canapé ! » Nous avons alors bondi à terre, tandis qu'elle se saisissait du seau à glace et en balançait le contenu sur les coussins, mais c'était trop tard. Le capitonnage s'était embrasé et se décomposait en flammèches qui, à leur tour, mettaient le feu aux tentures.

C'est à cet instant précis, tandis que je regardais les lambeaux de rembourrage incandescents monter vers le plafond de la suite, que mon euphorie est retombée. D'un coup, d'un seul… Je me suis alors imaginée restant dans l'Histoire comme la fille qui avait fait brûler la maison d'Eloïse.

A cette seconde, un revirement total s'est accompli en moi.

Brusquement, les rires et le vacarme se sont évanouis. Envolée ma belle insouciance. C'était comme si, soudain, je voyais la lumière, et une peur panique s'est emparée de moi. J'ai tenté de me frayer un chemin parmi tous ces gens. Ils riaient, considéraient le brasier comme un feu de joie. Je me suis emparée du couvre-lit et ruée vers le canapé pour tenter d'étouffer les flammes. Pénélope et moi étions les seules à essayer de contenir l'incendie, les autres n'en avaient rien à faire. Ils ne me connaissaient pas, ne seraient pas tenus pour responsables des dégâts. Je m'entends leur hurler : « Foutez le camp d'ici ! » Mais ils restaient plantés là, riant comme des hystériques, car, dans ma manœuvre pour approcher le couvre-lit du canapé, je n'avais pas vu que j'entraînais le fil de la télé avec. Quand le poste est tombé par terre, le meuble télé à sa suite, ils se sont tous mis à psalmodier :

— Le toit, le toit, le toit est en feu !

Le cauchemar absolu.

On aurait dit une scène de film catastrophe : les choses tombaient en cascade les unes sur les autres ; tout s'enflammait au fur et à mesure. Mais, hélas, c'était bien la réalité. Je les suppliais tous de m'aider à éteindre l'incendie. Mais chaque fois que je cassais un vase ou que je trébuchais sur une plante verte, ils se remettaient à rugir de plus belle. Ce qui avait commencé comme l'un des plus beaux jours de ma vie s'était transformé en l'un des pires et tout ça, à cause de ma bêtise. Il avait fallu que j'anéantisse une splendide chambre d'hôtel pour enfin développer une conscience.

Le matin est arrivé.

En additionnant les dégâts, le service d'étage, les bouteilles que nous avions vidées, les fringues que nous avions achetées, Penny et moi, le dîner à l'I Tre Merli, la facture atteignait un total de cinquante-cinq mille dollars. Même ma petite carte magique était impuissante face à une telle somme.

J'ai appelé mon père depuis le bureau du directeur de l'hôtel.

Papa ne m'avait jamais frappée, ni injuriée. Mais ce dimanche matin-là, quand il a dû venir me chercher au Plaza… Je crois que si le directeur, Pénélope et plusieurs employés de la sécurité ne s'étaient pas interposés, il m'aurait écrasée contre le mur. Il a gardé les poings serrés, tout le temps qu'il a présenté ses excuses au directeur et même en signant le chèque qui devait couvrir les réparations et les consommations.

Durant tout le trajet de retour, il n'a pas décoléré. J'ai supplié Penny de venir avec moi, mais elle a préféré regagner son étuve, trop effrayée par mon paternel.

— Cinquante-cinq mille dollars ! tempêtait-il dans la voiture. Cinquante-cinq mille dollars ! Laisse-moi te dire une bonne chose, Alex : tu vas me rembourser cet argent jusqu'au dernier *cent*, même si pour ça, tu dois partir creuser des tranchées à l'autre bout de la Chine !

Assise à côté de lui, je ne pipais mot.

— Cinquante-cinq mille putains de dollars ! s'indignait-il encore, traversant Newark, puis Trenton, puis Metro Park, toutes les agglomérations qui ponctuaient la route jusqu'à Philadelphie.

Une fois arrivé, il est descendu de voiture, entré en trombe dans la maison ; il s'est rué dans son bureau et s'y est enfermé, en faisant claquer la porte derrière lui.

Même ma mère, qui prenait toujours parti pour moi, s'est refusée à croiser mon regard.

— Je ne te reconnais plus, Alexandra.

Dans le courant de la soirée, mes parents m'ont rejointe dans mon ancienne chambre.

— Alexandra…, a commencé mon père.

Sa fureur était retombée, mais je voyais bien qu'il était encore à cran.

— Nous devons avoir une conversation très sérieuse avec toi.

Vous aimez ça, vous, quand quelqu'un vous annonce qu'il veut avoir une conversation très sérieuse avec vous ? Ces conversations-là sont les pires, croyez-moi.

— Alex, ta mère et moi ne savons plus quoi faire de toi. Et c'est un euphémisme. Il va falloir que tu te calmes sur les dépenses. Il est temps pour toi de réfléchir à ce que tu vas faire de ta vie. A vingt-deux ans, tu as encore la possibilité de retourner la situation. Je ne comprends pas, Maxine… Nous l'avons trop gâtée ? Nous lui avons trop laissé la bride sur le cou ?

Ma mère s'est contentée de hausser les épaules en silence. Les larmes qui brillaient dans ses yeux en disaient suffisamment long sur son état d'esprit.

— Après ce qui vient de se passer, il est clair pour ta mère et moi que nous ne pouvons plus te laisser habiter seule en toute confiance. Tu vas donc revenir vivre à la maison.

— Pas question que je revienne ici !

— C'est dans l'intérêt de tout le monde, Alex, est alors intervenue ma mère. Nous sommes à bout de solutions.

Mon père ne criait plus, mais sa voix avait pris une intonation calme et définitive qui était plus terrible que tout.

— Malgré tout l'argent que nous avons dépensé pour te faire admettre à Penn, tu n'y as rien appris. Toute la liberté que nous t'avons accordée, tu n'as fait qu'en abuser. La seule chose que tu as démontrée, c'est ton incapacité à faire quoi que ce soit.

Assise sur mon lit, je me taisais. Je m'étais conduite comme une idiote, je le savais, mais je n'avais pas besoin de l'entendre de leur bouche. Et puis, cette sanction, je me débrouillerais pour la contourner. Voilà ce que je pensais. Quelle que soit la punition qu'ils m'infligeraient, elle glisserait sur moi comme de l'eau sur les plumes d'un canard. Ils voulaient que je revienne habiter sous leur toit ? La belle affaire ! De toute façon, je n'étais plus très souvent à mon appartement. Je continuerais à sortir, m'amuser et vivre ma vie comme je l'entendais. Vingt-deux ans, c'est l'âge où on fait la fête ! Simplement, je ne laisserais plus la situation dégénérer comme au Plaza, j'avais au moins appris ça. Mais pas question pour autant de renoncer à mes loisirs ! Pas la peine de me prendre la tête sur le sens à donner à ma vie, j'y penserais aux alentours de trente ans (j'ai parfaitement conscience de la saveur ironique de ces mots, si l'on considère qu'à vingt-neuf ans je me retrouve à composer cette rédaction…).

— A partir de maintenant, tu vas travailler pour moi, et ne va surtout pas t'imaginer que tu as dégoté la bonne planque ! Tu commenceras tout en bas de l'échelle, et j'espère que ça te mettra un peu de plomb dans la cervelle, sinon j'aurai raté quelque chose dans ma vie.

— Travailler à ton bureau ?

Je tentais de ne pas montrer ma panique.

— Pas question que j'aille bosser là-bas !

— Tu vas y travailler et avec le sourire, encore ! Tu commences demain à 7 heures. Et maintenant, dors !

Une foule de sentiments tourbillonnaient dans ma tête. J'étais furieuse contre mon père parce qu'il m'avait passé un savon comme si j'avais dix ans. Furieuse contre ma mère parce qu'elle n'avait pas pris ma défense. Mais surtout, j'étais furieuse contre moi-même, sauf que j'étais encore trop jeune et bornée pour comprendre que je me trompais de colère. Bien sûr, j'avais honte de ce qui s'était produit, mais c'était tellement plus facile de focaliser ma rage sur le fait qu'on m'oblige à me lever à 7 heures dès le lendemain… Affronter mes erreurs aurait requis une maturité que je ne possédais pas à l'époque.

Si je pouvais revenir en arrière, je présenterais des excuses à mon père et j'essaierais de le rembourser. Peut-être serions-nous parvenus à faire la paix au fil des ans ?

Et pourtant, je déclare en toute franchise que les heures qui se sont écoulées avant que je ne vandalise une suite du Plaza constituent l'un des plus beaux jours de ma vie.

En me repenchant sur cette période, je me dis que si j'avais su que cet épisode allait amorcer la spirale infernale qui devait détériorer mes relations avec mon père, j'aurais commencé par bosser plus dur pour réussir mon examen d'entrée à l'université. Ce qui ne m'empêche pas d'être convaincue que ce sont toutes ces épreuves qui m'ont permis de devenir la personne que je suis aujourd'hui, ou du moins, que j'étais au moment de ma mort (mais j'en dirais plus sur cette personne-là dans les pages suivantes).

— Une dernière chose, Alex !

— Quoi, encore ?

Mon père a tendu la main à plat.

— Rends-la-moi.

— Que je te rende quoi ?

— Tu sais très bien de quoi je parle.

— O.K.

J'ai fait celle qui s'en fichait éperdument, alors qu'en mon for intérieur j'avais mal, et pas seulement de devoir renoncer à la petite carte magique. Je n'avais jamais vu cette expression-là sur le visage de mon père et au plus profond de moi, ça me faisait de la peine.

Je suis allée à mon sac et j'ai ouvert mon portefeuille.

— Rien que celle-là ou toutes les autres aussi ?

— Commençons par la principale, ensuite nous verrons comment tu te débrouilles.

— Très bien, prends-la, ai-je dit en la lui tendant.

Sur quoi, mon père est sorti en refermant la porte derrière lui.

Loin du paradis

Je ne peux pas vous parler pour le moment.

6

Est-ce que je vous ai dit que j'ai été fiancée ?

Non ? Eh bien, j'ai été fiancée...

J'ai fait la connaissance de mon futur mari lors de mes débuts professionnels dans la boîte de mon père, expérience qui s'est révélée bien moins terrible que je ne l'avais cru, et pas seulement en raison de cette rencontre.

La seule chose vraiment nulle dans le fait de bosser pour mon père, c'était qu'il était debout tous les matins à 6 heures et demie. Je crois qu'il prenait son pied à me tirer du lit. A ses yeux, ma petite personne ne méritait pas de réveil en douceur.

— Alexandra ! braillait-il dans l'un de ses porte-voix de chantier. Il est 6 h 30. Soit tu te lèves, soit tu quittes la maison.

Je me demandais ce qui se passerait si, un matin, j'optais pour la panne d'oreiller.

— Peux pas aujourd'hui, c'est trop dur...

— Alors, prends tes cliques et tes claques et débarrasse-moi le plancher d'ici à ce soir ! aurait-il répliqué.

Je m'imaginais alors campant sous une bretelle de sortie d'autoroute, avec mon baldaquin rose et mes poupées du monde accrochées à la tête de lit : « à vendre, un dollar l'unité ».

Cette pensée suffisait à me tirer du lit.

Mon père avait fait la leçon à ses employés :

— C'est peut-être ma fille, mais en aucun cas elle ne doit bénéficier de passe-droits.

Là, il rêvait ! Il était à la tête d'une société de plusieurs millions de dollars : tout le monde se sentait obligé de lui lécher les bottes.

Durant six mois, j'ai été assignée au service du courrier. Mon job consistait à réceptionner le courrier, à le trier dans différents compartiments, puis à le distribuer dans les bureaux au moyen d'un chariot. Chaque matin, j'arrivais à 7 heures avec papa, sauf que le courrier ne passait jamais avant 10 ou 11 heures, de sorte que je roupillais sur ma chaise jusqu'à l'arrivée du facteur.

Les bureaux de mon père se situaient au centre-ville de Philadelphie. Vous les connaissez peut-être ? Ils occupaient l'Immeuble Dorenfield, South Fifteen Street, immeuble qui ne doit pas être confondu avec les Tours Dorenfield dans la 11e Rue, ni avec le Dorenfield Plaza dans la 8e, ni avec aucune des résidences de luxe intra et extra-muros. L'Immeuble Dorenfield compte quatorze étages. A l'époque, le service du courrier employait deux autres personnes en dehors de moi. Il m'incombait de trier le courrier des cinq derniers étages. Fred Brody, lui, était assigné aux cinq étages intermédiaires, et Gary Harbeth aux quatre du bas, plus le rez-de-chaussée. Chaque jour, quand Damon, le facteur, déposait le courrier, il y avait toujours dix sacs postaux à trier. Cette tâche nous prenait tout le reste de la matinée. Ensuite, si Fred, Gary et moi ne tirions pas trop au flanc, nous pouvions répartir le courrier dans nos chariots vers 14 heures et l'avoir livré à 17.

En fait, j'aimais bien distribuer le courrier. Comme je l'ai dit, personne n'aurait jamais osé traiter la fille de Bill Dorenfield comme une simple employée, aussi, chaque fois que j'entrais dans un bureau, avais-je droit à un grand bonjour assorti d'une question extraprofessionnelle et/ou d'une tape dans la main.

« C'est vrai que tu as causé cinquante-cinq mille dollars de dégâts dans une chambre du Plaza ? » était la question qui revenait le plus souvent.

J'étais une petite célébrité, dans l'Immeuble Dorenfield. En guise de plaisanterie, des secrétaires avaient installé un pot dans la salle de repos, avec une affichette qui disait : « Fonds Alex Dorenfield pour la réhabilitation du palace ravagé » et jeté quelques piécettes dedans.

Quand mon père s'en est aperçu, il a convoqué tous ses employés dans la salle de conférences du dernier étage.

— J'ignore lequel d'entre vous a trouvé spirituel d'installer ce pot dans la salle de repos, mais laissez-moi vous dire une bonne chose : je trouverai le coupable et quand je l'aurai identifié, je le flanquerai à la porte !

Je savais que l'idée venait de deux secrétaires du deuxième étage, alors plutôt que de les laisser perdre leur travail, j'ai fait la seule chose sensée qui était en mon pouvoir.

— C'est moi ! me suis-je exclamée devant tout le personnel de la société. C'est moi qui l'ai mis là, papa. A midi, j'aurai vidé mon bureau.

La salle tout entière a croulé sous les rires. Mon père en a été tellement gêné qu'il a laissé tomber l'affaire. Bien sûr, de retour à la maison, j'ai eu droit à un sermon en règle, mais au bureau, je suis devenue une star. Tout le monde m'adorait. J'étais la fille si maligne de Bill Dorenfield et leur grand plaisir à tous était de me voir rendre mon paternel dingo. Je ne lui ai jamais dit la vérité. Les secrétaires à qui j'avais évité la porte m'en ont été très reconnaissantes, mais à vrai dire, leur gratitude me mettait mal à l'aise. J'avais fait ça pour les aider. Certes, ça m'avait causé quelques petits ennuis, mais à l'époque, les ennuis, j'étais dedans jusqu'au cou, aussi ne pouvait-on pas réellement parler de sacrifice de ma part.

Quand je repense à cette expérience, je me dis que j'aurais pu rester et grimper un à un les échelons de la société, même si j'avais les doigts hachurés de coupures, à cause de tous ces papiers que je manipulais. Mais c'était compter sans l'intervention du destin.

Car c'est peu de temps après l'incident du pot que j'ai rencontré l'homme que j'ai failli épouser.

Charles Kitteredge ne travaillait pas pour mon père. Il travaillait pour le sien, chez Kitteredge, Kitteredge et Kitteredge, le cabinet d'avocats de sa famille. Spécialistes du droit immobilier, les Kitteredge étaient entre autres les conseils juridiques de mon père. Ils avaient leurs bureaux dans l'immeuble voisin du nôtre. Charles n'avait que vingt-sept ans, mais il était sorti major de sa promo à Harvard et avait déjà remporté quelques procès d'envergure. Il venait d'entrer comme associé dans le cabinet. Il ne souhaitait pas bénéficier de traitements de faveur en raison de sa qualité de « fils de », mais il était tellement doué dans son domaine qu'il méritait d'être fait associé, point barre. On peut dire qu'entre nous, ça a été un cas typique d'attirance des contraires.

Mais tout ça, je l'ignorais, la première fois que mon regard s'est posé sur Charles. Pour moi, ce n'était que le mec canon du bar à salades. Oui, parce que je l'avais vu un paquet de fois durant ma pause-déjeuner. Lui et moi étions fans de ce bar à salades de la 15e Rue. Qu'est-ce qu'il était craquant, quand il choisissait sa laitue et ses concombres ! J'allais jusqu'à faire coïncider ma pause-déjeuner avec les heures où je savais que je le trouverais là-bas. Souvenez-vous : je ne savais pas qu'il faisait partie des conseils juridiques de mon père ; pour moi, c'était un mec mignon, rien de plus. Parfois, en plein tri, je laissais tout en plan, chose que Fred m'avait pourtant interdit de faire. Il distribuait le courrier dans les étages intermédiaires, mais occupait aussi la charge de postier en chef. Sauf que moi, j'étais la fille si maligne de Bill Dorenfield et que ces règlements ne s'appliquaient pas à ma personne. Je passais alors une demi-heure à me pomponner, histoire de pouvoir tomber « par hasard » sur Charles à l'heure dite.

Il arborait toujours de sublimes costumes Armani ou Hugo Boss et ses cheveux étaient toujours impeccablement coiffés en arrière. Ses chemises venaient toutes de Hong Kong, où on les lui confectionnait sur mesure. Le seul fait de voir ses initiales CGK brodées sur ses manchettes me mettait dans un état d'excitation inimaginable. Je l'avoue : les hommes en costard classieux m'ont toujours fait craquer.

Enfin, bref… J'étais en train de composer mon mix de fibres pour la journée quand, après des mois de rencontres « fortuites », de petits sourires par-ci et de petits regards par-là, il s'est enfin décidé à me parler.

— Alexandra, m'a-t-il dit de sa voix profonde et pleine d'assurance, vous ne pensez pas qu'il est temps que nous fassions connaissance ?

Ça n'a pas été son beau costume qui m'a chamboulée, même si ça participait au phénomène. Ni ses cheveux bruns dont pas un ne dépassait, ni la façon dont ses yeux bleus brillaient quand il m'a regardée, en prononçant ces mots. Ça, c'était ce qui me faisait craquer. Non, ce qui m'a fait chavirer, définitivement, ç'a été la façon dont il a prononcé mon prénom.

« Alexandra, vous ne pensez pas qu'il serait temps que nous fassions connaissance ? »

Vous voyez où je veux en venir ? Je suis tombée amoureuse de ce type, parce que c'était presque exactement de cette façon-là que mon père avait abordé ma mère.

J'ai endossé illico le rôle de ma grand-mère.

— Non, je ne pense pas qu'il soit temps que nous fassions connaissance.

Et je me suis éloignée avec ma salade.

Comment connaissait-il mon prénom ? Qui était-il ? Il ne travaillait pas dans mon immeuble. Il avait lancé un détective privé à mes trousses ou quoi ?

Là-dessus, il a fait quelque chose que papa, lui, avait eu le tort de ne pas faire tout de suite. Au lieu de m'envoyer des roses, du parfum ou des billets de concert, il a appelé mon père pour lui demander la permission de m'inviter au restaurant.

Mon père a sauté au plafond.

— Charlie Kitteredge ! Qu'est-ce qu'il peut bien te vouloir ? Tu as fichtrement intérêt à sortir avec lui, ma fille ! C'est moi qui te le dis !

Comme vous pouvez l'imaginer, cette injonction a sonné le glas de ma passion pour Charles. C'était bien ma chance ! Pourquoi fallait-il que le mec canon du bar à salades soit l'un des avocats de mon père ? Parmi tous les hommes que comptait Philadelphie, il avait fallu que je m'entiche d'un mec qui bossait pour mon père !

Sauf que Charles, lui, craquait complètement pour moi. Sans doute parce que, de mon côté, je me moquais désormais de lui comme de ma première chaussette. Vous savez ce que c'est, comment ça fonctionne, ce genre de choses... Mais j'ai eu beau bafouiller qu'il n'était pas mon genre, que je ne voulais pas aller au resto avec lui, mon père a fait la sourde oreille. Bon, le fait est qu'en finissant par accepter, je n'ai pas perdu au change. Charles m'a emmenée dans des lieux tout à fait extraordinaires. Nous avons fréquenté les meilleurs restaurants de la ville, où nous obtenions une table sur-le-champ, sans avoir réservé. Nous sommes allés à la première des nouveaux spectacles de Broadway. Mais quand Charles a voulu m'emmener passer deux semaines à Venise et à Rome, je lui ai répondu que c'était impossible à cause de mon travail.

— Oublie le travail ! a rétorqué mon père. A partir du moment où tu pars avec Charles Kitteredge, je me fiche pas mal de ce qui peut arriver au courrier !

J'ai accueilli le conseil de papa (« oublier le travail ») avec des sentiments mitigés. Trier le courrier ne correspondait pas franchement à l'idée que je me faisais du bonheur sur Terre, et, disons les choses comme elles sont, partir pour l'Italie au bras d'un beau mec, c'est le rêve de toutes les filles. Sauf que je commençais à aimer le regard que mon père portait désormais sur moi, comme s'il avait retrouvé un peu de respect pour ma personne depuis que je pointais au boulot tous les matins. Ça me plaisait bien que tout le monde me dise bonjour, au bureau. D'accord, je ne faisais que distribuer le courrier, mais j'avais l'impression d'avoir enfin ma place dans la société. Mais je pensais à la réaction de mon père si je lui disais que je voulais rester au service du courrier au lieu d'aller à Venise. Il serait déçu, je le savais. Alors, je suis partie pour l'Italie.

Après Rome et Venise, les Kitteredge ont loué une île à Tahiti et de nouveau, quand j'ai voulu faire valoir à Charles qu'il me fallait vraiment retourner au bureau, mon père a déclaré :

— Je ne pense pas que ton avenir soit au service du courrier, Alex, il est auprès de Charles Kitteredge. Nous savons tous que tu n'es pas taillée pour les responsabilités. Charles saura prendre soin de toi.

Ces paroles m'ont égratigné l'ego, je ne vous le cache pas, mais à ce stade, j'étais déjà convaincue et franchement, qui refuserait une île pour rester au service du courrier ?

Charles était un type tout à fait charmant, sa famille aussi, même si tous étaient wasp jusqu'au bout des ongles, à savoir blancs, anglo-saxons et protestants. Sans verser dans la caricature, je n'avais jamais vu des gens déguerpir aussi vite d'une plage sur les coups de 17 heures, moment de leur cocktail du soir. C'étaient de gros buveurs mondains, jamais ivres : ils auraient été capables de courir les 500 Miles d'Indianapolis à plus de deux cent vingt-cinq kilomètres/heure les doigts dans le nez, sans emboutir les autres bolides.

Pour vous dire la vérité, je n'ai pas très envie de vous brosser par le menu le portrait de Charles, mais le fait qu'on l'appelle Charles et non Charlie ou Chuck doit tout de même vous donner une petite idée du personnage. Je ne peux pas dire qu'il m'ait fait du mal et pour rien au monde il n'aurait levé la main sur moi. Il était on ne peut plus gentil. BCBG, bosseur et wasp comme il était, je me demandais vraiment ce qu'il pouvait bien trouver à une princesse juive pourrie gâtée, connue de surcroît pour avoir vandalisé une suite au Plaza.

Alors un jour, je lui ai posé la question.

— Eh bien, tu es mignonne, m'a-t-il répondu, en m'embrassant sur la joue. Et nous fusionnons à merveille.

Je ne l'ai pas questionné sur ce qu'il entendait par là. Voulait-il dire qu'en tant que couple, nous faisions des étincelles au lit ou que le rapprochement entre le cabinet d'avocats de sa famille et la société de mon père lui donnait entière satisfaction ? Si j'avais eu l'âme d'une parieuse, j'aurais tout misé sur la seconde hypothèse, mais le fait est que cette histoire mettait mes parents au comble du bonheur et que la chambre d'hôtel ravagée était en passe d'être reléguée aux oubliettes. Le plus important, selon la formule de mon père, c'était qu'au moins je faisais quelque chose de ma vie.

Voilà pourquoi je ne tiens pas à m'engager dans une description détaillée de Charles et de tout le reste. Car bien qu'il ait été le catalyseur du sixième plus beau jour de ma vie, il n'en a pas été à l'origine. Je vais y venir, à ce sixième plus beau jour, mais au préalable, vous devez prendre connaissance de ce qui suit.

Charles m'a demandée en mariage dans sa maison de famille, devant ses parents et les miens. Nous ne sortions ensemble que depuis cinq mois et je n'avais aucune idée de ce qui se tramait. Je pensais que nos deux familles s'étaient simplement réunies pour un repas convivial.

C'est juste après les cocktails, la salade roquette/chèvre/noix de pécan, le bœuf bourguignon et l'omelette norvégienne, mais juste avant le porto d'après dîner que Charles a fait tinter sa petite cuillère sur son verre à vin.

— Et maintenant, si vous voulez bien faire silence une minute, j'aimerais vous annoncer quelque chose.

Je n'avais toujours pas la moindre idée de ce qui se passait. Charles avait parlé « d'annoncer » quelque chose, pas qu'il souhaitait me poser une question ni rien de la sorte.

— Comme vous le savez tous, Alexandra et moi nous sommes engagés dans une merveilleuse histoire. Je sais que notre amour est encore tout récent, et comme vous ne l'ignorez pas, je ne prends jamais de décision à la légère... Mais face à l'évidence, on ne peut s'empêcher de vouloir passer à l'étape suivante et c'est pour cette raison que j'ai souhaité tous vous réunir ce soir.

C'est seulement là que j'ai compris.

— Alexandra, a-t-il continué, en s'agenouillant près de ma chaise et en tirant un petit écrin en velours de sa poche de costume Zegna, je serais le plus heureux des hommes, si tu me faisais l'honneur de devenir ma femme.

Tout ce que je voyais, c'étaient ses initiales, CGK, sur la manchette qui dépassait de sa veste et l'énorme caillou — un diamant émeraude — qu'il me présentait.

J'avais envie de lui crier : « Non, c'est bien trop tôt, je n'ai que vingt-quatre ans ! J'ai encore des millions de choses à faire dans ma vie, même si je ne sais pas encore lesquelles ! »

A la place, je me suis tournée vers mes parents. Mon père rayonnait comme un soleil. Ma mère se tamponnait les yeux avec sa serviette en lin. Je ne les avais jamais vus aussi fiers de moi. Alors j'ai fait ce qui me paraissait s'imposer.

— Oui, ai-je couiné. Oui, Charles, je veux bien t'épouser.

On aurait cru que Philadelphie s'apprêtait à vivre son mariage royal. Notre union a été annoncée aux infos locales, sur Channel 6 : « L'héritière de la dynastie Dorenfield (quelle dynastie, j'aimerais bien le savoir !) et le fils d'une des familles

les plus anciennes et les plus puissantes de Philadelphie filent le parfait amour. »

Le lendemain de l'annonce à la télé, le cabinet juridique de Charles a gagné dix-sept nouveaux clients.

Philadelphia Magazine nous a mis en couverture et le gros titre proclamait sous notre photo :

Alexandra et Charles : le nouveau couple en vue de Philadelphie.

Je ne pouvais plus faire un pas dehors sans être reconnue.

— Alexandra ! m'a crié un jour une vieille femme, alors que je sortais de chez Saks. J'ai entendu parler de vous et c'est votre projet de mariage qui me maintient en vie !

Dans tous les restaurants où nous allions, on nous offrait le champagne.

— Pour l'heureux couple, nous indiquait le serveur, en faisant sauter le bouchon.

Puis il pointait le doigt vers une table de gens qui levaient leur verre dans notre direction.

Nous recevions des cadeaux de la part de personnes que nous ne connaissions pas et d'autres de la part de personnes que nous n'aimions pas. Et que dire des messages qui les accompagnaient ? Je crois que le meilleur venait des jumeaux Rosso.

Vous êtes sacrément verni d'avoir conquis Alex. Nous l'avons connue sur les bancs de la Friends School. Que diriez-vous d'organiser une petite réunion pour fêter cette magnifique fusion ? Tom et Seth Rosso

Penny devait être mon témoin de mariage, et Kerry Collins, Dana Stanbury et Olivia Wilson mes demoiselles d'honneur. Nous avions beau être éparpillées aux quatre coins du pays, toutes ont sauté dans un avion pour m'assister dans le choix de ma robe.

Nous étions dans le salon d'essayage de Vera Wang, tandis que Vera en personne attendait dans le magasin.

— Mais qu'est-ce que je suis en train de faire, les filles ?

— Tu as peur, mais ce n'est rien…, a essayé de me rassurer Kerry. Tout le monde prend peur quand on est sur le point de se marier. Tu verras, tu vas te ressaisir.

— Oui, au début ça fiche la trouille, a renchéri Olivia, mais tout le monde y passe.

— Qu'est-ce qui peut t'arriver de pire ? m'a demandé, plus pragmatique, Dana Stanbury. Que ça ne marche pas ? Eh bien, tu divorceras.

— Tu es bien sûre que tu l'aimes ? s'est alors enquise Penny.

Cette bonne vieille Penny. Une fois de plus, elle avait mis le doigt pile où il fallait. Je n'étais pas amoureuse de Charles. Je ne voulais pas passer le reste de ma vie avec lui. Je ne voulais pas être une épouse, et de toute évidence, c'était ce qu'il attendait de moi. J'aurais pu jouir d'une aisance matérielle incroyable, habiter une grande maison peuplée d'une armée de domestiques à mon service, mais à quel prix ? C'était le seul rôle dans lequel me voyait mon père, mais au plus profond de moi je savais que ce n'était pas ça, l'existence à laquelle j'aspirais. Il fallait néanmoins me rendre aux essayages et assister aux dîners de gala. On me proposait de diriger des œuvres de charité et de collecter des fonds pour lesdites œuvres. J'avais rendez-vous avec des décorateurs qui voulaient transformer notre maison de Villanova en carte de visite, *Town and Country* et *Architectural Digest* me sollicitaient pour une séance photo. J'avais l'impression que je n'avais qu'à poser mes fesses sur une chaise pour que le monde entier vienne m'exposer les projets qu'il avait pour moi.

Un jour, je me suis même chronométrée. Je suis restée assise quatre heures d'affilée, pendant que trois décorateurs, un coiffeur et quatre membres de la Junior League défilaient devant moi pour me dire ce qu'ils comptaient faire pour moi. C'était enivrant, cette débauche de sollicitude et cette illusion de pouvoir. Mais ça devenait trop. Je savais que si je n'étouffais pas toute cette histoire de mariage dans l'œuf, et très vite, je resterais toute ma vie assise sur cette chaise.

— Il va falloir que tu lui parles, m'a conseillé Penny, quand elle a vu la tête que je faisais. Tu dois être forte, Alex, sinon tu vas gâcher ta vie.

Alors un soir que Charles rentrait se changer en vue de la soirée, je lui ai tout avoué.

— Je regrette, mais ça ne me correspond pas. Ce n'est pas comme ça que j'imagine ma vie.

— Ne sois pas ridicule, Alexandra ! Je suis ce qui pouvait t'arriver de mieux.

— Je ne peux pas, c'est tout, ai-je répété, en ôtant ma bague de fiançailles que je posais devant lui.

Il a fixé le diamant sur la table comme si c'était une chose complètement incongrue : un pigeon ou je ne sais quoi d'autre.

— Songe à l'erreur que tu commets, Alex. Songe au nombre de gens que tu vas faire souffrir.

— Est-ce que tu m'aimes, Charles ?

— Bien sûr que je t'aime !

— Non, ce que je veux dire c'est : est-ce que tu m'aimes vraiment ou est-ce que tu aimes les avantages qui accompagnent notre histoire d'amour ?

Il a laissé passer quelques secondes de silence. Il ne m'en fallait pas plus.

— C'est pour ça qu'il faut que je mette un terme à tout ça, ai-je repris, avant que quelqu'un n'en souffre vraiment.

— Je te répète que tu commets une énorme erreur. Tu crois peut-être que tout le monde se marie par amour ?

— Ma foi, tout le monde, peut-être pas, mais moi, c'est ce que je veux faire.

Je me souviens d'avoir roulé ensuite sans savoir où aller ni à qui parler. Le matin même, Pénélope était partie pour la

Martinique avec son mari Melvin et je n'avais aucun moyen de la joindre. J'ai pensé demander le numéro d'un psy aux renseignements, puis ça m'a paru être du grand n'importe quoi. Je ne pouvais pas prendre une chambre d'hôtel, parce que tout le monde me connaissait et je ne voulais pas que des indiscrets se répandent en commérages avant que j'aie parlé à mes parents. Il ne me restait donc qu'un seul endroit où aller : chez eux, justement.

Quand je suis arrivée, mon père m'attendait sur le seuil.

— N'essaie même pas d'entrer dans cette maison, Alex ! Tu n'es plus la bienvenue ici. Je ne veux plus te voir.

— Papa, laisse-moi t'expliquer ! ai-je hurlé depuis l'allée.

— Non, tu as eu suffisamment l'occasion de t'expliquer. J'en ai par-dessus la tête.

— Mais pourquoi tu réagis comme ça ? Je n'étais pas amoureuse de Charles ! Comment peux-tu m'en vouloir pour ça ?

— Bon Dieu, Alex ! Je ne t'en veux pas de ne pas l'aimer ! Je t'en veux d'avoir laissé les choses aller si loin ! Le soir où il t'a demandée en mariage, pourquoi est-ce que tu as dit oui ?

— Parce que… parce que tout le monde me regardait !

Je bafouillais, à la recherche des mots adéquats.

— Je me suis sentie piégée avec tous ces regards braqués sur moi. Je ne pouvais pas dire non.

Il s'est un peu calmé.

— Alex, tu ne comprends donc pas ? Je ne sais plus quoi faire pour toi. Je peux supporter beaucoup de choses de ta part parce que, avec ta mère, tu es la personne la plus importante de ma vie, mais je ne peux pas passer une nuit blanche de plus à m'inquiéter pour toi. Que vas-tu faire, maintenant ? Je pensais qu'en étant mariée à Charles, tu aurais au moins quelqu'un pour veiller sur toi, et que je n'aurais plus à me faire autant de mauvais sang.

— Alors cesse de t'en faire, papa !

— Pour ça, dis-moi d'abord quels sont tes projets… Si tu

ne comptes pas épouser Charles et si tu refuses de travailler dans mes bureaux, que vas-tu faire ? Je ne sais plus quoi faire !

— Je vais faire quelque chose de ma vie. Je le sais.

— Avec quelles compétences ? Qu'est-ce que tu es capable de faire ? Est-ce que tu te rends compte à quel point je souffre de te voir paumée comme ça ?

A cet instant, une chose extraordinaire s'est produite.

— Ça suffit, Bill, j'en ai assez entendu, a dit ma mère depuis le seuil de la porte. Laisse-moi parler en tête à tête avec Alex. Va dans ton bureau et n'en sors pas avant que je te le dise.

En vingt-quatre ans d'existence, c'était la première fois que j'entendais ma mère manifester une exigence !

— Maxine, laisse-moi régler cette affaire.

— Bill ! Va dans ton bureau. Et toi, Alex, entre.

— Maxine ! Je sais ce que je fais.

— Bill ! File dans ton satané bureau et n'en sors pas avant que je te le dise !

Oh… Je vous vois venir… Je vous vois vous poser des questions. « Je ne comprends pas. Ce chapitre n'est-il pas censé traiter du sixième plus beau jour de sa vie ? Ça ressemble plutôt au pire ! »

Patience ! J'y viens… Laissez-moi continuer et vous allez très vite apprendre, maintenant, pourquoi ce jour a *aussi* été l'un des dix plus beaux.

Après m'avoir conduite dans le salon, ma mère en a refermé les portes. Je pensais qu'elle allait me sommer de retourner auprès de Charles. Qu'elle allait tenter de me convaincre, mais avec des arguments moins blessants que ceux de mon père, que devenir son épouse était la meilleure chose qui puisse m'arriver. Mais pas du tout.

Pour commencer, elle a pris mes mains dans les siennes.

— Alex, ton père est très en colère contre toi. Son amour pour toi est tel qu'il a très peur. Tu peux le comprendre, n'est-ce pas ?

— Oui, mais il refuse de me laisser décider de ma vie !

— Je sais… C'est plus fort que lui et peut-être que quand tu auras des enfants, tu comprendras à ton tour ce qu'il ressent, mais je tiens à te dire quelque chose. Je veux que tu saches que moi, je n'ai probablement jamais été aussi fière de toi qu'aujourd'hui.

A ces mots, j'ai explosé en une mégacrise de larmes, genre chutes du Niagara.

— Et maintenant, écoute-moi bien, Alex, parce que je vais te confier quelque chose de très important, a repris ma mère, en me tendant un mouchoir en papier pour sécher mes pleurs.

Il m'a fallu quelques secondes, mais j'ai fini par me calmer.

— Tu ne penses pas que, parfois, il m'arrive de regretter le chemin que j'ai pris ? De temps en temps, je contemple ma vie et je m'interroge : ai-je vraiment apporté ma pierre à ce monde ? Je n'ai jamais travaillé, je n'ai jamais vécu seule. Quand j'avais ton âge, il n'y avait pas trente-six possibilités d'avenir pour une femme : on était institutrice ou femme au foyer. Ma génération n'avait pas le choix, mais la tienne si. L'unique devoir de mes parents, à l'époque, c'était de veiller à ce que je fasse un bon mariage. Ton père ne comprend pas qu'aujourd'hui, les choses ont changé, moi si. Tu as beaucoup de chance de vivre à une époque où tu *peux* agir à ta guise. Si tu ne souhaites pas te marier, eh bien, ne te marie pas. Moi, je n'ai pas eu le choix. Voilà pourquoi, ma chérie, je te demande de faire quelque chose pour moi : quitte la maison et pars à la conquête du monde.

J'en suis restée baba. Et maintenant que j'ai fait la connaissance d'Alice Oppenheim, je suis encore plus consciente de la chance incroyable qu'ont les femmes de ma génération. Ma mère et Alice ont eu une vie bien différente.

J'aime ma mère plus que tout au monde, mais je ne voulais pas être sa copie carbone. Une chose au moins était claire dans mon esprit : je ne voulais pas passer ma vie à être l'épouse de Charles Kitteredge. J'avais d'autres ambitions et quand ma mère m'a prise entre quat'z-yeux pour me dire qu'elle me comprenait et m'approuvait, j'ai eu la certitude que j'avais eu raison d'agir comme je l'avais fait. Ça n'avait rien à voir avec mon amour pour Charles. Ça n'avait rien à voir avec les rêves auxquels ma mère avait renoncé, quels qu'ils aient pu être, pour l'homme qu'elle aimait de tout son cœur. L'important, c'était de vivre ma vie selon *mes* critères. Et le soutien de ma mère me donnait la confiance pour le faire.

— Prouve à ton père qu'il se trompe. Montre-lui que tu es capable de prendre tes décisions toi-même. J'ai pleinement foi en tes capacités. Si tu as eu la force de laisser courir ces fiançailles jusqu'ici avant de les rompre, c'est que tu as d'autres rêves à poursuivre. Un jour, tu seras quelqu'un, et tu te réaliseras selon tes critères. Je ne me fais plus de souci pour toi.

C'était la première fois que quelqu'un était véritablement fier de moi, et plus particulièrement quelqu'un que j'aimais. Voilà pourquoi je range ce jour parmi les plus beaux de mon existence. Même si mon père me considérait comme une fille paumée, je savais que j'allais lui prouver le contraire.

Trois jours après, tout Philadelphie apprenait que mon mariage n'aurait pas lieu. Les pages mondaines des journaux, avides de connaître les raisons de ce fiasco, se perdaient en conjectures. On a prétendu que j'avais une liaison. On a même affirmé qu'on m'avait vue dealer de la drogue dans Chinatown. Je n'ai pas remis les pieds dans la maison où j'habitais avec Charles. Maman et moi, nous sommes simplement allées m'acheter de nouvelles fringues et des produits de beauté.

Rester à Philadelphie était devenu impossible pour moi. Lorsque je suis passée faire un petit coucou à Fred, au service du courrier, il m'a appris que les employés de mon père, qui jusque-là me trouvaient adorablement fofolle, me trouvaient maintenant folle tout court.

J'ai songé un instant à m'installer à New York, mais ça me semblait encore trop proche de Philadelphie. Pénélope m'avait appris du reste que la rumeur de mes fiançailles était parvenue jusqu'aux oreilles de certaines de ses amies.

J'ai passé les quinze jours qui ont suivi la discussion avec ma mère à regarder des films, tout en m'efforçant d'arriver à une décision. J'ai évité mon père au maximum. Ma mère et moi avions de longues conversations et je visionnais sans fin ces trois minutes du film de famille, ces joies passées qui me rappelaient que la vie était belle.

Et puis, un soir, alors que je regardais *Les Raisins de la colère*, avec Henry Fonda, le déclic s'est produit en moi. A la dernière réplique du film. Cet instant, je ne l'oublierai jamais. C'était comme si on énonçait un principe que j'avais toujours su, mais que je n'avais jamais eu la force de mettre en pratique.

A la fin, Ma Joad déclare : « Les gens riches, ils naissent, ils meurent, leurs enfants n'ont pas la force de continuer et la branche s'éteint. Mais nous, on va de l'avant. On est les gens qui vivent. On ne peut pas nous balayer ; on ne peut pas nous écraser. On ira toujours de l'avant, Pa, parce qu'on est "les gens". »

Si je voulais me réaliser en ce monde, m'épanouir, suivre mon propre chemin, je devais cesser de vivre aux crochets de mes parents.

J'ai aussitôt appelé Dana Stanbury qui habitait Los Angeles et elle m'a proposé de m'héberger le temps que je trouve une situation.

Le lendemain matin, j'ai annoncé à mes parents que je partais vivre en Californie.

— Je te préviens : tu n'auras pas un sou de moi ! m'a lancé mon père.

— Tant mieux, papa, parce que c'est comme ça que je vois les choses à présent.

(A ce propos, je ne peux pas dire officiellement que je n'ai plus accepté un centime de leur part. Avant que je parte, maman m'a glissé quelques billets en douce, pour m'aider à m'installer. Mais après ça, ma vie s'est déroulée exactement selon les principes que j'avais établis.)

Deux ans plus tard, Charles, qui se trouvait être à Los Angeles pour affaires, m'a téléphoné. Nous avons déjeuné ensemble. Il était tombé amoureux, s'était marié et sa femme attendait un bébé.

— Je tiens vraiment à te remercier, Alex. Sur le moment, j'ai très mal pris ta décision, mais aujourd'hui je la comprends.

Comme je l'ai déjà dit, ce n'était pas un mauvais bougre. Simplement, ce n'était pas un compagnon de vie pour moi. L'amour, ça complique tout. Il peut vous conduire à sacrifier vos rêves sur son autel, mais quand on est heureux, on sait qu'on a fait le bon choix. C'est ce qui s'est passé pour mon père et ma mère. Mais quand il n'y a pas d'amour, la demeure la plus somptueuse assortie de toutes les fringues et les égards qui vont avec ne se résume qu'à une seule chose : une vie monumentalement gâchée.

Près du paradis

— De vous deux, c'était toi la plus diabolique, Alice ! s'esclaffe grand-maman, en salant ses pommes de terre. Quand vous étiez petites, je disais toujours à Maxine : « Un de ces quatre, Alice va te faire avoir des ennuis ! »

— Ne vous imaginez pas que Maxine était un ange de pureté, madame Firestein ! se défend aussitôt Alice. Elle avait l'art de se tirer de toutes les situations sans jamais se faire punir.

— Ma Maxine n'a jamais été méchante. Une petite fille modèle, voilà ce qu'elle était.

— Votre remarque est la preuve que je dis la vérité ! Elle a toujours embobiné tout le monde d'un simple sourire. Ah, pour ça… Elle savait y faire !

J'approuve.

— C'est vrai, elle savait obtenir ce qu'elle voulait sans même ouvrir la bouche.

Alice est hilare.

— Je me suis toujours demandé comment elle se débrouillait.

— Aucune idée ! Personnellement, je n'ai jamais su, dis-je.

— C'était une gentille petite, déclare grand-maman qui n'en démord pas. On ne pouvait pas lui reprocher d'être à la fois ravissante et adorable.

— C'est vrai, c'est vrai, acquiesce Alice, mais ce n'était pas un ange non plus.

— Si, c'était un ange, fais-je en riant.

— D'accord, c'était un ange...

Nous éclatons de rire toutes les trois.

— La seule fois où Maxine a fait quelque chose de mal, c'était deux semaines avant l'anniversaire de mes seize...

— Ah, non ! Tu ne vas pas nous ressortir cette histoire de jupons de tulle !

Alice se met à rire.

— Si ! Elle t'en a parlé ?

Grand-maman prend aussitôt la défense de sa fille chérie.

— Tu lui as dit qu'elle pouvait t'en emprunter...

— Certes, mais je ne lui ai jamais dit de me les emprunter *tous* ! Sérieusement, Alex, il faut que tu entendes ma version de l'histoire.

— O.K., O.K... Je t'écoute, mais ensuite, promets-moi que cette affaire sera définitivement enterrée... Comme nous, ajouté-je, pince-sans-rire.

— Eh bien, voilà... Ta mère devait sortir avec Sy Silverman ; elle est passée à la maison pour m'emprunter des jupons. Pourquoi n'en avait-elle pas suffisamment chez elle, mystère et boule de gomme !

— Parce que j'en avais besoin, explique grand-maman.

— D'accord, vous en aviez besoin. Il se trouve que ce jour-là, j'étais dehors avec mon frère Butch qui réparait la voiture de notre père : je lui tendais les outils. Là-dessus, Maxine débarque et me demande si elle peut m'emprunter des jupons bouffants. Bien sûr, lui dis-je, vas-y ! Je ne sais pas ce qui s'est passé après, le téléphone a sonné ou j'ai été retenue par autre chose, mais le fait est que je n'ai pas vu Maxine repartir avec. Au bout de deux heures, je monte à mon tour me préparer pour la soirée, je choisis ma robe, je fouille dans le tiroir pour attraper un ou deux jupons à mettre dessous pour la faire gonfler... Vide ! Ta mère les avait tous emportés !

— Pourtant, maman a toujours affirmé qu'elle t'en avait laissé un.

C'est la vérité : chaque fois, elle me le jurait la main sur le cœur.

— Elle ne m'a rien laissé du tout ! s'insurge Alice, encore hérissée, manifestement, à ce souvenir. Je suis allée chez elle, j'ai frappé à la porte et c'est vous qui m'avez ouvert, madame Firestein.

— Je n'avais jamais vu Alice avec une mine aussi catastrophée ! plaisante grand-maman, tandis que grand-papa esquisse un petit sourire derrière son journal.

— Je voulais décommander mon cavalier, mais c'était trop tard ! Pour finir, nous nous rendons à la soirée et, qui vois-je ? La belle Maxine qui parade comme une fleur épanouie avec *mes* jupons, alors que moi, j'ai l'air d'une vieille rose fanée !

— En rentrant, elles ont réveillé tout le quartier avec leur crêpage de chignon ! se rappelle grand-maman en riant.

— J'en ai encore les oreilles qui tintent, renchérit grand-papa avec un sourire amusé.

— Maxine était obsédée par le bouffant de sa robe ! Il lui fallait toujours être celle qui avait la robe la plus bouffante !

— C'était pour sa silhouette…, explique grand-maman. Elle pensait que ça lui affinait la taille.

Alice jubile.

— Sa taille ! C'est bien simple, ce soir-là, elle n'en avait plus, quand on la regardait de profil !

— Eh oui… je lui disais toujours : « De la modération en toute chose. » Ça lui a pris quelques années, mais elle a fini par comprendre.

Ces révélations sur ma mère sont assez déroutantes.

— Je n'aurais jamais imaginé que maman se préoccupait à ce point de ce genre de choses. Je croyais que son élégance était naturelle.

Alice se met à rire de nouveau.

— Naturel, mon œil ! Ou alors un naturel très travaillé.

Bref, après ça, on ne s'est plus adressé la parole pendant une semaine.

— Maxine a toujours juré qu'elle t'avait laissé un jupon, fait grand-maman qui refuse de lâcher prise, tant que sa fille n'aura pas été blanchie de tout soupçon.

— Pourtant, ce n'est pas ce qu'elle a fait !

— Et vous vous êtes réconciliées quand ?

— Ça devait être juste avant la fête de mes seize ans... Oui, juste avant cette fameuse soirée, puisqu'elle m'avait accompagnée pour aller acheter ma robe.

— En effet, confirme grand-maman.

Notre hilarité retombe d'un coup. Nous avons toutes les trois en tête ce qui s'est passé ensuite. Nos rires auraient été déplacés.

Grand-maman prend la main d'Alice et murmure :

— Elle était bourrelée de remords, tu sais.

— Je sais, répond Alice avec tristesse. J'ai essayé de lui dire... Je le lui ai dit, d'ailleurs. Je lui ai dit que je ne lui en voulais pas.

Là, je suis larguée.

— Tu le lui as dit... mais quand ?

Alice pousse un soupir.

— Quand tout a été fini.

Le silence emplit la pièce.

Je décide de rester dormir chez mes grands-parents. Ça me réconforte, d'être auprès d'eux. Si je descends au Quatrième Ciel, on ne verra peut-être pas d'objection à ce que je passe quelques nuits chez eux de temps en temps ? Je ne peux pas croire qu'il existe au paradis une loi qui me l'interdise. Nous embrassons tous Alice et je la raccompagne jusqu'à sa voiture. Au risque de me répéter, je suis drôlement contente d'avoir fait sa connaissance. Et pour avoir entendu cette histoire de jupons bouffants depuis toute petite, je suis bien obligée de reconnaître que maman a eu tort d'agir comme elle l'a fait et ça me contrarie un peu de la voir sous ce jour-là...

Je serre Alice dans mes bras.

— Merci d'être passée ce soir.

— C'était très sympa ! Tu sais, Alex, ta mère me manque beaucoup. Tu voudras bien lui transmettre mes amitiés, la prochaine fois que tu lui rendras visite ?

— Puisqu'on en parle, je n'y suis toujours pas arrivée… J'ai beau essayer de me concentrer, comme tu m'as dit, impossible de dépasser le pied de leur lit.

Alice me fixe, abasourdie.

— Quoi ? Tu n'arrives pas à entrer dans les rêves de tes parents ? Tu ne peux pas retourner sur Terre ?

— Non, et ça me désespère, cette histoire.

Elle réfléchit un instant, puis déclare en hochant la tête :

— Tu sais quoi ? Je pense que tu n'es pas encore assez forte. Oui, c'est ça… Je vois le problème : tu n'es pas encore prête à affronter la situation.

— Alors qu'est-ce qu'il faut que je fasse ?

— Ben… comme je te l'ai expliqué, c'est une chose qui doit venir de l'intérieur de toi. Si tu as la paix en toi, tu seras suffisamment forte pour retourner sur Terre. Pour le moment, il y a un truc qui te bloque. Ton esprit n'est pas en harmonie.

— Et… qu'est-ce que je fais, alors, pour retourner là-bas ?

— Tente encore le coup ce soir. Fais le vide dans ta tête. Essaie d'oublier tous les problèmes que tu as ici : la rédaction, Adam, tes efforts pour rester au Septième Ciel… Oublie tout ça, si tu peux. Ça marchera peut-être.

— D'accord, je vais essayer, dis-je, tandis qu'elle monte dans sa voiture et met le contact.

— Et si ça ne marche toujours pas, me lance-t-elle en baissant sa vitre, je ne vois qu'une chose : c'est que tu n'es pas encore prête à affronter tes parents. Peut-être qu'il te faut encore assimiler certains trucs avant d'être capable de les aider à faire leur deuil.

— Peut-être, dis-je, pensive.

— Ecoute, essaie ce soir et tiens-moi au courant, d'accord ? Si tu n'arrives toujours pas à communiquer avec eux, on saura que tu n'es pas encore prête.

— O.K., Alice… et encore merci.

— Et puis, si jamais tu parviens à parler à ta mère, ce soir, dis-lui qu'à mon arrivée au paradis, ma penderie débordait de jupons. Elle aurait été verte de jalousie !

Nous nous mettons toutes les deux à rire.

— D'accord ! Je le lui dirai, promis !

Je m'installe dans la chambre d'amis de mes grands-parents pour la nuit et j'essaie de dormir. Mais cette histoire de jupons continue de me trotter dans la tête. C'est la première fois, je pense, que j'entends dire de ma mère qu'elle a mal agi. Quand elle arrivera ici, je suis sûre que cette anecdote reviendra sur le tapis, sous prétexte du bon vieux temps. Parce que… qui donc aurait pris le jupon que ma mère affirme avoir laissé dans le tiroir ?

Je ferme les yeux. Non, décidément, il y a quelque chose qui cloche dans la version de maman… Ce sera la première question que je lui poserai, quand la famille sera de nouveau réunie.

Dans un sens, la pensée que nous nous reverrons tous un jour ici m'apporte un certain réconfort.

Il règne une atmosphère très paisible dans la maison de mes grands-parents. Le bruit de l'océan — ou du moins, de cette énorme masse d'eau qui produit des vagues de l'autre côté de la fenêtre — a sur moi un effet calmant. Pourquoi n'ai-je pas eu l'idée d'avoir un océan sous ma fenêtre, moi aussi ?

Maman se serait bien amusée, ce soir. Il ne manquait qu'elle pour que l'ambiance soit parfaite.

Soudain, la maison de mes parents s'impose à mon esprit. Oh ! C'est dingue ! Ça y est !

L'intérieur est plongé dans le noir. Ils doivent dormir. Je suis devant leur chambre. Concentre-toi, Alex, fais le vide dans ta tête ! Je sens la fraîcheur du parquet sous mes pieds, tandis que j'avance dans la pièce. Oh ! C'est complètement fou ! Je n'arrive pas à croire que je suis capable de faire ça, mais je n'ai pas le temps d'y penser. Je dois me concentrer.

Je les vois ! Ils dorment. Papa est tourné vers le mur de son côté, sous la couverture. Maman est allongée sur celle-ci. Elle est encore en peignoir, celui en satin blanc imprimé de roses rouges. Elle a dû s'assoupir avant de se glisser entre les draps. Ça lui arrive souvent. De son côté du lit, il y a des flacons de médicaments et un verre d'eau. Elle a attrapé un rhume ? La photo de ma remise de diplôme trône sur la table de chevet. Qu'est-ce qu'il lui a pris de la mettre là ? Je la déteste, cette photo !

Elle porte mes chaussons roses en forme de lapin en peluche, tartes comme c'est pas possible. Où est-ce qu'elle les a dégotés ?

Même dans son sommeil, elle a l'air triste. Est-ce que je peux la serrer dans mes bras ? Est-ce que je peux la toucher ?

Je m'approche lentement de son côté du lit. Je tends le bras vers elle et lui effleure l'épaule. Elle pose sa main sur la mienne.

— Maman ? dis-je tout bas.

Elle se réveille en sursaut.

— Alex !

Son cri me fait tressaillir et soudain, je suis de nouveau dans la chambre d'amis de mes grands-parents.

Bravo, Alex ! Beau résultat ! Voilà que j'ai perturbé ma mère encore un peu plus. Je dois retourner la voir pour la tranquilliser. Il faut qu'elle sache que je vais bien.

Allez, concentre-toi, bon sang !

Peine perdue. Je ne vais nulle part.

N'empêche que j'ai réussi à entrer dans leur chambre, cette fois-ci. Je suis en progrès.

Je chuchote comme une prière, espérant que ma voix lui parviendra :

— Sois forte, maman ! Je viendrai te parler très bientôt.

Je l'entends sangloter dans ma tête, mais je ne la vois pas. C'est franchement bizarre, comme impression. Pourquoi est-ce que je ne la vois plus ?

— Puisque je te jure qu'elle était là !

— Tout va bien, Maxine, lui répond mon père. Ce n'était qu'un rêve.

— Non, c'est moi ! Je suis là ! dis-je en esprit, toujours sans les voir. Je suis là, tout près, je vais bien !

— Rendors-toi, ma chérie. Tu veux un autre comprimé ? Ça t'aidera à te calmer.

— Non, Bill, je ne veux pas de comprimé ! Je te jure que j'ai entendu Alex m'appeler ! Elle m'a touché l'épaule, Bill ! Elle était là.

— Ce n'était qu'un rêve, lui murmure mon père d'un ton apaisant. Un très beau rêve, mais seulement un rêve.

Je ne peux plus supporter ce qui se passe dans ma tête. Je me lève d'un bond et me précipite dans la chambre de mes grands-parents.

— Grand-maman ?

— Qu'est-ce qui t'arrive, ma chérie ?

— Je peux dormir avec vous ?

— Bien sûr, mon petit cœur, dit-elle en se poussant pour me faire de la place.

— C'est le matelas de votre chambre d'amis… Il est tout défoncé.

— Viens là…

Elle me serre contre elle.

— Ne t'inquiète pas… Je ferai apparaître un matelas neuf dès demain matin, murmure-t-elle, en repartant dans le sommeil.

Pour la première fois de ma vie et de ma mort, je me réjouis que ma grand-mère ronfle en dormant. Petite, ça me rendait dingue, quand je passais la nuit chez elle, mais à cet instant, c'est le bruit le plus apaisant qui soit.

Dans ma tête, les voix de mes parents se sont tues. J'espère que maman a pu se rendormir...

Vous voyez, c'est ça, le problème... Vous avez déjà passé une journée sans dire : « Comment ça va ? » à quelqu'un ? Non, probablement pas. Comme moi. Comme tout le monde... On pose cette question à tout bout de champ, même si on n'en a rien à faire, au fond, de savoir comment l'autre va. Et neuf fois sur dix, on s'entend répondre : « Très bien, merci ! » C'est d'une telle banalité que la plupart du temps, on n'y prête même plus attention. On est devant le kiosque à journaux et le vendeur vous demande : « Comment ça va, aujourd'hui ? » Et vous, vous lui répondez : « Très bien, merci. *US Weekly,* c'est combien ? » S'agissant des amis et de la famille, en général, on sait qu'ils vont bien — on leur a parlé quelques semaines plus tôt, voire la veille. On se doute un peu que rien de catastrophique ne leur est arrivé entre-temps et puis notre petit doigt nous dit qu'ils n'ont pas gagné au loto depuis la dernière fois qu'on les a vus. N'empêche qu'on leur demande quand même : « Comment ça va ? »

Et maintenant, imaginez que vous soyez privés de la possibilité de poser cette question. Il n'y a plus de téléphones, plus de mails, ni de courrier classique. Il n'y a plus d'adresses, de numéros de téléphone et plus de Google pour savoir ce qui est arrivé à cette personne. Réfléchissez-y. Pensez à une personne que vous aimez, que vous aimez vraiment très fort. Un jour, cette personne disparaît de la circulation voire, dans mon cas, de la surface de la Terre.

Vous vous rendez compte à quel point ça serait important pour mes parents de pouvoir me poser cette simple question : « Comment vas-tu ? »

Vous imaginez à quel point ce serait important pour moi de pouvoir leur répondre par ces trois petits mots qui leur apporteraient la paix de l'esprit : « Je vais bien. »

Ça me rappelle une anecdote... Le bus de ramassage scolaire

s'arrêtait devant chez moi. Un jour, alors que j'attendais devant la maison, ma mère m'a lancé depuis l'intérieur :

— Tu me diras quand le bus sera arrivé !

Le bus est arrivé et moi, j'ai hurlé :

— Maman, le bus est là !

Mais elle n'est pas venue à la porte. J'ai répété, me suis époumonée, et le chauffeur a fini par me dire :

— Monte, Alex, on va être en retard !

— Mais ma mère m'a demandé de la prévenir quand le bus serait là !

— Ecoute... J'y peux rien, moi, si ta mère t'entend pas, mais nous, faut qu'on aille à l'école.

Je suis montée. Je n'avais pas d'autre choix. Mais j'étais dans tous mes états. Je ne cessais de penser à ma mère venant à la porte et constatant que j'avais disparu. Elle allait croire à un kidnapping ou à un truc de ce genre ; elle allait croire qu'on avait enlevé sa petite fille miracle ! Je l'imaginais, me cherchant comme une folle dans les rues du quartier : « Alex a disparu ! » Je voyais déjà des dizaines de voitures de police se garer devant chez nous.

Quand le bus a stoppé devant l'école, j'étais dans un état de panique complet.

J'ai couru droit à mon institutrice, en hyperventilation, et je lui ai raconté mon histoire.

— ... et c'est pour ça qu'il faut que j'appelle ma mère, sinon elle va croire qu'on m'a enlevée !

— Alex, a répondu gentiment Mme Weinstein, ta maman est sortie de la maison et elle a vu que tu étais partie. Elle sait bien que tu n'as pas été enlevée. Et maintenant, tu vas aller t'asseoir tranquillement avec les autres et commencer ta journée de classe.

— Non ! Ma mère ne sait pas où je suis !

Et là-dessus, je suis sortie de la classe en courant. Je me suis ruée sur le téléphone payant qui se trouvait dans le hall et j'ai appelé ma mère.

— Ne t'en fais pas, mon poussin, j'ai bien compris que tu étais partie avec le bus, a roucoulé maman de sa voix la plus apaisante. Mais je te remercie de m'avoir téléphoné pour me le dire. C'est vraiment très gentil de ta part.

Je suis revenue en classe et j'ai pris place parmi les autres élèves. Mme Weinstein avait commencé à écrire la leçon au tableau noir. Elle ne m'a infligé ni punition ni sermon, mais quand bien même elle l'aurait fait, je n'aurais pas regretté mon initiative. J'avais l'esprit en paix de savoir que ma mère avait l'esprit en paix.

— Maman..., dis-je, en sombrant dans le sommeil. Je t'en prie, maman, ne t'inquiète pas pour moi, je vais bien. Je t'en supplie, ne te fais pas de souci, je vais bien.

7

Je me demande parfois à quoi aurait ressemblé ma vie, si je ne m'étais pas acheté Peaches avec mes derniers dollars. Certes, on pourrait arguer que sans elle, je ne serais pas là où je suis, néanmoins elle n'a strictement rien à voir avec ma fin prématurée.

Parce que, lorsque je me suis installée à Los Angeles (avant d'avoir Peaches, donc), ça craignait déjà sacrément pour moi. Dès mon arrivée, tout s'est mis à mal aller. Une partie de moi pensait sincèrement que je serais accueillie à l'aéroport par un joyeux défilé, une fanfare peut-être, avec soixante-seize trombones et un type brandissant une grande pancarte de bienvenue à mon adresse, comme dans ces vieilles comédies musicales des années 1960.

L'autre partie de moi (la partie saine d'esprit) savait que personne ne m'attendrait, pour la bonne raison que je ne connaissais personne à L.A., Dana Stanbury mise à part. C'était d'ailleurs une grosse source d'inquiétude pour ma mère et pour Penny.

— Tiens, c'est le numéro de la police de Los Angeles, si jamais tu as un problème, m'avait dit maman, en me fourrant un bout de papier dans une poche.

— Ecoute, je connais un mec qui connaît un mec dont le frère vient de s'installer en Californie pour devenir scénariste. Tiens, je te donne son numéro, m'avait dit Penny, en me fourrant un autre bout de papier dans une autre poche.

Tout ça pour dire que j'aurais dû mieux préparer mon départ mais, comme vous le savez, j'étais pressée de quitter Fort Alamo (Philadelphie, en ce qui me concerne).

Au moins Dana était-elle là pour m'accueillir quand j'ai franchi la porte des arrivées, chargée de tout mon barda. Elle portait la robe de demoiselle d'honneur qu'elle aurait dû revêtir à mon mariage, ce que j'ai moyennement apprécié.

— Je me suis dit que c'était l'occasion ou jamais ! m'a-t-elle lancé sur le ton de la plaisanterie.

Bon, d'accord, c'était plutôt drôle.

Ah, il y a une chose que vous devez savoir sur la vie à Los Angeles. Si vous n'avez qu'une seule amie sur place — dans mon cas, c'était Dana — L.A. est sans l'ombre d'un doute l'endroit de la planète où l'on se sent le plus seul. Oui, je sais, dans un précédent chapitre, j'ai écrit que dans la vie, on n'a besoin que d'un seul ami. Pour autant, il arrive qu'on se morde les doigts de ne pas en avoir davantage.

Vous vous souvenez de cette chanson des années 1980, *Nobody walks in L.A.* ? Eh bien, rien ne saurait être plus vrai. Personne ne marche dans cette ville, ainsi que je l'ai découvert. Vous êtes à pied ? Les conducteurs vous dévisagent comme si vous étiez une gueuse. Vous trébuchez dans la rue et vos sacs de provisions se répandent par terre ? Personne ne prend la peine de ralentir. Vous voilà obligée de zigzaguer entre les voitures à vos risques et périls, comme dans Frogger, le jeu vidéo, si vous voulez récupérer vos cannettes de Coca light éparpillées sur la chaussée. La seule marque de sollicitude qui m'ait été adressée par un être humain, c'est le jour où une mère de famille m'a hurlé au volant de son fourgon : « Dégage, avant de te faire écraser ! » J'aurais mieux fait de l'écouter.

J'ai essayé de rencontrer des gens, au cours de mes premières semaines là-bas. Mais le hic, c'est qu'à Los Angeles, il n'existe pas de troquet où tout le monde finit par vous appeler par votre nom, quand vous vous mettez à le fréquenter régulièrement. Non qu'il y ait pénurie de bars, de clubs ou de boîtes, mais comme me le disait Dana :

— Tu ne peux pas entrer seule dans un bar, tu dois y aller avec une bande d'amis.

— Mais comment je fais pour avoir des amis, si je ne vais pas dans ce genre d'endroit ?

— C'est ce qu'on appelle un cercle vicieux, Alex…

Bref, je dirais que la vie glamour que je m'étais imaginée se révélait on ne pouvait plus plan-plan et solitaire. Et je ne devais jamais croiser une seule star de ciné…

Mes tentatives pour trouver du boulot se sont soldées par un fiasco encore plus retentissant. Dana était l'assistante d'un producteur de la Paramount. Je pensais donc tout naturellement me dégoter un job similaire au sien. Ça tombait sous le sens : ces gens du septième art ne pouvaient qu'être sensibles au fait que je sois venue m'installer en Californie après avoir vu *Les Raisins de la colère*. J'étais en parfaite adéquation avec l'industrie du cinéma.

Dana m'a décroché un entretien pour un poste d'assistante de direction. Arrivée au rendez-vous, j'ai déballé la liste de tous mes films préférés au directeur, qui n'a montré aucun intérêt pour mes goûts cinématographiques.

— Oui, oui, mais… est-ce que vous maîtrisez Excel ?

— Je suis capable de maîtriser n'importe quoi. Mettez-moi au travail et vous verrez.

De fait, la grande crainte de mon père — « tu es incapable de faire quoi que ce soit » — s'avéra exacte. J'étais infoutue de décrocher ne serait-ce qu'un job d'intérimaire ou d'hôtesse d'accueil, puisque je ne connaissais ni la dactylo ni le fonctionnement d'un standard téléphonique. J'ai travaillé une journée dans un cabinet juridique. On m'a priée de ne pas revenir le lendemain : j'avais gaspillé cinq ramettes de papier en essayant de piger le mode de fonctionnement de la photocopieuse.

De retour chez moi, ce soir-là, j'ai claqué l'intégralité

du salaire qui m'avait été versé en pansements, à cause des innombrables entailles que je m'étais faites aux doigts en manipulant toutes ces feuilles.

Le premier mois de mon installation à Los Angeles, j'ai passé toutes mes nuits à pleurer sur mon oreiller.

Après avoir signé le bail de mon appartement et fait l'acquisition d'une vieille Saab dépourvue de sièges arrière et présentant une fuite du liquide de frein, une autre de l'huile de transmission, il ne me restait plus que huit cents dollars sur la somme que m'avait donnée ma mère avant mon départ. Pour la première fois de ma vie, j'ai mesuré la valeur d'un dollar. J'ai survécu grâce à un régime de nouilles japonaises et de pop-corn au fromage, et mon corps s'est transformé peu à peu en boule informe de glucides.

— Tu ferais peut-être mieux de revenir, m'a suggéré Penny au téléphone. Dis à ton père qu'il avait raison, que tu n'es pas capable de t'en sortir seule et retourne bosser dans sa boîte.

— Mais comment je pourrais lui dire que je me suis plantée ? Il n'aura plus jamais aucun respect pour moi.

La seule petite bouée de sauvetage, dans mon océan de chagrin, c'était que mon nouveau domicile ne se trouvait qu'à quelques pâtés de maisons du Beverly Center Mall, la prestigieuse galerie commerciale. Mon appart faisant face à un autre immeuble, il manquait de lumière. Quant à mon voisin, il fumait une telle quantité de joints que l'odeur s'infiltrait sous ma porte, tabagisme passif qui me rendait encore plus parano. Inutile de vous dire que dans ces conditions, le Beverly Center Mall est très vite devenu mon refuge. Je me sentais comme un poisson dans l'eau au milieu des fringues Gap et Banana Republic : c'était comme un second foyer pour moi. Comme une ambassade qui vient en aide à un ressortissant qui a perdu son passeport, Gap était là pour me réconforter avec ses jeans et ses T-shirts en coton moelleux.

Un autre magasin m'attirait comme un aimant. Un

magasin qui allait devenir le catalyseur d'un des plus beaux jours de ma vie (le septième, donc).

Chaque fois que je rentrais chez moi après m'être plantée à un entretien d'embauche, et que je déprimais de ne pas en réussir un seul, mes pas me portaient vers l'animalerie du centre commercial : Pet Love. Pet Love vend des chiens, des chats, des oiseaux, des lapins et, à l'occasion, des cochons d'Inde et des souris. Tous ces animaux (à l'exception des lapins et des cochons d'Inde qui jouissent de leur propre enclos grillagé au milieu du magasin) sont logés dans des rangées de vitrines fermées. Plus que tout autre commerce de la galerie, Pet Love est toujours bondé de personnes qui cherchent à attirer l'attention de chiots chihuahuas ou de labradors chocolat, en tapant du doigt sur les parois de verre (les affiches, sur les vitres, interdisent expressément de le faire, mais à mon avis, c'est un geste instinctif chez l'être humain. Franchement, comment pourrait-on passer devant la cage d'un chiot tout mimi sans tapoter la vitre du doigt ?)

Bref… Un chiot, en particulier, attirait mon regard, un minuscule pocket beagle. Une femelle. J'ignore ce qui me fascinait tant chez elle. Peut-être sa manière de me fixer comme si elle me reconnaissait, chaque fois que je passais taper du doigt contre les parois vitrées. A mon entrée, ses petits yeux bruns s'animaient brusquement. Je craquais également pour la façon qu'elle avait de tortiller son petit corps marron marqué d'un unique rond blanc sur le dos. Les autres clients la regardaient, eux aussi — c'était la boule de poils la plus adorable du magasin —, mais étrangement, elle semblait me connaître, comme si nous nous étions déjà rencontrées dans une autre vie (est-ce le cas ?).

Un jeudi soir, alors que je me morfondais dans mon appartement spartiate après une énième candidature rejetée par un studio de cinéma, je me suis mise à songer à cette toute petite chienne enfermée dans sa cage de verre.

J'avais besoin de prendre un nouveau départ. Elle aussi. Il

me fallait un canapé, une table et des chaises. Il me fallait des vêtements neufs pour passer des entretiens professionnels. En résumé, il me fallait des tas de choses, mais une seule me faisait vraiment envie. Qu'est-ce que vous préféreriez vous acheter avec vos derniers dollars, vous ? Quelque chose dont vous avez besoin ou quelque chose dont vous avez envie ? Vous me comprenez donc…

Munie de mes derniers billets, je suis partie faire l'acquisition de cette pocket beagle pour la coquette somme de huit cents dollars.

En entrant dans le magasin, j'ai vu une fille de mon âge qui tentait de fourrer *ma* petite chienne dans un sac de transport pour chien Fendi.

— Si elle y entre, je la prends, disait-elle à la vendeuse avec ses lèvres tartinées de rouge à lèvres nacré. Sinon, j'irai jeter un coup d'œil aux caniches toys.

J'ai réagi au quart de tour.

— Cette chienne ne tiendra jamais là-dedans. Ce sac est trop petit. Prenez plutôt un caniche toy.

— Si, si, elle va y entrer, je vous dis !

Grognant sous l'effort, elle s'acharnait à faire entrer de force le derrière de Peaches (qui ne s'appelait pas encore Peaches) par l'ouverture étroite.

La petite beagle a alors levé sur moi ses grands yeux marron qui m'avaient conquise dès le premier jour. Pour rien au monde elle ne voulait entrer dans ce sac et je le savais. Elle me fixait d'un regard qui disait : « Pitié, sors-moi de là ! » Aussitôt, l'acheter est devenu pour moi une priorité absolue.

— Vous voyez, elle n'y entre pas, ai-je dit à la fille d'un ton amical. Vous auriez tout intérêt à prendre un chien plus petit… D'autant qu'il paraît que ces beagles ont un caractère complètement tordu.

— Oui, moi aussi je l'ai entendu dire. Mais cette chienne est vraiment trop mimi !

— Croyez-moi, ai-je insisté en lui prenant des mains la

petite beagle, il vaut mieux que vous choisissiez un caniche toy. Ils sont encore plus mignons. Ah, si seulement je pouvais en avoir un, moi, de caniche toy...

Elle a récupéré Peaches.

— Non... Des caniches toys, tout le monde en a. Cette petite chienne-là n'est pas comme les autres.

Je me suis réapproprié Peaches.

— Un beagle, ça va vous pourrir la vie... Ma cousine en avait un et il lui a mis la maison en pièces.

— Vous savez, a-t-elle dit, en essayant de me reprendre Peaches (sauf que cette fois, je la tenais fermement), je ne suis pas dupe de votre petit manège, mais c'est moi qui l'ai vue en premier.

— Alors, ça, ça m'étonnerait !

Et je suis partie à la recherche d'un vendeur.

— S'il vous plaît ? Est-ce que quelqu'un pourrait s'occuper d'encaisser mon achat ? J'emporte cette petite chienne !

— C'est moi qui l'ai vue la première ! a crié la fille à l'employée qui s'approchait.

— Non, c'est moi ! Ça fait un mois que je viens pour elle.

— Je vous préviens : rendez-la-moi avant que je ne vous l'arrache des mains !

— Essaie un peu et je te jure que je t'explose la tête ! Encaissez mon paiement pour cette chienne ! ai-je hurlé à la vendeuse, en lui lançant presque mon portefeuille à la figure.

— J'espère qu'elle va pisser partout dans ton appart ! m'a jeté la fille, furieuse, en sortant du magasin.

C'est donc ainsi que j'ai acheté la petite pocket beagle que j'ai baptisée Peaches, initiative que je ne devais jamais regretter. La seule chose que j'ai regrettée, plus tard, c'est de ne pas lui avoir donné un nom plus classe, genre Euripide ou Shakespeare. Quelque chose d'un peu plus intello, vous voyez, qui ait davantage d'épaisseur, histoire de montrer aux gens que je n'étais pas une énième pintade de vingt ans transportant une chienne à nom de fruit dans un sac Fendi, même si, soit dit en passant, je n'avais plus les moyens de m'offrir un sac à chien Fendi, ni aucun sac d'aucune sorte. Enfin… Au moins ne l'avais-je pas appelée Princesse, Belle, ou autre débilité du genre.

— Tu as acheté un chien ? m'a demandé Dana d'un ton désapprobateur, lorsque je lui ai présenté ma Peaches. C'est vraiment stupide. Toi qui détestes te lever avant midi, comment vas-tu faire pour la sortir ?

— Eh bien, si je dois me lever, je me lèverai.

J'ai eu droit au même son de cloche du côté de ma mère.

— Ce n'était pas la meilleure chose à faire en ce moment, Alex. Tu pourrais peut-être la rapporter au magasin ?

— Maman, cette chienne m'aide à m'acclimater…

— Je te rappelle que tu ne t'es jamais occupée de quoi que ce soit dans ta vie.

— Mais Peaches ne me pose aucun problème. C'est vraiment une gentille petite peluche. J'ai hâte que tu la voies.

C'était un mensonge… Les jappements ininterrompus de ma chienne ont eu vite fait de me ramener sur Terre (si j'ose dire !). Mon appartement commençait à sentir l'urine. Et puis, comment une chienne aussi minuscule s'arrangeait-elle pour perdre autant de poils ? Elle avait déjà bousillé mes escarpins en velours Christian Louboutin, mes sweaters Juicy préférés et le haut de maillot de bain Pucci que j'avais piqué à ma mère. En plus, elle avait avalé — j'en étais persuadée — une paire de boucles d'oreilles (conviction qui m'a coûté trois cents dollars de véto, lequel me démontra, radio à l'appui, ma méprise). Et, comble du comble (j'en suis encore malade quand j'y pense), elle avait bouffé la robe en Lycra frangée de velours que je m'étais offerte, le soir du cinquième plus beau jour/pire cauchemar de ma vie à l'Hôtel Plaza.

Nantie du manuel *Eduquer son chien pour les Nuls*, je me suis alors mise à lui ordonner sans relâche de s'asseoir.

— Assis ! Peaches, j'ai dit : assis !

Pas une seule fois elle ne m'a obéi.

Une nuit, vers 9 heures du matin, je me suis avouée vaincue, après un énième appel de mon propriétaire se plaignant que ma chienne perturbait une fois de plus tout l'immeuble. Il m'avait fallu une heure pour comprendre qu'elle aboyait après une mite qui s'était coincée entre la vitre et le store, quand je l'avais baissé pour la nuit. La vérité, c'était que j'étais complètement dépassée par ma « gentille petite peluche ».

— Tu n'es pas capable de t'occuper d'un chien, et alors ? C'est pas la fin du monde.

Chère Penny ! C'était bon d'entendre sa voix réconfortante au téléphone, tandis que je revenais d'un énième entretien d'embauche loupé.

— Il n'y a pas de quoi avoir honte, Alex, c'est comme ça. Je ne dis pas que tu ne sauras jamais t'occuper d'un chien, mais pour le moment, c'est impossible.

— Tu as raison. Je vais la ramener au magasin.

Je n'avais qu'une seule lettre au courrier, ce jour-là : mon relevé de carte bancaire qui s'élevait à deux mille dollars de dépenses. Et dans toutes ces dépenses, il n'y avait pas de vêtements, pas de chaussures ou autres frivolités : ce n'étaient que des croquettes pour Peaches et des trucs vraiment indispensables, à savoir des aliments, du savon, du shampooing et de l'essence pour ma voiture.

En rentrant dans l'appartement, j'ai trouvé tout le contenu de l'étagère du haut (bourrée de mes dernières fringues encore mettables) répandu par terre. Peaches était en train de se faire les crocs dessus.

Je n'avais plus de vêtements, plus d'argent et cette sale bestiole continuait à me rendre folle ! Ça a été la goutte d'eau qui a fait déborder le vase.

Je me suis emparée de la seule chose que Peaches n'avait pas encore détruite, la cage de transport dans laquelle on me l'avait vendue. Je l'ai fourrée dedans et l'ai ramenée sur-le-champ chez Pet Love.

— Bonjour, ai-je dit à l'employée. Je suis obligée de vous

rapporter cette chienne. Je regrette, mais c'était une erreur de ma part de l'acheter.

— De quel animal s'agit-il ? m'a-t-elle demandé en scrutant l'intérieur de la cage.

— C'est une petite pocket beagle que j'ai achetée il y a environ un mois.

— Vous vous souvenez de la date exacte de votre achat ? Parce que, passé un délai de trente jours, nous ne reprenons pas les chiens.

Non, je ne me souvenais pas de la date exacte de mon achat. Peaches avait mangé la facture.

— Puis-je vous demander pourquoi vous souhaitez nous rapporter cette chienne, madame ?

— Eh bien, je…

J'ai fondu en larmes.

— Je ne suis pas capable de m'en occuper.

— Il existe des refuges auxquels vous pourriez la confier…

— Mais est-ce qu'on lui trouvera un nouveau maître ?

— Ça, je ne peux pas vous le garantir, mais au moins, elle sera entre des mains plus compétentes.

J'ai eu soudain une vision de ma petite chienne, abandonnée dans l'un de ces refuges. Et si personne ne l'adoptait ? Ce qu'on ferait d'elle alors était trop atroce pour que je puisse l'envisager.

— Ecoutez, je me suis quasiment battue avec une autre cliente pour avoir cette chienne. Il me semble qu'elle a fini par prendre un caniche toy… Vous pourriez peut-être retrouver son numéro de téléphone et lui demander si elle est toujours intéressée ?

— Ah, mais attendez ! C'est vous qui vous êtes battue avec cette femme ?

Elle s'est mise à rire et s'est tournée vers son collègue.

— Hé, Pedro ! C'est la fille qui s'est battue avec l'autre cliente pour la pocket beagle. Et maintenant, elle veut nous la rapporter.

— Après tout ce que vous avez fait pour l'avoir, vous pensez maintenant que vous ne pouvez pas vous occuper de cet animal ? a fait ledit Pedro.

— Ce n'est pas que je ne sais pas m'en occuper, ai-je rétorqué, humiliée, simplement je traverse une période très difficile en ce moment et…

— … et vous ne pouvez pas vous occuper de cette chienne ? Vous qui en aviez tellement envie ! Vous veniez tout le temps la voir au magasin.

— Je sais…

— Vous, les filles, vous êtes toutes pareilles ! Vous entrez ici en vous imaginant que ces chiots sont de gentilles petites peluches. Vous ne vous rendez pas compte qu'avoir un animal, c'est une responsabilité.

— C'est faux, je le savais très bien en l'achetant, mais comme je viens de vous l'expliquer, en ce moment, c'est trop difficile pour moi !

Je me faisais l'effet d'un monstre sans cœur. J'ai repris la cage.

— Laissez tomber ! Oubliez ce que j'ai dit.

Et je suis ressortie du magasin.

J'ai remis Peaches dans la voiture, puis j'ai tourné la clé de contact. Rien. Alors là… Là, c'était le bouquet ! Je me suis mise à marteler le volant de mes poings.

— Pourquoi tout va toujours de travers, dans ma vie ? Pourquoi ? Il ne peut donc pas y avoir une chose, *une seule*, qui marche ?

J'ai craqué au beau milieu du parking. Effondrée sur le volant, je me suis mise à pleurer. Ça me faisait du bien de pleurer sans retenue, comme si j'avais besoin d'extérioriser mon désespoir. La rengaine que tout le monde me serinait : « Tu es incapable de t'occuper de quoi que ce soit » tournait en boucle dans ma tête.

Au bout d'un moment, quand je me suis calmée, j'ai libéré

Peaches de sa cage, lui ai mis sa laisse et nous avons marché, laissant la voiture sur le parking du centre commercial.

Je ne pouvais pas encore rentrer chez moi. J'avais besoin de prendre l'air, de me vider la tête. Nous sommes remontées le long du Cienaga Boulevard. Une fois de plus, nous étions les seules dans la rue en pleine journée, mais je m'en fichais.

Nous avons erré comme ça une heure environ, longeant des files de magasins et de voitures. Je ne voyais rien, j'étais comme anesthésiée. Tout ce que je voulais, c'était marcher jusqu'à l'épuisement et tenter de trouver un certain sens à ma vie. Le soleil était assez chaud, ce jour-là, et nous commencions à fatiguer. J'ai décidé de m'asseoir à une terrasse de café.

Je ne pensais même plus à mon échec. La fatigue occultait tout, l'emportait sur mon angoisse. Rétrospectivement, je crois que dans ma tête, j'avais capitulé.

Nous sommes peut-être restées deux heures à cette terrasse. Les serveurs avaient eu la gentillesse de donner un bol d'eau à Peaches ; sa soif étanchée, elle s'est pelotonnée sur le trottoir et assoupie. Je voyais bien que les employés me jetaient de temps à autre des coups d'œil furtifs depuis l'intérieur de l'établissement, se demandant si j'allais bientôt partir, mais j'en étais tout bonnement incapable. J'aurais bien commandé un café, mais je n'avais même pas les moyens de m'en payer un, alors je suis restée figée sur ma chaise, seule avec mes pensées, espérant qu'à force d'immobilité, je finirais par me rendre invisible.

Personne ne pouvait rien pour moi, à part moi-même. Moi qui croyais que le pire moment de mon existence avait été le jour où j'avais quitté Charles, je me rendais compte à présent que ça n'était rien. A Philadelphie, je ne pouvais ni ne voulais demander d'aide à personne et ici, à cette terrasse de café, je ne pouvais pas en demander davantage. C'était clair : j'allais devoir m'en sortir seule. Non, *j'allais* m'en sortir seule !

Quand j'ai soulevé Peaches pour repartir, le soleil commençait à décliner. J'ai parcouru les cinq kilomètres jusqu'à mon appartement avec ma petite chienne dans les bras.

Nous avons dormi d'un trait jusqu'au lendemain. En temps normal, elle se serait réveillée très tôt et se serait mise à japper, mais pas ce matin-là — ce qui m'a permis de mesurer l'ampleur de sa fatigue.

Nous avons ouvert l'œil vers 7 heures. J'ai été très étonnée de constater qu'elle n'avait pas fait pipi sur les dernières fringues que j'avais laissées traîner. Elle se contentait de me fixer depuis le bord du lit avec son regard irrésistible, aussi l'ai-je de nouveau emmenée faire une grande promenade. Dans le courant de la journée, j'ai creusé mon découvert bancaire en lui achetant quelques jouets à mordiller et, de retour à l'appartement, j'ai tâché de lui apprendre à se faire les crocs dessus plutôt que sur mes escarpins Gucci. J'ai compris aussi que lorsqu'elle grattait à la porte, c'est qu'elle voulait sortir. Les jours ont passé. Je répondais à peine au téléphone et me concentrais sur l'éducation de Peaches.

Dana m'avait parlé du Runyon Canyon, où des tas de gens allaient promener leur animal. J'ai alors pris un abonnement de bus et me suis mise à emmener Peaches y faire sa balade matinale. Vous savez comment ça se passe... Au bout de deux jours, on commence à reconnaître les autres promeneurs et leurs chiens. Au début, on se sourit, puis on se fend d'un petit mot gentil sur le toutou : « Qu'est-ce qu'il est mignon ! » ou un truc du même genre.

Au bout d'un mois, je m'étais fait des amis. Ça collait parfaitement avec ce que m'avait dit Dana : pour s'intégrer à L.A., il faut appartenir à un groupe. En l'occurrence, le groupe se composait de Peaches et moi.

Nos promenades commençaient même à avoir un effet positif sur ma silhouette. La boule informe de glucides prenait des contours plus affinés et plus toniques.

Et puis, un jour, il m'a semblé reconnaître quelqu'un. Mais

où est-ce que je l'avais vue, cette fille ? Son labrador chocolat ne me disait rien, mais lorsque je me suis approchée d'elle, j'ai eu une illumination : le rouge à lèvres nacré !

Elle m'a dévisagée.

— Hé, on se connaît, non ?

— Non, ai-je menti effrontément, je ne pense pas.

Elle m'a regardée de nouveau, puis a baissé les yeux sur Peaches.

— Mais si ! Vous êtes la fille de l'animalerie ! C'est la pocket beagle pour laquelle nous nous sommes disputées.

— Ah, oui..., ai-je admis d'un air penaud. Je me souviens, maintenant...

— Vous savez, j'ai souvent pensé à vous, depuis.

— C'est vrai, a confirmé le type qui l'accompagnait. J'ai beaucoup entendu parler de vous et de cette petite chienne. Apparemment, vous étiez faites l'une pour l'autre.

— Ça, oui ! a renchéri la fille. Vous étiez tellement déterminée à avoir ce chiot ! Et puis, j'ai vu la façon dont elle vous regardait.

— Ah... vous croyez ? ai-je bredouillé, en considérant Peaches qui frétillait sur place, tandis que je lui caressais la tête.

— Mais oui, elle vous adore, ça crève les yeux.

— C'est pour ça que je n'ai pas pris le caniche toy. J'ai fini par craquer pour ce monstre, a plaisanté la fille, en flattant son labrador.

— Hum, je ne pense pas qu'il tienne davantage dans votre sac Fendi...

— Non, le sac, je l'ai donné à Peter pour son Lucky, a-t-elle fait, en désignant le shih tzu de son ami. Ce labrador, c'est mon toutou à moi. Le toutou qui m'était destiné.

— Ouf ! Je me sens soulagée, alors ! ai-je dit.

J'étais sincère...

— Il s'appelle Bambi.

— Et voilà Peaches...

— Je m'appelle Morgan, s'est-elle présentée, en me tendant la main. Avec Peter, on promène nos chiens ici, tous les matins. Ça vous plairait de vous joindre à nous ?

— Mais oui ! a approuvé ce dernier. Excellente idée !

Et c'est ainsi que ma chienne et moi avons rencontré nos premiers amis à Los Angeles. A partir de ce jour, Morgan, Bambi, Peter, Lucky, Peaches et moi, nous nous sommes retrouvés au Runyon pour nous promener. Très vite, notre amitié a dépassé les limites du canyon et nous nous sommes mis à passer des soirées ensemble. Mes nouveaux amis travaillaient au rayon chaussures du grand magasin Barneys, mais Morgan avait le projet de retourner dans l'Est.

— A mon départ, il faut absolument que tu récupères ma place. Bosser chez Barneys, c'est le bonheur !

Les choses se sont passées aussi simplement que ça. Le lendemain du pot d'adieu de Morgan, j'ai commencé à travailler avec Peter au rayon chaussures Co-Op de Barneys. Je ne gagnais pas des mille et des cents, mais c'était un début : j'étais à présent en mesure de payer mon loyer et de rembourser une petite partie de mon découvert bancaire.

C'est également comme ça que j'ai pu annoncer sans mentir à ma mère, un soir, au téléphone :

— Tu sais, Peaches se porte très bien, maman. Et moi aussi, je vais très bien. Je suis vraiment heureuse, ici.

— Je suis très fière de toi, ma chérie.

— Tu as raconté à papa que j'avais trouvé du travail ?

— Je le lui annoncerai plus tard. Pour le moment, il est occupé.

— Je peux lui dire un petit bonjour ?

— Eh bien, en fait, il dort… Demain, peut-être.

Mon père et moi étions toujours en froid, mais ma contrariété s'est vite estompée. J'avais laissé la fille de Bill Dorenfield à cinq mille kilomètres derrière moi. Ici, je n'étais qu'une habitante de Los Angeles parmi tant d'autres.

A la seconde où j'ai raccroché, ma petite chienne m'a sauté

sur les genoux. Acheter Peaches a finalement été la meilleure initiative de mon existence. Rencontrer Peaches, l'un des plus beaux jours de mon existence. Grâce à elle, j'avais un job, des amis, un avenir.

A l'instar de Tom Joad, dans *Les Raisins de la colère*, je n'ignorais pas que la vie en Californie allait être rude, mais j'étais enfin devenue une adulte pleinement consciente de ses responsabilités... Et il était hors de question que je fiche tout ça en l'air.

Un pied au paradis

Je soulève Peaches et l'embrasse.

— Décidément, tu es la petite chienne la plus formidable du monde.

Et là, l'affreuse réalité me rattrape…

Ça pourrait bien être l'une des dernières fois que je la soulève pour l'embrasser.

Enfin, je ne comprends pas ! Le paradis, ça devrait être comme avoir une résidence d'été et une résidence d'hiver : l'une serait pour les bonnes actions qu'on aurait accomplies sur Terre et l'autre, le domicile permanent, pour toutes les âneries qu'on a faites. La résidence d'hiver pourrait avoir des problèmes d'isolation ou je ne sais quoi : ce serait ça, le châtiment. Tandis que ne plus pouvoir vivre avec ma petite Peaches, ce ne serait pas le Quatrième Ciel, mais carrément l'enfer.

Je l'emmène dans le dressing en la serrant contre mon cœur.

— A quoi bon m'habiller, à ce moment-là ? lui dis-je, vu qu'elle est la seule qui puisse m'entendre.

Je décide donc de garder ma robe portefeuille Diane Von Fürstenberg pour une autre occasion (le plus probable étant qu'il n'y en aura pas, puisque je vais sans doute être expulsée d'ici dans pas longtemps) et je reste avec mon bas de survêt Juicy en velours noir que je traîne depuis deux jours. Toujours accompagnée de Peaches, je descends regarder mon émission favorite, *Que s'est-il passé après le générique de fin de vos films préférés ?* Je suis bien contente d'apprendre que Katie Morosky (Barbra Streisand) retourne avec Hubbell Gardner (Robert Redford) après avoir largué son mari David X. Cohen, dans *Nos plus belles années*. Ça me fait chaud au cœur de savoir qu'une fois retourné sur sa planète, E.T. a pu téléphoner au petit Elliott et que depuis, ils entretiennent une amitié longue distance. Je commence même à oublier mes problèmes au milieu d'*Une place au soleil*, lorsque George Eastman (Montgomery Clift), gracié à la toute dernière minute, échappe à la chambre à gaz, sort de prison, épouse Elizabeth Taylor et reprend les rênes de l'entreprise de son oncle. Mais mon anxiété opère un retour en force, quand Dorothy s'aperçoit qu'on peut être heureux ailleurs que chez soi et qu'elle repart chasser les tornades aux quatre coins du Kansas, pour revoir ses copains du pays d'Oz. Il faut dire que l'histoire du *Magicien d'Oz* présente beaucoup de similitudes avec le paradis, et maintenant que je sais que ce ne sont pas trois coups de talons qui vont me faire revenir sur Terre, je me demande bien où se trouve désormais mon chez-moi. Et voilà, je recommence à flipper !

Bon sang, je n'arrive même pas à me concentrer sur ce qui s'est passé après la fin de *The Breakfast Club* ! Judd Nelson et Molly Ringwald sont à présent le couple le plus sexy de leur lycée, développement on ne peut plus improbable, si vous voulez mon avis. C'est vrai, quoi ! Qu'est-ce qu'elle peut bien lui trouver, à ce type ? Tout compte fait, ce film ne m'a jamais plu. Je ne comprends pas qu'on le passe ici. Je me souviens de la première fois que je l'ai vu. J'avais attendu des plombes le moment où ils sortiraient enfin du bahut et là : paf ! générique de fin. Conclusion : deux heures de perdues. Il ne se passe rien, dans ce film ! A qui faut-il que je m'adresse pour faire supprimer *The Breakfast Club* de ma liste de favoris ? Et pour commencer, qui l'y a mis ? Qui s'imagine, ici, me connaître suffisamment pour coller ce navet dans mes favoris ? Ils sont partis du principe que, parce que je suis une fille, je ne pouvais que l'adorer, c'est ça ?

Oh ! non… Je n'arriverai jamais à avoir mon examen ! Ma cellulite va revenir. Mes escarpins vont me bousiller les orteils. C'est foutu, je vais dégringoler au Quatrième Ciel !

On peut avoir une crise de panique, au paradis ? C'est possible, ça ? Parce que, là, je me sens *vraiment* mal… Sans rire…

Il faut que je sorte. Que j'aille me balader pour me calmer, me vider la tête.

— Ça te dit, une promenade, Peaches ? Allez, viens, on va faire un tour, toutes les deux…

Scotchée à l'écran de la télé, Peaches ne réagit pas. Elle a toujours adoré *The Breakfast Club*.

— Allez ! C'est notre truc à nous, tu sais bien… On a toujours fait des balades ensemble, sur Terre. Mais depuis qu'on est ici, on n'en a pas fait une seule.

Elle reste immobile, la flemmarde !

— Très bien, dis-je, en sortant de la maison. A plus, alors !

J'arpente les rues de mon quartier, succession de demeures splendides, agrémentées de rosiers et d'arbres fruitiers croulant sous les citrons, les oranges, les pommes et les pamplemousses, tous succulents et parfaitement mûrs, naturellement.

— Bonjour ! me lance un vieux bonhomme depuis son manoir Tudor. N'hésitez pas à cueillir quelques bananes, si le cœur vous en dit !

Je ne prends pas la peine de lui répondre. Je ne lui adresse même pas un signe. Qu'est-ce qu'il a fait de si extraordinaire sur Terre, celui-là, pour avoir des noix de coco qui poussent dans son jardin ? Je continue ma route.

Devant sa serre à étage, une dame est en train de mettre des plantes en pot.

— Bonjour ! Quel endroit fantastique, ce Septième Ciel !

— N'est-ce pas ? dis-je avec une condescendance que n'a pas méritée la pauvre femme.

Mais bon sang, qu'est-ce qu'ils ont tous à être aussi heureux ? Je suis la seule de tout le ciel à m'être plantée à l'examen d'entrée ou quoi ?

Je me lance alors dans un petit jogging. Je n'ai jamais été une grande sportive. Je n'ai même jamais fait de jogging de ma vie, mais c'est la seule façon pour moi d'empêcher tous ces crétins, avec leurs baraques de rêve made in Septième Ciel, de me faire part de la jubilation qu'ils ont à être morts. Avec un peu de chance, si j'arrive à courir ne serait-ce que trois bornes, je serai trop lessivée pour continuer à gamberger.

Ça ne rime à rien de continuer comme ça. J'en ai ma claque. Ils m'ont eue.

Laissez tomber, dirai-je à Deborah, mon ange gardien à la coloration ratée. C'est bon, j'ai pigé. Je n'ai pas mené une vie épanouissante sur Terre, et il est clair que je n'en prenais pas non plus le chemin. Envoyez-moi direct au Quatrième et basta !

Ça ne sera peut-être pas si nul que ça, le Quatrième… D'après Alice, tous les gens y sont super cool. Qui sait, je pourrais apprendre la guitare et faire partie d'un groupe ?

Oh ! Et puis merde pour le jogging !

Je ne suis même pas un peu essoufflée. Sûrement parce qu'il n'est plus possible, désormais, que je sois fatiguée pour quoi que ce soit.

— Vous êtes sûre de ne pas vouloir un fruit ? me redemande le vieux, quand je repasse devant chez lui.

— Pas question, O.K. ? Alors, lâchez-moi un peu !

— Tout va bien ? Ça vous dirait de prendre une tasse de thé ? Avec un bon bol de fruits du jardin ?

Je lui fais un doigt d'honneur. Bizarrement, ça me requinque, mais pas suffisamment. Je me retourne deux ou trois fois : le vieux continue de me fixer, comme s'il n'arrivait pas à comprendre ce qui se passe.

— J'espère que vos fruits vont pourrir sur pied !

Là-dessus, je me remets à courir. Pourquoi ? Mystère. Le

vieux bonhomme ne s'est pas lancé à mes trousses, mais j'ai besoin de m'éloigner de tout et la fuite me semble être le meilleur moyen d'y parvenir.

Je regagne mes pénates environ dix minutes après en être partie, juste à temps pour regarder *Une créature de rêve*. Peaches a toujours détesté ce film, c'est sans doute pourquoi elle n'est plus là.

Une voix s'élève du dehors.

— Alex ? Tu es là ?

Je vais à la fenêtre.

— Salut, Adam…

Comme toujours, il est craquant en jean Lucky et pull ras-du-cou noir en cachemire. Comme toujours, ses cheveux sont délicieusement en désordre.

— Ta chienne est venue me trouver tout à l'heure et elle s'est mise à aboyer jusqu'à ce que je vienne ici. Tout va bien ?

Je baisse les yeux sur Peaches qui se tient à côté d'Adam. Je la sens qui trame quelque chose.

Je laisse échapper un gloussement forcé et affecte la plus grande désinvolture :

— Oui, oui, tout va très bien. Je ne sais pas ce qui lui a pris d'aller aboyer chez toi. Elle voulait peut-être que tu lui lances la balle.

— Ah, c'est ça que tu voulais, ma belle ?

Et il part chercher une balle abandonnée sur la pelouse. Il la lui lance. Peaches ne bouge pas. Elle continue à le regarder fixement, puis ses yeux se posent sur moi et elle recommence à aboyer.

Depuis la fenêtre, j'ordonne :

— Peaches, tais-toi ! Je ne sais pas ce qui lui prend, elle a fait la folle toute la journée. Ecoute, Adam, je rentre à peine d'une séance de jogging, je peux t'appeler plus tard ?

— Pas de souci, mais tu es sûre que tout va bien ?

Peaches se remet à aboyer.

— Peaches ! Tu vas te taire, oui ?

— Mais qu'est-ce qu'elle a ?

— Elle a qu'elle s'occupe de ce qui ne la regarde pas, voilà ce qu'elle a ! dis-je, en braquant un regard noir sur Peaches qui poursuit son concert, impassible.

— Ecoute, il se passe forcément quelque chose, me crie Adam par-dessus ses aboiements. Enfin quoi, Alex ! De toute évidence, même ta chienne veut me le faire savoir. Laisse-moi entrer…

Oh ! Et puis, zut ! Je déclare forfait. Je vais tout lui avouer. Quelle importance, s'il ne veut plus rien avoir à faire avec moi quand il saura ? De toute façon, il ne viendra jamais me voir au Quatrième Ciel, alors…

Je lui fais signe de la main.

— Très bien, entre.

Je descends et je l'invite à s'asseoir à la table de la cuisine, tandis que Peaches nous dépasse en courant.

— Ah, je te félicite, toi ! Merci pour ton aide !

Elle file à l'étage.

— Allez, dis-moi tout, m'ordonne Adam.

Je prends une profonde inspiration. Toute cette histoire tourne et retourne dans ma tête, tant et si bien que je ne sais pas par où commencer. Je ne sais pas comment lui présenter la vérité. Ce que je m'apprête à lui révéler risque de tout gâcher entre nous.

Nous restons un moment face à face, sans parler : moi, cherchant la meilleure formulation possible ; lui, attendant que je crache le morceau, avec cet air sérieux qui semble indiquer que quel que soit le problème, tout va s'arranger.

Ah oui, tu crois ?

Je me jette enfin à l'eau.

— La vérité, Adam, c'est que je ne suis pas comme toi. A mon arrivée au ciel, je t'ai vu, toi, j'ai vu la maison de Len Jacobs, toutes ces fringues, et j'ai pensé que c'était ma récompense. J'ai pensé que j'avais droit à tout ça. Le problème, c'est qu'en rentrant chez moi, après notre première nuit ensemble, on m'a annoncé une chose que j'aurais dû deviner depuis le début... Que je ne méritais rien de tout ça...

J'embrasse ma cuisine du regard, ma cuisine si belle avec son îlot central, et mon cœur se serre, mais mes yeux restent secs.

C'est la première fois que je ne pleure pas en exposant ma situation. Adam ne m'interrompt pas. Il m'écoute posément.

— Le truc, c'est que vu qu'on est au paradis, on me donne une chance de plaider ma cause. J'ai la possibilité de présenter ma version de l'histoire, afin que Dieu ou je ne sais quelle entité en charge du verdict final me laisse rester ici avec toi. Mais si je ne m'explique pas correctement, il faudra que je dégringole de quelques étages.

Il continue de se taire, se contentant de me dévisager d'un air impassible, comme s'il se concentrait sur ce que je lui raconte. Impossible de savoir ce qu'il ressent.

Je conclus dans un soupir :

— Voilà le deal : je suis en train d'écrire une rédaction retraçant les grandes lignes de ma vie sur Terre. L'ennui, c'est que je me rends compte que même si j'avais vécu plus longtemps, je n'aurais sûrement pas vécu l'existence qui m'aurait valu d'accéder au Septième Ciel.

— Mais Alex, tu es morte très jeune...

— Je sais bien, et c'est justement pour ça qu'on me fait passer cet examen. Sauf qu'au fur et à mesure que j'écris, il devient évident qu'ils ont vu juste sur mon compte. Il ne me reste plus qu'à l'accepter. On ne peut vraiment pas dire que j'ai mené une vie qui aurait pu me conduire à un quelconque accomplissement personnel.

Il inspire à fond et me prend la main.

— Bon, dit-il en souriant, si tu penses que nous n'allons bientôt plus pouvoir nous voir, pourquoi ne profiterions-nous pas du temps qui nous reste ?

— Parce que je trouve ça trop cruel.

Cette fois, je fonds en larmes.

— Si on continue à se voir, mon amour pour toi va devenir encore plus fort et j'en aurai le cœur brisé pour l'éternité. Le seul fait de te regarder me fait mal, Adam. Et quand je pense que je ne verrai plus ton visage, qu'on ne se balancera plus de balles de base-ball dans la tête et qu'on ne s'éclatera plus au lit jusqu'à la fin des temps, je...

Je commence à paniquer pour de bon.

— Je ne peux même plus continuer à te regarder tellement ça me rend triste, Adam. Il faut que je m'en aille d'ici. Il faut que je jette l'éponge et que je parte pour de bon.

Je me dirige vers la porte, sanglotant toujours.

— Alex, murmure-t-il, en me retenant par le bras. Dans ce cas, fais quelque chose pour moi, tu veux bien ? Si tu estimes que tu ne mérites pas de rester ici, pourquoi ne profites-tu pas du temps qui te reste au Septième Ciel pour vivre quelque chose d'enrichissant ? Reste donc avec moi tant que c'est possible.

— Mais je ne peux pas ! dis-je, tandis qu'il cherche à m'enlacer.

— Alex, promets-toi une chose : si jamais tu dois partir d'ici, tu le feras avec les plus beaux souvenirs qui soient.

Je niche ma tête au creux de son épaule.

— Tire le meilleur parti de ce temps qui t'est donné et ensuite, tu comprendras peut-être ce que c'est de mener une vie épanouissante. Il ne s'agit pas de souffrir du manque de ce qu'on a perdu, mais de profiter au maximum de l'instant présent.

Il me soutient tandis que je chavire dans ses bras et nous nous perdons dans les baisers les plus doux.

Adam et moi sommes au lit ; je viens de prendre le plus grand pied de ma vie et de ma mort, et je m'efforce de ne pas penser que c'est peut-être la dernière fois que je le vois.

— Merci, Adam, merci d'avoir compris.

Il m'attire tout contre lui.

— Je suis content d'être ici avec toi.

— Adam ?

— Oui ?

— Je peux te poser une question ?

— Bien sûr.

— Eh bien, je me demandais... Tu es un mec tellement génial que tu dois avoir fait des tas de trucs bien pour être ici, au Septième Ciel. Et moi, je viens de t'avouer que je suis loin d'être une fille formidable. Alors, il faut que je sache : quelle image as-tu de moi, maintenant ?

Ma question l'amuse.

— Je suis sérieuse ! Je sais bien que je suis mignonne, mais ça ne compte pas. Pourquoi un homme comme toi voudrait d'une fille comme moi ?

— Tu tiens vraiment à le savoir ?

— Oui, parce que cette question est en train de me rendre folle.

— Eh bien, dit-il en prenant une profonde inspiration, si l'on considère le fait que tu es morte...

Il se redresse sur un coude et me regarde.

— S'il y a une chose que je trouve très attirante chez une femme, c'est sa capacité à nouer des contacts dès qu'elle arrive quelque part.

— J'ai fait ça, moi ? Et quand ?

— Aux portes du paradis. Quand je t'ai vue pour la première fois, tu étais la fille la plus populaire de la file d'attente. Tu papotais avec tout le monde comme si tu participais à une soirée ultra-branchée. Tu avais l'air entreprenante, tirant parti de la situation et à cet instant, je me suis dit : ça, c'est une femme qui a vraiment vécu.

Pour être franche, j'en reste baba.

— C'est-à-dire que... c'était plutôt marrant de faire la queue, ce jour-là.

— Si c'était aussi marrant, c'est parce que tu t'adressais

à tout le monde, une vraie petite pom-pom girl qui détendait l'atmosphère. Alors, tous tes discours sur le fait que tu n'as pas mené une vie épanouissante sur Terre et que tu n'en prenais même pas le chemin... Moi, au bout d'à peine cinq minutes, j'ai su en te voyant que quelle qu'ait été ton existence, tu avais dû la mener à fond. Si je m'en tiens à ce que tu m'as raconté, ça m'étonnerait beaucoup que tu n'aies pas mordu dans la vie à pleines dents. Je crois plutôt que tu étais trop occupée à la vivre pour en prendre conscience.

Ses paroles se fraient lentement un chemin dans mon esprit. Et c'est soudain comme une illumination. Tout se met à avoir une logique : les gens que j'ai aimés, les choses que j'ai faites, le complexe d'insécurité qui m'empêche de croire en moi.

Ai-je analysé ma vie au travers d'un filtre erroné ? Est-ce pour ça que je n'arrive pas à rendre visite à mes parents en rêve ? Est-ce pour ça que je n'arrive pas à redescendre les voir plus de quelques secondes ?

— C'est la plus gentille chose qu'on m'ait jamais dite, Adam.

— Alex, quoi qu'il se passe, j'espère que tu te souviendras de mes paroles.

— Je m'en souviendrai, je te le promets.

Ce soir-là, je me suis endormie en pensant à deux choses : la première, que je n'en reviens pas d'avoir autant tardé à me confier à Adam ; la seconde, que je dois absolument aller présenter mes excuses au vieux monsieur aux arbres fruitiers.

8

Vous serez peut-être étonnés de m'entendre affirmer que bien faire son boulot, c'est gratifiant. Je l'affirme pourtant…

Ça faisait six mois que je travaillais au rayon chaussures Co-Op pour hommes de chez Barneys et je commençais vraiment à maîtriser mon sujet. Le rayon Co-Op, si vous ne connaissez pas, propose les modèles les plus décontractés du magasin. Conséquence directe de cette stratégie commerciale : mes clients étaient également des types plus décontractés que la moyenne. Pas des obsessionnels de la chaussure, simplement des hommes qui voulaient avoir l'air cool. Il m'a fallu six bons mois avant de commencer à comprendre que la question : « Elles ne me font pas de gros pieds, celles-là ? » signifiait en réalité : « Vous trouvez qu'elles font cool ? » En règle générale, c'était tout ce qui les intéressait.

Au rayon Co-Op du Barneys de Beverly Hills, on se retrouve à conseiller des tas de scénaristes et de réalisateurs : je vous rappelle que nous sommes à Hollywood. En revanche, si vous travaillez au rayon chaussures pour hommes de l'étage principal, vous avez plutôt affaire aux agents, managers et avocats spécialisés dans le domaine artistique (des obsessionnels de la chaussure, pour le coup, qui peuvent passer des heures à comparer deux paires de pompes. Par chance, je n'avais pas à m'occuper de ceux-là !) Dans mon rayon de la chaussure cool et décontractée, j'irais même jusqu'à dire que le boulot était facile. Je ne sais pas d'où venait cette mode, mais chaque scénariste se devait d'avoir sa paire d'Adidas rouges. Ça devait être des « it-shoes » dans leur milieu. En conséquence de quoi nous commandions des tonnes d'Adidas rouges et c'était en général *la* chaussure à vendre. En été, c'étaient les tongs qui s'arrachaient, ce qui me facilitait la vie pour une seule et unique raison. Laquelle, me direz-vous ? Vous ne voyez vraiment pas ? C'est que vous n'avez jamais travaillé dans un magasin de chaussures, alors. Bon, je vous explique… Le truc pénible, quand on bosse dans ce secteur de vente, c'est qu'il faut sans arrêt aller chercher des boîtes dans la réserve, la plupart du temps tout en haut des étagères. Prenez les mecs qui se pointaient dans mon rayon, par exemple. Eh bien, pas un n'était fichu de me préciser sa pointure. Conclusion ? Il fallait toujours leur apporter la paire qui les intéressait dans toutes les pointures, et si jamais le type voulait essayer deux modèles différents, à la fin de la journée, moi, je me retrouvais avec le dos en vrac. L'aspect sympa de la chose, en revanche, c'est qu'à force de faire travailler mes biceps et mes triceps, je n'avais plus besoin de soulever de la fonte en salle de fitness. J'ai toujours détesté mes bras. Avant, j'avais beau faire des haltères, chaque fois que je les levais, j'avais toujours un bout de chair flasque et adipeuse qui pendouillait. Bon, je n'irais pas jusqu'à dire qu'en me retournant un peu vite, j'aurais pu expédier quelqu'un au tapis en l'atteignant au visage, mais c'était un truc qui me complexait à mort. Si j'étais restée sur Terre, j'aurais certainement fini par me faire aspirer toute cette graisse. Mais d'un autre côté, si j'avais continué à bosser au rayon chaussures Co-Op pour hommes de Barneys, je vous parie que j'aurais pu m'épargner ce tracas ! Enfin, à moins que les tongs ne soient devenues des « it-shoes » à l'année… Par chance, ça ne s'est pas produit durant mon contrat, ce qui fait que mes bras n'étaient pas loin de ressembler à ceux de Linda Hamilton dans *Terminator 2*.

A force de travailler avec Peter, qui était gay et célibataire, j'avais pris le coup : chaque mec séduisant qui franchissait le seuil du magasin était inexorablement orienté vers le rayon chaussures Co-Op. S'il était hétéro et canon, il devenait illico mon client et aller lui attraper ces fichues bottines à lacets Paul Smith tout en haut d'une étagère de la réserve me paraissait tout de suite moins terrible. Peter et moi nous faisions draguer en moyenne une fois par jour. Concrètement, ça se traduisait par des invitations à des premières de film ou à des soirées. Peter s'est même fait baratiner par un célèbre acteur hétéro et marié (non, désolée, je ne peux vous pas révéler de qui il s'agit — employée chez Barneys un jour, employée chez Barneys toujours : on ne cafte pas sur la clientèle, c'est la règle), mais Peter l'a très gentiment éconduit. Quand je lui ai demandé pourquoi, il m'a fait cette réponse étonnante :

— Mon chou, ce n'est pas de cette façon-là que je m'imagine entrer dans les pages de *People Magazine*.

Argument plus que valable, à mon avis.

Très vite, j'en suis venue à connaître tous mes clients, et pour moi c'était quelque chose d'essentiel. Car en entrant chez Barneys, je savais déjà ce qui faisait défaut aux grands magasins d'aujourd'hui et qu'il fallait que je réintègre dans l'exercice de mon métier : le service personnalisé. Mes clients, je *voulais* les connaître. Comme dans les anecdotes que me racontait ma mère, qui avait vécu sa jeunesse au temps de l'âge d'or des grands magasins. A son époque, les vendeurs vous connaissaient tous par votre nom et savaient exactement ce que vous cherchiez. C'était exactement le genre de vendeuse que je voulais être. Et pour ce faire, je prenais des notes minutieuses sur tous mes clients : sur leur style, leurs goûts, sans oublier naturellement leur pointure et leur largeur de pied.

Il y avait Kal Roger, un réalisateur télé avec lequel je suis sortie. Il m'a larguée pour l'actrice principale de sa série, mais a continué à venir acheter des tonnes de chaussures et pour moi, c'était la seule chose qui comptait. Il y avait Lou Sernoff, un producteur de films qui m'a laissé un exemplaire de ses semelles orthopédiques pour les avoir toujours sur place en cas d'essayage impromptu. Un jour, sans faire exprès, j'en ai égaré une. Lou a piqué une crise jusqu'à ce qu'on s'aperçoive qu'en fait, c'était Peter qui s'en servait d'arrêt de porte pour la réserve. Stan Mitchell, un scénariste, n'achetait que des chaussures marron. Il m'a fallu un an avant de comprendre qu'il était daltonien, chose que lui-même ignorait. Ce type, brillant auteur de comédies à succès, ne s'était jamais rendu compte qu'il ne distinguait pas les couleurs, jusqu'au jour où j'ai mis ce problème en évidence, en l'interrogeant sur sa passion pour les chaussures marron.

— Pourquoi, elles ne sont pas noires, celles-là ? m'a-t-il demandé ce jour-là d'un ton placide, en désignant ses mocassins caramel.

Suite à cette révélation, il s'est mis à acheter des tas de paires de chaussures, et dans une large gamme de couleurs, en guise de remerciement.

Mais mon client préféré, c'était Lloyd Kerner : un auteur superstitieux, persuadé de ne pouvoir vendre ses idées de scénario qu'une paire de chaussures neuves aux pieds. Lloyd ne faisait pas partie des mecs qui me draguaient, et c'est tant mieux, car sinon les jours suivants n'auraient pas été à classer parmi les plus beaux de mon existence (je vais y venir dans une minute…).

Lloyd était carrément moche. Toujours très bien habillé, sauf que sur lui, les vêtements les plus stylés tombaient toujours mal. Il était maigre comme un coucou et les costumes qu'il s'achetait pendaient sur lui comme sur un cintre. Résultat : il n'avait jamais aucune allure, même lorsque je demandais au tailleur de reprendre toutes les coutures. Il ressemblait à… Tiens, vous vous souvenez de Pigpen, le personnage des Peanuts ? Celui qui reste crasseux même quand il se douche ?

Eh bien, c'est à lui que Lloyd me faisait penser, sauf que Lloyd n'était pas sale ; il était juste moche. Et puis, c'était le genre de type qui semble toujours enrhumé.

— Vous avez zes Gonberse All Sdar dans ba boindure ? Je zuis assez gool bour les border ? me demandait-il en se mouchant.

Autre truc hallucinant chez lui : il se faisait toujours du mouron pour quelque chose, que ce soit son tout dernier scénario ou le projet du suivant. Il avait une nette tendance à l'anxiété. Lorsqu'il s'est mis à venir deux fois par semaine pour de nouvelles chaussures, il est devenu clair pour moi qu'il était du genre à flipper pour un rien. Le jour où j'ai reçu une invitation à la première de son film, accompagnée d'un petit mot manuscrit : « Merci pour tous ces essayages de Converse porte-bonheur ! », j'ai compris que j'avais affaire à un doux dingue de génie, et j'ai pris l'habitude de l'inciter à s'acheter des chaussures quand il était en panne d'idée pour un nouveau scénario.

— Peut-être que celles-ci vous feront écrire une scène inoubliable ? lui ai-je suggéré un jour.

Et c'est ainsi que je lui ai vendu deux paires de bottines sans lacets Sciapo à trois cent soixante-quinze dollars la paire, l'une en marron, l'autre en noir.

Bref, Lloyd était le rêve de toute vendeuse. Pété de thune comme il était, il pouvait s'offrir tous les articles que je lui recommandais, et comme si ça ne suffisait pas, il revenait toujours pour une seconde couche. Mais je l'aimais aussi en tant que personne, sincèrement. Je prenais plaisir à panser ses blessures lorsqu'il se prenait un râteau ou que la fille qui avait accepté de s'envoler avec lui pour Hawaii le larguait au retour du voyage (en première).

Un jour, il a débarqué dans le magasin, complètement paniqué. Il sortait depuis six mois avec Kate (une actrice qui n'avait jamais décroché de rôle) et entre eux, ça commençait à devenir sérieux.

— Je dois rengondrer les barents de Gade, dans le Guenducky. Je grois gue zette fois, z'est la bodde ! Bais je ne beux bas vaire d'achats avec guelgu'un d'audre gue vous, Alex ! Vous bouvez b'aider ?

C'est ainsi que j'ai entrepris de le conseiller pour d'autres articles que des chaussures. En toute franchise, je n'avais aucune connaissance en matière de shopping masculin. J'ignorais ce que souhaitaient les hommes dans le domaine vestimentaire. Mais après un an passé à l'entendre me raconter ses déboires sentimentaux, je tenais à l'aider de toutes les manières possibles, dans la limite, bien sûr, de mes compétences.

— Pas de souci ! lui ai-je assuré, en lui glissant un bras autour de la taille. Je vais m'occuper de vous.

Huit pulls, sept pantalons, deux jeans, trois chemises à col boutonné, deux vestes de sport et un costume plus tard, je lui avais vendu pour vingt-cinq mille dollars d'articles. La rumeur de ma performance s'est répandue du rez-de-chaussée (chaussures pour femmes et bijoux) jusqu'au quatrième étage (costumes pour hommes). Non que ce soit un record — nous étions quand même le Barneys de Beverly Hills —, mais ma démarche impressionnait dans la mesure où, bien qu'employée au rayon chaussures, j'avais été capable de conclure des ventes dans tout le magasin. Lorsque j'ai touché ma commission, je nous ai offert, à Peaches et moi, une journée de soins en institut de beauté suivie d'un massage shiatsu (si si, ça existe *aussi* pour les chiens à Los Angeles !).

Lloyd était emballé par tous ses achats et de fait, ses nouvelles tenues lui conféraient vraiment belle allure. Ou du moins, aussi belle que ça lui était possible. Les instances dirigeantes de Barneys me portaient aux nues. Pour la première fois de toute mon existence, j'étais douée pour ce que je faisais.

Et, comme je l'ai déclaré en début de chapitre, bien faire son boulot, c'est gratifiant.

Voilà... Je viens de vous planter le décor d'un des plus beaux jours de ma vie (le huitième).

Quelques semaines plus tard, Lloyd, revenu du Kentucky fiancé, a entraîné sa promise jusqu'à mon rayon.

— Z'est le bull en gachebire doir gui a embordé le borceau, m'a-t-il confié.

— Pas seulement, a nuancé Kate, en déposant un petit baiser sur sa joue. Mais le pull y a certainement contribué.

Lloyd s'est alors mis à faire appel à moi pour des bricoles :

— Vous auriez ude jolie beste de sbort gui bourrait b'aller ?

Ou bien :

— Je zuis à gourt de jauzettes.

Très vite, je me suis retrouvée à lui apporter certains articles chez lui et à organiser des séances d'essayage à domicile. C'est là que Kate a fait son entrée dans ma vie.

— Salut, Alex ! Dis, Lloyd vient encore d'être nominé aux Golden Globes. Tu n'aurais pas quelque chose pour moi, au magasin ?

Voilà comment je me suis aussi mise à faire du shopping pour Kate.

Elle m'a demandé de lui choisir sa robe de mariage, mais également quatre robes avec bijoux assortis et tout le nécessaire pour leur lune de miel aux Maldives — des Bikini au rayon lingerie (La Perla, bien entendu). Après deux années de ce régime, Kate s'est trouvée enceinte de leur premier enfant et j'ai entrepris aussi sec d'habiller la seconde génération.

C'est là (bon, d'accord, j'ai peut-être été un peu lente à la détente, sur ce coup) que j'ai compris que je tenais quelque chose.

Un jour que mon daltonien de Stan Mitchell essayait une paire de bottines en croco rose, je lui ai glissé :

— Stan, je suis persuadée que ces chaussures correspondent à votre style — un style tout à fait chic soit dit en passant —, mais puisque nous sommes tous les deux au courant de votre petit problème de daltonisme, puis-je me permettre de vous demander si vous vous rendez compte que vous êtes en train d'assortir une paire de bottines en croco rose avec un pull en cachemire corail ?

— Rose ? s'est-il écrié. Mais ça veut dire quoi, rose ? Et ça veut dire quoi, corail ?

— Ne vous énervez pas, Stan. Comprenez-moi, vous auriez pu vouloir afficher une sorte de touche perso. Et il n'y aurait eu aucun mal à ça : l'objectif du style, c'est avant tout de faire ressortir sa personnalité. Simplement, depuis un an que je vous conseille au magasin, je ne pense pas que le rose et le corail fassent partie de vos couleurs. Nous pourrions peut-être mettre au point un système qui vous permettrait de m'embaucher comme acheteuse personnelle ?

— Pourquoi êtes-vous la seule à me faire remarquer ce genre de choses ?

— Vous êtes quelqu'un de très brillant, Stan... Votre réussite impressionne et partant de là, les gens n'osent plus rien vous dire. Ecoutez, voilà ce que je vous propose : suivez-moi au rayon habillement pour hommes, nous assemblerons quelques articles et nous verrons ce que ça donne. Si les vêtements que je choisis vous plaisent, nous pourrons peut-être repenser votre garde-robe ensemble ?

C'est ainsi que Stan Mitchell est devenu, lui aussi, mon client.

— Vous savez, ai-je dit un jour à Lou Sernoff, en allant récupérer ses semelles orthopédiques dans la réserve, puisque je garde vos orthèses, je pourrais peut-être aussi prendre vos mensurations, histoire de voir si je peux trouver une tenue qui aille avec les chaussures que vous achetez...

— Si vous pouviez faire pour moi ce que vous avez fait pour Stan Mitchell, je vous paierais une commission de vingt pour cent sur le tout.

Avec trois clients à habiller tout en m'occupant du rayon chaussures, j'ai commencé à passer mon temps à courir d'un étage à l'autre, quand arrivaient les nouvelles collections.

La rumeur s'étant répandue que Lloyd, Stan et Lou avaient chez Barneys une fille qui leur servait d'acheteuse attitrée, les clients ont afflué. Quatre de plus au cours de la même année, chacun de ces messieurs me versant une commission de vingt pour cent.

La direction du magasin n'a pas tardé à avoir vent de mon activité secondaire.

— Mais je ne leur achète que des articles de chez Barneys ! ai-je argué pour ma défense.

— Et c'est formidable, Alex, mais ce n'est pas pour ça que nous vous avons engagée. Enfin, tant que vous ne vous payez pas au passage…

Là, j'ai commencé à avoir peur.

Dès le lendemain, j'ai abordé la question avec Lloyd.

— Je songe à me mettre à mon compte, mais avant, il y a un point à régler. Si je dois continuer à être votre acheteuse personnelle, je vais être obligée de monter ma commission à trente pour cent, pour pouvoir me payer une mutuelle complémentaire de santé.

— Drende bour zent, a-t-il répété d'un air pensif, tandis que je défroissais sa nouvelle veste de sport Harris-Tweed. Laizez-boi y révléjir.

J'ai fait de même avec mes autres clients.

— C'est amplement justifié ! s'est exclamé Stan Mitchell (je venais de lui dégoter un tout nouveau costume noir). Trente pour cent, je suis partant.

— Bour les drende bour zent, je zuis bardant, m'a confirmé Lloyd.

— Si Stan et Lloyd sont d'accord pour ces conditions, moi aussi ! a déclaré Lou Sernoff.

Au bout de quatre ans passés chez Barneys, j'ai alors présenté ma démission. En quittant ce magnifique établissement qui m'avait donné les moyens de me forger un avenir, je me suis promis d'y effectuer la plus grande partie de mon shopping. Et j'ai tenu parole.

Comment vous décrire mon état d'esprit, en ce huitième plus beau jour de ma vie ? Je n'ai pas appelé mes parents, Pénélope ou d'autres amis pour leur annoncer la bonne nouvelle et faire le plein de félicitations extasiées. Je n'avais pas besoin de ça. Non, l'essentiel pour moi, c'était de ressentir au plus profond de mon être que je m'en étais tirée comme un chef. Seule, sans l'aide de personne.

N'allez pas vous méprendre : je garde la mesure des choses ; je sais bien qu'une acheteuse personnelle ne trouvera jamais le remède au cancer. Ça peut même sembler assez futile, comme métier, et pourtant, je considère qu'à mon modeste niveau, j'ai permis à plein de gens de se sentir mieux dans leur peau. Ça se voyait à la façon dont mes clients se contemplaient dans le miroir. D'une certaine manière, porter *le* costume ou *la* paire de chaussures qui leur allait permettait à ces hommes de se tenir un peu plus droits, de marcher la tête haute. Leurs traits prenaient une assurance et une distinction qui transparaissaient chaque fois que je me penchais sur eux pour redresser une manchette ou effacer un pli sur une veste.

Si Lloyd a trouvé une femme qui l'aime pour ce qu'il est, je ne prétends pas m'en arroger *tout* le mérite. Ce n'est pas *uniquement* grâce à moi que Stan Mitchell a écrit un scénario oscarisé. Mais j'affirme que lorsqu'on a la capacité d'améliorer un tant soit peu la présentation de certaines personnes, on peut faire tomber certains murs et faciliter la réalisation de leurs rêves et de leurs envies.

Depuis que je vivais à Los Angeles, je n'étais revenue en tout et pour tout que trois fois à Philadelphie. Les deux premières, mon père était en déplacement professionnel et lors de la troisième, nous avions tous deux gardé nos distances, développant dans la maison toute une stratégie de déplacements pour ne jamais nous croiser. Vu qu'il travaillait seize heures par jour, quand il rentrait, j'étais déjà installée dans le salon, devant la télévision, ou dans ma chambre, sous mon vieux baldaquin rose.

La quatrième fois, pourtant, les choses se sont passées différemment. Jusque-là, j'étais leur fille qui n'avait pas encore trouvé sa voie. Mais à présent, j'étais chef d'entreprise ; j'étais une femme indépendante et cette réussite, je ne la devais en rien à mon père, que ce soit d'un point de vue financier ou autre.

Les premiers jours, nous nous sommes évités comme nous l'avions fait la fois précédente. Les vieilles habitudes ont la peau dure.

Et puis, un soir, alors que j'étais là depuis trois jours, je suis allée me préparer un bol de céréales dans la cuisine, aux alentours de minuit. Je croyais mon père déjà rentré, enfermé dans son bureau ou dans sa chambre. Aussi, en entendant la clé tourner dans la serrure de la porte de communication avec le garage, je me suis soudain fait l'impression d'être une voleuse.

— Tiens, bonsoir, m'a-t-il dit en entrant.

Il paraissait se sentir aussi déplacé que moi, dans la cuisine. J'ai interrompu ma petite collation nocturne.

— Bonsoir.

Il allait sortir de la pièce, puis s'est ravisé. Il a fait demi-tour et s'est dirigé vers le réfrigérateur. Je me suis alors levée pour poser mon bol dans l'évier.

— Ne te dérange pas pour moi, a-t-il dit, en prenant un soda dans le frigo, continue à manger.

J'ai récupéré mon bol et suis retournée m'asseoir à table. Je n'avais plus très faim, mais c'était le moment ou jamais de mettre les choses à plat.

— Tu as travaillé tard ? ai-je demandé, pas très inspirée.

— Oui. Nous avons reçu des promoteurs de Hong Kong toute la semaine.

— Ah…

Il a pris place à la table, en face de moi, et nous avons

gardé le silence quelques minutes. Mes céréales s'étaient transformées en bouillie.

— Alors, tu te plais à Los Angeles ?

— Oh oui ! Tout se passe très bien.

— Maman m'a dit que tu avais monté ta boîte, que tu faisais les courses pour les autres ?

— Oui, je suis acheteuse personnelle. Beaucoup de gens n'ont pas le temps de faire leur shopping eux-mêmes, à L.A.

Ma remarque l'a fait rire.

— Oui, tous ces fous de La La Land…

— C'est ça.

Je me suis mise à rire moi aussi.

— Et tu es heureuse, là-bas ?

— Oui, je m'y plais beaucoup. C'est… c'est chez moi maintenant.

— Eh bien, tant mieux. Bravo.

— Merci, papa.

Le silence est retombé entre nous. Il a posé son soda sur la table.

— Bon, c'est bien… Je suis content que ça marche pour toi. Bonne nuit…

— Bonne nuit, papa.

Je l'ai regardé sortir de la cuisine.

Si j'avais su que c'était la dernière conversation que nous aurions ensemble, je lui aurais dit que je l'aimais.

Mais je l'ignorais.

A votre avis, est-ce qu'il sait que je n'ai jamais cessé de l'aimer ?

Je l'espère… Vraiment, je l'espère de tout mon cœur.

Si seulement j'arrivais à redescendre sur Terre pour le lui dire.

9

Que feriez-vous, si vous n'aviez plus qu'un jour à passer sur Terre et que vous le saviez ? Est-ce que ça changerait fondamentalement votre façon d'agir ?

Imaginons que vous vous leviez un matin et qu'en consultant votre courrier électronique vous découvriez un message de votreangegardien@paradis.com.

> Chère Alex,
>
> Nous vous informons par la présente que c'est votre dernier jour sur Terre. Profitez-en bien !
>
> Votre ange gardien.

Alors, vous feriez quoi ?

Eh bien, moi, si c'était à refaire, et sachant ce que je sais maintenant, je verrais ça comme un anniversaire. Le jour de votre anniversaire, vous vous réveillez le cœur un peu plus en fête que d'habitude ; tout le monde est très gentil avec vous ; on vous chante *Joyeux anniversaire* deux ou trois fois et, au dessert, on vous offre le traditionnel cupcake ou l'incontournable part de gâteau surmonté d'une bougie. En même temps, vous continuez à vaquer à vos occupations comme si c'était un jour ordinaire. Mais au fil de la journée, alors que le quotidien vous rattrape, vous marquez une pause : « Hé, mais c'est mon anniversaire, aujourd'hui ! » Une étincelle de jubilation rallume l'esprit de fête dans votre cœur et vous repartez, le sourire aux lèvres.

Eh bien, voilà : c'est sans doute la seule chose que j'aurais faite différemment. J'aurais pris un peu de recul, j'aurais inspiré un bon coup et je me serais dit : « Aujourd'hui, Alex, c'est le dernier jour de ta vie, alors, profites-en ! »

C'est à peu près tout, je crois.

Au fond, ne pas connaître l'heure du grand départ, c'est très bien. Parce que si j'avais reçu ce mail, j'aurais sauté dans le premier avion pour aller voir mes parents. J'aurais flippé comme une malade dans la file d'attente — au LAX, les contrôles de sécurité sont toujours interminables —, déjà que faire la queue, ça a le don de m'énerver ! Alors vous imaginez si je devais poireauter pendant des heures et perdre de précieux moments ? Je me connais. J'aurais hurlé : « Aujourd'hui, c'est le dernier jour de ma vie ! Et vous, bande de blaireaux, vous êtes en train de me le bousiller ! » Les agents de la sécurité m'auraient prise pour une terroriste et m'auraient bouclée à la prison de l'aéroport (ou quel que soit le lieu où on vous emmène, en ces circonstances). Quand j'aurais enfin eu accès à un ordinateur, que j'aurais montré le fameux mail aux flics et que j'aurais pu m'expliquer — « Tout ce que je veux, c'est serrer une dernière fois mes parents dans mes bras et faire la paix avec mon père » —, la journée aurait déjà été affreusement avancée. Lorsque j'aurais atterri à Philadelphie, mon heure aurait sans doute sonné avant même que j'aie pu dire quoi que ce soit à mes parents. Sans parler du fait qu'avec la chance que j'ai, on serait restés bloqués en vol au moins deux heures à cause d'une erreur de la tour de contrôle. J'aurais pété les plombs et tenté de faire passer mon gros derrière (qui, comme vous le savez, n'est pas si gros que ça, mais vous connaissez les femmes quand il s'agit de leur corps) par le petit hublot de l'avion, geste désespéré qui m'aurait valu de me faire arrêter pour la deuxième fois de la journée… Cercle vicieux…

Alors moi, je dis : pourquoi se prendre la tête ? C'est pour ça que je trouve très bien de ne pas savoir.

J'en viens maintenant au contexte de mon dernier jour…

Primo (comme j'ai déjà eu l'occasion de le mentionner), ma petite Peaches avait des problèmes intestinaux (constipation aiguë, pour dire les choses clairement), problèmes qui la faisaient souffrir et je ne pouvais pas me contenter de lui dire : « Désolée, ma toutoune, mais après-demain, ça ne sera plus mon problème » (tenez compte du fait que j'ignorais que Peaches allait mourir en même temps que moi). Secundo, ce soir-là, Stan Mitchell fêtait son anniversaire au Jones Bar. J'avais prévu de lui offrir une paire d'Adidas Stan Smith édition limitée que j'avais fait venir de Chine. Détail horripilant : on me priait d'aller les récupérer à la douane de l'aéroport à cause d'un pépin dans la paperasse. Il fallait donc que je m'en occupe, mais j'avais d'autres choses à régler en priorité. D'un autre côté, je ne voyais aucune raison valable de faire faux bond à Stan. J'aurais pu avancer comme excuse les problèmes de Peaches, mais parler de constipation en société prend tout de suite une connotation vulgaire et déplacée. Sans compter que les invités n'auraient pas manqué de conclure que c'était moi, la véritable malade, que Peaches me servait de bouc émissaire (ou plutôt de chienne émissaire). Pour finir, le bruit aurait couru que j'avais succombé à une occlusion intestinale et non à ma rencontre inopinée avec une Mini Cooper. Et là, ç'aurait été la honte totale !

Le dernier jour de ma vie, donc, je me suis réveillée à 7 heures et demie et me suis dépêchée d'emmener Peaches chez le vétérinaire. Il m'avait indiqué la veille que la seule chose à faire était d'attendre que le problème passe de lui-même (dans le jargon médical, on parle de « levée de bouchon ») et que, par conséquent, je devais rester avec elle et tenter d'atténuer ses souffrances. J'étais folle d'angoisse pour ma pauvre Peaches. Elle avait gémi toute la nuit et moi, je n'avais pas fermé l'œil, la berçant dans tout l'appartement telle une mère qui déambule avec son bébé dans les bras pour apaiser ses pleurs. Si la journée avait été calme (sans parler du fait qu'il s'agissait de mon dernier jour sur Terre), je serais restée chez moi pour m'occuper d'elle. Mais comme j'étais à mon compte, j'avais du pain sur la planche et pas d'autre choix que de laisser ma petite Peaches chez le véto pendant la soirée d'anniversaire de Mitchell. Je peux vous dire qu'elle n'était pas d'accord pour que je reparte sans elle ! C'est bien simple, j'ai fondu en larmes devant le vétérinaire.

— Vous ne pouvez pas faire plus pour votre chienne, m'a-t-il affirmé pour me consoler. Vous verrez, on va bien s'en occuper.

— Vous savez, c'est comme ma fille… Je ne vais pas pouvoir penser à autre chose de toute la journée.

— Vous pourrez m'appeler autant que vous voudrez.

Ce que je ne me suis pas privée de faire ! Je lui ai téléphoné toutes les heures pour avoir des nouvelles de ma chienne, tout en courant à droite et à gauche pour constituer la garde-robe hawaiienne de Llyod et Kate. Nous savons tous, maintenant, que la pauvre bête devait souffrir toute la journée.

Ce matin-là, donc, aux alentours de 10 heures, j'étais dans la chambre des Kerner, en train de reprendre l'ourlet d'une tunique de plage à sequins Tory Burch.

— Qu'est-ce que ça me grossit, ce truc ! se lamentait Kate (un mètre soixante-quatorze, cinquante-deux kilos) en se regardant dans le miroir.

— Ça ne te grossit pas du tout, je t'assure. Ce n'est pas demain la veille que je te laisserai sortir avec l'allure d'une truie. Et ce jour-là, je serai la première à me flanquer à la porte !

— Ecoute, Alex, vois quand même si tu ne peux pas me trouver autre chose, d'accord ?

— Pas de problème, ai-je dit, alors que problème il y avait, et pas petit.

— Tu penses pouvoir repasser dans la journée ?

Coup d'œil à ma montre.

— Bien sûr. J'ai vu un top magnifique chez Barneys, j'irai te le chercher cet après-midi, avant d'aller à la soirée de Stan Mitchell.

— Cool, on ira ensemble, alors !

Je me retrouvais donc avec cette histoire de top sur les bras en plus de toutes les choses qui me restaient encore à faire. Sans compter qu'il fallait que je file récupérer les baskets de Stan à l'aéroport. Et impossible, à présent, de ne pas me rendre à sa soirée.

Il était environ midi lorsque j'ai pris congé de Kate. Il était prévu que je déjeune avec certains managers susceptibles de venir grossir la liste de ma clientèle. Je devais les retrouver vers 13 heures à Beverly Hills, ce qui me laissait juste le temps de passer en coup de vent chez le vétérinaire pour voir Peaches qui planait complètement sous l'effet des antidouleurs.

A 13 heures tapantes, j'étais en plein argumentaire commercial.

— Dans mon métier, je suis bien placée pour savoir que l'habit fait le moine. Il suffit qu'un type de votre agence se pointe à une réunion en costard bon marché pour que les gens ne remarquent que ça, croyez-moi. Je l'ai déjà vu et plus d'une fois… Voilà pourquoi je vous propose mes services d'acheteuse personnelle pour vos employés et vous : je vous garantis qu'avec moi, vous aurez l'agence la plus stylée de tout Hollywood.

Le manager (en costume Zegna) m'a tendu la main.

— Si vous pouvez faire pour nous ce que vous avez fait pour Stan Mitchell, Lou Sernoff et Lloyd Kerner, nous serons ravis de vous faire une place à bord.

C'était formidable ! J'ai quitté le restaurant un peu plus riche, et nantie d'un rendez-vous avec l'un des types, pour le samedi soir (maintenant que j'y pense, je me demande s'il a appris mon décès… J'espère qu'il n'a pas cru que je lui avais posé un lapin !)

Il était alors aux alentours de 14 h 30, et il me restait encore à passer chez Barneys pour choisir le haut de plage de Kate, à récupérer ces foutues baskets à l'aéroport ; je devais aussi foncer aux bureaux de Lou Sernoff pour y déposer un jean dont j'avais fait raccourcir l'ourlet.

Comme je repassais chez le vétérinaire pour prendre des nouvelles de Peaches, Pénélope m'a appelée de New York.

— Tu as pensé à m'envoyer la veste Cacharel ?

— Oh ! Là, là, non ! Je suis vraiment désolée, Penny, mais je n'ai pas touché terre cette semaine.

— Et aujourd'hui, tu comptes te poser quelques minutes ? Tu crois que tu pourrais me l'expédier par FedEx ? Je veux la porter à mon déjeuner de soutien à la lutte contre le cancer du sein, demain.

— Franchement, Penny, aujourd'hui, c'est la folie totale... Tu n'as pas autre chose à te mettre ?

— Non, Alex. Je tiens absolument à porter cette veste !

— Très bien, je file chez FedEx.

— C'est vrai ?

— Vrai de vrai.

— Je suis toujours ta meilleure amie ?

— Mais oui... Tu crois qu'on met un terme à vingt ans d'amitié pour une veste ?

— Je t'adore !

— Je t'adore aussi.

Et un bâton de plus dans mes roues ! J'avais juste le temps de retourner en vitesse chez Barneys, de choisir le top, de foncer chez Tory Burch pour rendre la tunique, de cavaler à mon appartement pour récupérer la veste Cacharel et de filer chez FedEx. Ensuite, ce serait l'aéroport. Mais avant, je devais aller chercher le jean de Lou Sernoff et le lui apporter à ses bureaux qui, comme un fait exprès, se trouvaient à Santa Monica, ce qui m'obligeait à faire un énorme détour.

Il m'a fallu encore deux heures et demie pour trouver une place de parking chez Barneys, acheter un autre haut de plage à Kate, rapporter la tunique chez Tory Burch (dans Robertson Boulevard), courir à mon appart pour la veste de Penny, foncer chez FedEx, expédier la veste, prendre la route de Santa Monica en m'arrêtant au passage chez Denim Doctors pour le jean de Lou. Lequel a déclaré, en essayant le pantalon retouché :

— Il est trop court. Tu peux me rallonger l'ourlet avant la soirée de Mitchell ?

— C'est comme si c'était fait !

Je suis repartie avec le jean et ai sauté dans ma voiture.

Il était 16 h 47 au tableau de bord quand je suis arrivée au LAX. Les bureaux des douanes fermaient à 17 heures et je n'ai pu me garer que devant le terminal d'United Airlines, soit très loin du terminal d'US Airways où m'attendaient les baskets. J'ai donc dû courir comme une dératée dans mes foutues bottes Stephanie Kelian dont j'ai réussi (bien entendu !) à érafler le cuir tout neuf. O.K., maintenant, ça n'a plus d'importance, mais sur le moment, qu'est-ce que j'ai râlé ! J'ai percuté toute une famille qui ne regardait pas où elle allait et leur chariot à bagages m'a labouré le gros orteil.

Tout ça pour tomber sur une file d'attente d'environ quinze personnes au bureau des douanes ! D'habitude, faire la queue a le don de me faire criser. Mais là, pour le coup, j'en ai profité pour reprendre l'ourlet du jean de Lou.

Entre-temps, mon portable a sonné deux fois.

— Salut, Alex, c'est Kate ! Dis... je pensais à un truc. Finalement, elle n'est pas si mal, cette tunique Tory Burch. Ah, tu l'as déjà rendue ? Tu crois que tu pourrais retourner me la chercher ?

— Pas de souci.

Affirmation qui n'aurait pu être plus éloignée de la vérité.

— Salut, Alex, c'est Penny ! Ecoute, tout compte fait, laisse tomber la veste. J'ai trouvé autre chose à me mettre.

— Suivant ! a crié l'employée, derrière la séparation vitrée.

— Une petite seconde ! lui ai-je fait, puis à Penny : je

l'ai déjà expédiée, cette fichue veste ! Alors tu vas me faire le plaisir de la porter ou je viens à New York te l'enfiler de force !

J'ai braillé si fort que toutes les personnes à portée de voix m'ont priée de bien vouloir la boucler.

— Madame, il y a des gens derrière vous !

— Bon, écoute, Penny, faut que je te laisse, là.

Ce sont les dernières paroles que j'ai adressées à ma meilleure amie. Je ne lui ai même pas dit au revoir.

— Madame ! a crié de nouveau la bonne femme derrière le bureau. Nous fermons !

— Encore une toute petite seconde !

— Ecoutez, madame, nous avons tous nos problèmes. Où est votre formulaire pour accuser réception du colis ?

A 18 heures, j'étais de retour chez Lou.

— Tu trouves que j'ai l'air cool, dans ce jean ?

— Lou, le jour où je te laisserai sortir de cette maison sans que tu aies l'air cool, je serai la première à me flanquer à la porte.

— Très bien. Au fait, tu vas à la soirée de Mitchell ?

— Oui, oui, j'y serai… Il faut juste que je fasse un saut chez le vétérinaire pour voir ma chienne, et que je passe chez les Kerner pour rapporter un haut de plage à Kate. Oh ! là là, faut que je file ! Je dois ramener un truc à toute vitesse chez Barneys, puis retourner chez Tory Burch pour reprendre une tunique. A ce soir, Lou !

Si vous vous êtes déjà retrouvée à la bourre dans la circulation de Los Angeles, et plus particulièrement dans le sens Santa Monica/Beverly Hills, vous savez que pour arriver plus vite, mieux vaut s'armer d'un flingue et tirer à vue (je plaisante !). Je ne pense pas m'être davantage énervée en ce bas monde que dans les embouteillages de Los Angeles. L'avantage d'être morte, c'est que je n'aurai plus jamais à me farcir ces bouchons.

— Allez, avance ! Avance, bon sang !

A 19 heures (après trois doigts d'honneur à trois conducteurs différents et des coups de Klaxon en direction de cinq autres, le dernier accompagné d'un « Apprends à conduire, connard ! »), je n'avais toujours pas ramené le top de plage chez Barneys, mais j'avais obtenu de l'employée de Tory Burch qu'elle attende pour fermer que je sois venue récupérer la tunique rapportée un peu plus tôt.

Quand je suis repassée chez le vétérinaire, Peaches dormait, aussi l'ai-je laissée sur la promesse que je viendrais la chercher après la soirée de Stan.

Il était 20 h 30 quand je suis arrivée chez Kate et Lloyd ; ils s'habillaient pour partir.

— Tu as quand même eu le temps de prendre une douche, j'espère ?

— Non, ai-je bien dû avouer, en baissant les yeux sur mon jean J Brand et le pull noir à large encolure qui me dénudait l'épaule, pour la petite touche sexy.

Tout le gratin assistait à la soirée de Stan au Jones Bar. Pour l'occasion, je lui avais choisi un pull en cachemire noir et un costume noir Theory.

Dès qu'il m'a aperçue, il a demandé :

— Tu es sûre qu'il est noir ? Parce qu'il m'avait l'air un peu bleu dans la voiture…

— Il est noir, Stan. Si je m'étais plantée dans les couleurs, je serais la première à me flanquer à la porte.

Pour la première fois de la journée, j'ai pu décompresser un peu, tandis que Lou Sernoff me présentait ma première vodka martini de la soirée.

— Ça, c'est pour le jean, m'a-t-il expliqué, en déposant un baiser sur ma joue.

Il y avait trop de gens à qui parler. Vous n'aimez pas ça, vous, quand, dans une soirée, vous connaissez tellement de monde que toutes les conversations commencent et s'achèvent par « on se racontera tout quand l'ambiance sera plus calme », alors qu'une autre personne se fraie déjà un chemin jusqu'à vous pour vous saluer ?

J'ai sifflé une deuxième vodka martini en rigolant avec Peter, mon pote de chez Barneys, descendu la troisième en discutant avec mes nouveaux clients managers et quand 23 heures ont sonné, ma tête reposait sur l'épaule de Kate, dont la tête reposait sur l'épaule de Lloyd, qui s'était lui-même endormi au milieu d'une foule de gens qui ne cessaient de brailler, boire et applaudir.

— Il va bientôt falloir que je file, ai-je alors dit à Kate. Je dois récupérer Peaches chez le véto.

— Tu as passé la journée à t'angoisser pour elle…

— Je sais, ça me stresse qu'elle soit malade.

— Alex, ça fait un moment que je veux te poser une question.

— A propos de quoi ?

— Eh bien… comment tu fais ?

— Comment je fais quoi ?

— Comment tu fais pour réussir comme ça ? Moi, j'arrive à rien, pas même à acheter mes fringues toute seule ! Toi, tu as l'air de tout faire sans effort et c'est la première fois que je te vois stresser pour quelque chose.

— Sans effort ? Tu rigoles ? Tout me demande un effort ! Je me réveille chaque matin avec une boule au ventre, tellement j'ai peur de ne pas y arriver. Je n'ai pas assez d'heures dans la journée pour tout faire.

— Eh bien, tu caches drôlement bien ton jeu. C'est vrai, ça… Tu bossais au rayon chaussures de chez Barneys et maintenant, tu t'es mise à ton compte. Comment fait-on pour se lancer dans un truc aussi compliqué ? Moi, je n'arrive même pas à savoir ce que je veux faire de ma vie…

Il m'a fallu prendre quelques secondes pour réfléchir.

— Je n'en sais rien, Kate. Je pense que ça vient tout seul, quand tu prends conscience que personne ne va réussir ta vie à ta place et qu'il ne te reste plus qu'à te débrouiller toute seule.

— Autrement dit, c'est la peur qui te fait avancer ?

— En partie, je pense... Non, peut-être pas la peur... A mon avis, ça tient plus de la volonté de s'améliorer. Je ne veux pas me la jouer philosophe, mais maintenant que tu me poses la question, je crois que c'est plutôt lié à l'envie de supprimer l'angoisse du lendemain.

— Donc, c'est bien de la peur.

— Non, ce n'est pas de la peur, c'est plus... Comment dire ? C'est savoir que tu exploites au mieux tes capacités.

— En résumé, il manque quelque chose à ta vie ?

— Tu rigoles ? Ma vie manque de *tout* !

— C'est quoi, tout ?

— Bah, je ne sais pas... Je te le dirai quand j'aurai trouvé !

— Tu sais, l'autre soir, je disais à Lloyd : « C'est bizarre qu'Alex n'ait pas un mec génial. » Il y a déjà eu quelqu'un de sérieux dans ta vie ?

— Oui.

J'ai alors commencé à lui raconter comment j'en étais venue à me fiancer avec Charles avant de m'interrompre et de conclure simplement (inutile de rentrer dans les détails) :

— Mais je n'étais pas prête. Ce n'était pas le bon moment pour moi.

— Et aujourd'hui, tu te sens prête ?

De nouveau, j'ai dû prendre quelques secondes de réflexion.

— Pour être franche, je n'en sais rien. Je crois être arrivée à un stade de ma vie où je pourrais m'engager à long terme avec un homme, à condition qu'il me laisse libre d'agir à ma guise. Je ne pense pas avoir encore fait le tour de tout ce que je veux accomplir.

— Je comprends..., a-t-elle fait, la mine grave, tout en donnant un coup de coude à Lloyd pour le réveiller. Si seulement je connaissais quelqu'un qui puisse te convenir !

— T'inquiète... ça viendra en temps voulu.

— Tu vois ? Voilà ce que j'admire chez toi !

— Bof, je ne pense pas qu'on puisse m'admirer…

Elle a posé ses mains sur mes épaules.

— Mais tu sais ce que c'est, Alex… On ne se voit pas soi-même comme on est réellement.

Sur ce, j'ai quitté la soirée, consciente d'être trop ivre pour conduire. Mais il fallait que le lendemain, à la première heure, je rapporte le top de plage chez Barneys, et puis je voulais aussi aller récupérer Peaches avant de rentrer chez moi.

— Vous avez votre ticket, madame ? m'a demandé le voiturier.

A cet instant, un taxi s'est garé devant moi. Je me souviens d'avoir pensé sur le moment que c'était une hallucination. C'est vrai, quoi, les taxis ne s'arrêtent jamais d'eux-mêmes, à Los Angeles ! Il faut les appeler pour que ça arrive.

— Vous avez besoin d'un taxi pour rentrer, madame ? m'a demandé le chauffeur, une brune à la coloration ratée.

— Euh, oui… Mais je dois d'abord aller à deux endroits.

J'ai lancé au voiturier que je reviendrais chercher mon véhicule le lendemain et je suis montée dans le taxi.

— Dure journée ? a demandé la femme.

— Je n'ai pas vu le temps passer !

— Ces journées-là, ce sont les meilleures…

J'ai acquiescé.

Peaches était encore groggy, lorsque je l'ai récupérée chez le vétérinaire. Arrivée chez moi, je l'ai installée d'un côté du lit et me suis couchée de l'autre, tout habillée, ce dont je devais me féliciter par la suite, comme vous le savez.

Ce soir-là, je me suis endormie, l'esprit obnubilé par ma conversation avec Kate. Qu'est-ce qu'elle pouvait bien voir en moi que je ne voyais pas ? D'ailleurs, qu'entendait-elle exactement, par : « on ne se voit pas soi-même » ? Pourquoi est-ce que je ne parvenais jamais à relâcher la pression ? Vue de l'extérieur, ma vie était-elle vraiment aussi réussie que Kate le prétendait ? Etait-ce moi qui en avais une vision faussée ? Moi, qui jugeais mon existence alimentée par le désir pathologique de tout arranger au mieux, même si j'aurais été bien en peine de définir ce mieux ?

Maintenant que j'y pense, je me dis que finalement, j'avais une bonne vie... Qu'est-ce que je cherchais à prouver au juste ?

De paumée sur toute la ligne, j'étais devenue une jeune femme qui s'était réalisée en ce monde (ou plutôt en ce bas monde). Mais c'est manifestement le genre de choses dont on ne prend conscience qu'après coup, de la même manière qu'on ne se rend compte qu'on s'est bien amusé qu'une fois la fête finie. J'avais des amis super, un job génial. J'adorais ce que je faisais de mon existence. Pourquoi étais-je incapable de le voir ?

— Faut que je me dégote un mec, me suis-je dit, en sombrant dans le sommeil.

C'est la dernière chose que je me rappelle avoir pensée.

A 4 heures du matin, j'ai été réveillée par les gémissements de Peaches. Il y avait trois bons quarts d'heure qu'elle geignait au pied de mon lit quand je me suis enfin décidée à me lever pour la faire sortir. A ce propos, je m'en veux encore. Peaches est une chienne si gentille, si adorable, si merveilleuse ! Mais cette sensation ne vous est sûrement pas inconnue : vous dormez comme une masse et rien ne saurait vous tirer du lit, pas même votre chienne assez gentille pour se retenir tant qu'elle peut, alors qu'elle aurait besoin de sortir sur-le-champ.

J'ai fini par aller la promener. J'étais bien contente de m'être couchée tout habillée. Quel plaisir d'être dehors en pleine nuit, de sentir l'air froid sur mon visage ! J'étais peut-être encore un peu éméchée, mais j'éprouvais une merveilleuse euphorie à marcher dans les rues désertes, seule avec ma chienne. Le reste du monde dormait et le quartier était à nous.

Tandis que Peaches se soulageait enfin, je n'ai remarqué aucune voiture arrivant de Fairfax.

— Tu te sens mieux, maintenant, ma toutoune ?

Et voilà. Ce sont les dernières paroles que je me souviens d'avoir prononcées de mon vivant. Je me suis penchée pour prendre Peaches dans mes bras et lui faire un câlin. La seconde d'après, les phares de la Mini Cooper émergeaient de nulle part.

Vous m'auriez demandé sur le moment si ce jour-là était à ranger parmi les plus beaux de ma vie, je vous aurais traité de fou furieux. Jamais je n'aurais pu considérer les choses sous cet angle. Pour moi, cette journée avait été remplie de stress, remplie de boulot, d'interrogations et d'inquiétude. Mais tout compte fait, c'était bien ainsi.

Parce que, voyez-vous, le jour de son anniversaire, on réfléchit à l'année qui est devant soi et à ce qu'on va en faire. On regarde en direction de l'avenir. Si on savait à cet instant qu'on vit le dernier jour de son existence, on n'aurait d'autre choix que de regarder en arrière et de méditer sur son passé. Alors qu'il y a quelque chose de bon, dans le fait d'ignorer l'heure de sa mort : ça permet de relativiser tout le reste, toute sa vie.

Est-ce que j'ai des regrets ? Bien sûr que j'en ai. Sauf qu'à présent, je sais comment les sublimer. J'ai compris ce qui m'empêchait de communiquer avec mes parents. Alice avait raison : j'avais besoin de découvrir ma force intérieure pour pouvoir les aider à faire leur deuil. J'avais besoin de voir ce qui apparaissait évident aux yeux des autres et demeurait invisible aux miens. Je sais maintenant qu'il ne tient qu'à moi de tout arranger.

10

Je ne suis plus au Septième Ciel.

Je ne suis pas non plus au Quatrième, au Cinquième, au Deuxième ou au Troisième.

Je suis dans un lieu où je ne veux plus jamais retourner, un lieu que personne ne devrait jamais avoir à visiter.

Je suis sur le seuil de la maison où j'ai grandi, sur le point d'entamer la shiv'ah, l'équivalent juif de la veillée funèbre, d'une jeune femme de vingt-neuf ans décédée brutalement.

Devant la maison se trouve une cuvette d'eau dans laquelle les parents et amis de la défunte, tous vêtus de robes et de costumes noirs, se lavent les mains avant d'entrer. Si je me souviens bien des obsèques de mes grands-parents, on se lave les mains au retour du cimetière avant de pénétrer dans la maison, afin de bien séparer ces deux moments : la fin du chagrin et le début du réconfort que l'on prodigue à ceux qui ont perdu un être cher, à savoir la shiv'ah.

En entrant chez nous, je vois une centaine de paires de chaussures noires alignées devant la porte. D'habitude, les chaussures sont rangées dans le vestibule, afin de ne pas rayer les parquets. Mais ce soir, elles sont disposées selon le rituel de la shiv'ah : encore une manière de laisser le chagrin à l'extérieur, et une façon d'apporter du soutien à mes parents.

Les miroirs sont recouverts de draps pendant sept jours, afin que personne ne puisse surprendre le reflet de son propre chagrin. Je vois Patsy Kleinman, une amie de ma mère, tenter de soulever un coin de drap, son tube de rouge à lèvres à la main. Son mari lui pince le bras et la foudroie d'un regard désapprobateur. Un type bien, ce M. Kleinman.

La maison est pleine à craquer. Beaucoup de ces personnes sont des relations de travail de mon père, mais en majorité il s'agit d'amis à moi et d'amis de mes parents. La table de la salle à manger disparaît sous les plateaux de sandwichs, de morceaux de dinde et de poitrine de bœuf, le tout accompagné de salade de chou, de salade de pommes de terre, de soupes et de desserts variés.

Tandis que je reste plantée là, à regarder tous ces gens remplir leur assiette, quelqu'un pose un énième plateau de sandwichs devant moi. Je me retourne : c'est Pénélope, qui s'occupe de dresser ce buffet.

— Je crois que ça suffit pour le moment, dit-elle à un serveur, et veillez bien à ce qu'aucun verre ne reste vide. Alex aurait voulu qu'on se mette tous minables.

Sa remarque me fait rire. C'est tellement vrai ! Si seulement je pouvais picoler avec eux…

Des tas de gens évoluent autour de Penny qui sert les sandwichs, en se murmurant les uns aux autres : « Quel malheur, quand on pense qu'elle n'avait que vingt-neuf ans ! » Ma Pénélope, elle, ne parle à personne. Quelqu'un prend un sandwich et elle répartit ceux qui restent afin que le plateau garde un air présentable. Ça lui ressemble tellement… On peut toujours compter sur elle pour veiller à ce que tout se déroule comme il faut.

Je pose ma main sur son épaule.

— Penny, bois un verre… Tu me rends nerveuse, à t'agiter comme ça.

Elle s'arrête tout net d'arranger les sandwichs. Est-ce qu'elle m'entend ? Je laisse ma main sur son épaule, tandis qu'elle s'appuie des deux mains à la table, comme si c'était la seule chose à faire pour ne pas s'effondrer.

— Penny, ça va ? lui demande Dana Stanbury.

— Oui, oui, répond-elle d'un ton plein d'assurance. J'ai simplement besoin de souffler cinq minutes.

Je suis Penny qui se fraie un passage entre les parents et les amis et se dirige vers ma chambre. Elle referme la porte derrière elle.

Nous levons les yeux sur les étagères où s'aligne ma collection de poupées du monde. A côté des poupées se trouve une photo. C'est celle qui nous plaît tant à toutes les deux, celle qui a été prise en colonie de vacances, un été, quand nous étions petites. J'ai la même, là-haut, au paradis. Nous contemplons cette photo : deux petites filles, l'une encore poupine et les cheveux en bataille ; son T-shirt Camp Wonderland trop petit pour elle laisse voir les bourrelets de graisse de son ventre. Elle arbore des lunettes rondes et un grand sourire découvre ses gencives et ses dents démesurées. Elle a le bras passé autour du cou de l'autre fillette qui est bien plus petite, porte des couettes, et sourit, elle aussi.

— Comment une aussi petite voiture a pu renverser ton gros cul, Alex ? chuchote Penny à mi-voix, pouffant à travers ses larmes.

J'éclate de rire.

— J'étais sûre que tu dirais ça !

Elle s'assied sur mon lit à baldaquin rose, la photo à la main, et elle se met à pleurer pour de bon.

— Qu'est-ce que je vais devenir sans toi ? murmure-t-elle, en se laissant glisser à terre.

Je me laisse glisser moi aussi.

Elle est allongée, la tête enfouie dans mon tapis blanc à longues mèches.

— Qu'est-ce que je vais devenir sans toi ? répète-t-elle, tandis que je lui caresse le dos.

— Je suis là, Penny, je suis là, tout près de toi, idiote…

Elle relève la tête et se recroqueville en position fœtale : les yeux grands ouverts, elle fixe un point au-delà des moutons de poussière accumulés sous le lit. Je m'assieds par terre, adossée au lit, et je veille sur elle, ma meilleure amie. De l'autre côté de la porte, des gens font tinter leurs verres et marmonnent. Ils pourraient aussi bien être à des kilomètres de là.

A cet instant, Penny sort de sa torpeur, redresse la tête et concentre son regard sur quelque chose. Puis elle glisse le bras sous le lit. Quand elle le ressort, elle tient mon vieux Snoopy, celui que j'ai jeté là, le soir de mon premier baiser, il y a de ça des années. Elle le prend dans ses bras et s'assied à côté de moi, contre le lit, les yeux fixés sur cette vieille peluche et sur la photo de nous deux.

J'ai beau savoir qu'elle ne m'entend pas, je ne peux m'empêcher de lui demander :

— Qu'est-ce que tu veux faire de ce vieux truc ?

— J'espère que tu prends bien soin de toi, là où tu es, murmure-t-elle, comme si elle parlait à mon Snoopy tout poussiéreux. Qui va veiller sur toi, maintenant que je ne peux plus le faire ?

— Je peux veiller sur moi toute seule, Penny. C'est vrai, je te promets que tout ira bien.

— Je me fais du souci…

— Non, je t'en prie, ne t'en fais pas ! Je sais ce que je dois faire.

— D'accord, murmure-t-elle, en essuyant ses larmes.

Nous restons assises encore quelques secondes sans rien dire, elle et moi. Je sais qu'elle ne peut pas m'entendre, quoique… Entre nous, c'est un peu comme c'était avant, sur Terre, quand je pensais à elle et que le téléphone se mettait à sonner. Je décrochais sans dire « allô » et je m'exclamais : « Justement, j'étais en train de penser à toi ! »

— D'accord, répète-t-elle.

Elle se lève, dispose notre photo et le Snoopy sur le lit.

— D'accord, dit-elle encore, cette fois avec confiance, et elle prend un mouchoir en papier sur la table de nuit pour s'essuyer le visage.

Elle ouvre la porte de ma chambre et nous retrouvons la foule des parents et amis endeuillés.

— Comment tu te sens ? lui demandent Kerry Collins, Dana Stanbury et Olivia Wilson, alors que nous nous dirigeons vers le salon.

— Ça va mieux.

— Nous étions justement en train de parler de la fois où nous nous étions fait faire cette permanente, Alex et moi, dit Dana. Tu te souviens du résultat de la sienne ?

— Quand je pense qu'elle a réussi à survivre à une permanente ratée, mais pas à une Mini Cooper !

Penny et moi nous mettons à rire, mais nous sommes bien les seules.

— Pardon, dit-elle. C'est juste que… qu'elle me manque…

— A nous aussi, sanglote Dana, et elles se tombent dans les bras les unes des autres.

— Pénélope, comment vas-tu ? s'enquiert Charles Kitteredge, mon ex-fiancé, alors que nous passons devant lui, dans le couloir.

— Bien, répond-elle, en serrant la main qu'il lui tend. Et toi ?

— Alex était une femme extraordinaire.

— C'est vrai…

Penny et moi continuons à nous frayer un chemin dans la foule.

Il y a là les jumeaux Rosso, et j'aperçois Greg Rice, à l'autre bout de la pièce. Ils saluent Penny de la main, mais elle ne s'arrête pas pour leur parler et ce n'est pas moi qui le lui reprocherais !

— Ça leur ressemble bien, à ces connards, de se pointer ici, lui dis-je à l'oreille.

— Bande de connards, murmure-t-elle au même moment.

— Pénélope !

C'est Andrew McAuliffe.

— Mon frère tenait à te transmettre ses sincères condoléances, dit-il, en lui passant un bras autour des épaules.

— Merci, Andy, merci d'être venu, répond-elle en lui faisant la bise.

— C'était une nana complètement allumée.

— C'est vrai, acquiesce Penny.

Nous continuons d'avancer.

J'aperçois mes anciens collègues du service du courrier de la boîte de mon père. Ils ont pris de l'âge, mais sont mieux habillés. Je vois Stan Mitchell, Lou Sernoff et mon copain Peter, de chez Barneys. Comme c'est gentil à eux d'avoir fait le déplacement ! Ils se tiennent près de Lloyd et Kate Kerner. Dire que j'ai couru dans tous les sens pour dégoter un haut de plage à Kate et qu'ils ne sont même pas allés à Hawaii ! Kate pleure et Lloyd s'essuie le nez — chagrin ou son traditionnel écoulement nasal ? Soudain, je me rends compte que j'ai perdu Penny dans la foule. Je me détourne pour la chercher des yeux.

Je scrute l'autre bout de la pièce tout en naviguant entre les invités. Un par un, ils s'écartent de mon chemin, tandis que j'avance vers le canapé.

Et ils sont là.

— Parle-lui, m'ordonne grand-maman, en ôtant sa main de l'épaule secouée de sanglots de ma mère.

— Elle a besoin de savoir que tu vas bien, ma chérie, m'explique grand-papa.

Oncle Morris me demande :

— Ça va ? Tu tiens le coup ?

— Je fais de mon mieux.

— Ah, ça y est ! Tu y es ! s'exclame Alice, toute contente. Tu as réussi à venir. Je savais que tu y arriverais.

Je souris.

— Oui… Tu vois, j'ai fini par comprendre.

— Maintenant, va voir tes parents. Ils ont besoin de toi.

— Tu as raison, je vais prendre le relais.

Je serre Alice dans mes bras en ajoutant :

— Merci infiniment.

A côté d'elle se trouve Adam. Mon cher Adam ! Evidemment, il est ici, avec moi.

— Tu as besoin de quelque chose ? me demande-t-il en m'enlaçant.

— C'est tellement gentil à toi d'être là, dis-je en lui donnant un baiser. Tout va bien se passer.

— Je t'aime, Alex.

— Moi aussi, je t'aime.

— Madame Dorenfield…

Surgissant derrière mes parents, Penny leur propose gentiment une assiette de nourriture.

— Vous devriez manger un petit quelque chose.

— Non, ça ira, ça ira, sanglote ma mère.

— Monsieur Dorenfield, vous voulez que j'aille vous chercher quelque chose ?

— Non, merci, Pénélope.

— Très bien. Je vais voir comment ça se passe au buffet. Je reviens dans un petit moment.

Alors que Penny s'apprête à repartir, papa la retient par la main. Ses yeux sont noyés de larmes.

— Pénélope, tu as été une merveilleuse amie pour notre fille.

— Avec Alex, ce n'était pas bien compliqué !

— Elle n'aurait pas pu avoir de meilleures amies que toi, Pénélope, dit ma mère entre deux sanglots. Je n'ai jamais vu deux amies aussi proches l'une de l'autre que vous deux.

Penny se met à pleurer.

— C'était mon âme sœur.

— C'était la mienne aussi, murmure maman, en laissant couler des larmes silencieuses.

— Maxine, fait alors doucement papa, allons nous allonger un petit moment…

— Oui, je m'occupe de tout, déclare Penny, en les aidant

à se lever. Allez vous reposer, je serai en bas, si vous avez besoin de quoi que ce soit.

Mon père prend ma mère par un bras, je la prends par l'autre, et nous fendons tous les trois la foule pour gagner leur chambre.

— Toutes mes condoléances, leur dit au passage Charles Kitteredge père.

— Merci, répond mon père, en lui tapotant le dos.

— C'était une fille adorable, dit une autre personne à ma mère.

— C'est vrai, merci.

Les gens continuent ainsi à égrener mon panégyrique sur notre passage.

— Merci, répond papa.

— Merci d'être venus, articule péniblement maman.

Nous arrivons enfin à leur chambre. Papa referme la porte sur nous et aide maman à se coucher.

— Je ne m'en remettrai jamais, murmure maman. Pourquoi est-ce arrivé, Bill ? Pourquoi a-t-il fallu qu'une telle chose arrive ?

Ses larmes se remettent à couler.

— Je ne sais pas, ma chérie. Pour le moment, repose-toi. Reposons-nous ensemble, dit mon père, en la berçant dans ses bras.

Assise près du lit, je ne peux que les regarder pleurer. Il n'y a rien que je puisse faire pour eux à cet instant précis. J'ai malgré tout l'espoir que ma simple présence à leurs côtés leur apportera un certain soulagement. C'est tout ce que je peux faire.

Il doit s'être écoulé plusieurs heures. Dehors, le brouhaha des invités s'est calmé. Le tintement des verres et le cliquetis des couverts sur les assiettes ont été remplacés par le ronronnement des voitures qui s'éloignent. J'ai regardé mes parents s'étreindre de toutes leurs forces, pleurer en silence et enfin s'endormir chacun de son côté du lit.

A présent, c'est le moment, je le sais, aussi je m'approche de ma mère.

Je murmure tendrement à son oreille :

— Maman ? C'est Alex. Je t'en prie, n'aie pas peur.

— Alex ?

Elle marmonne et tressaille dans son sommeil. J'essaie de la tranquilliser en lui caressant le bras.

— Tout va bien, maman. Ce n'est que moi. Je t'en prie, n'aie pas peur, tout va bien.

Ses yeux sont toujours fermés et le brusque spasme qui l'a saisie en entendant ma voix se fond de nouveau dans un repos silencieux.

— Où es-tu ? Tu vas bien ? me demande-t-elle dans son sommeil. Tu me manques tellement ! Je me fais tellement de souci pour toi…

— Tout va bien, maman, dis-je sans cesser de caresser son visage et de sécher ses larmes. Je vais bien. Je suis au paradis avec grand-maman et grand-papa. Grand-maman continue de rouler dans la voiture que papa lui a offerte. Tu te rends compte ?

Maman sourit.

— La vieille Cadillac ? J'ai tout de suite su qu'elle adorerait cette voiture.

— Oncle Morris, lui, ne fume plus que des cigares cubains.

— Alors, il est vraiment au septième ciel ! commente-t-elle, amusée.

— Oui, et grand-papa regarde des matchs des Phillies vingt-quatre heures sur vingt-quatre.

— Ils continuent de se chamailler, grand-maman et lui ?

— Comme d'hab !

Je me mets à rire et elle pouffe de son côté.

— Et puis, tu sais, je suis devenue amie avec Alice Oppenheim. On a fait du shopping ensemble et devine quoi ? Au ciel, on a des fringues incroyables et des chaussures qui ne serrent pas les pieds. Même perchée sur des talons aiguilles, on a l'impression d'être en pantoufles.

— C'est incroyable !

Elle rit.

— Est-ce qu'Alice continue à raconter que je lui ai volé tous ses jupons ? Parce que tu sais, ce n'est pas vrai ! Je te jure que je lui en avais laissé un.

— Ne t'inquiète pas, maman, j'ai pris ta défense. D'ailleurs, Alice t'envoie ses amitiés.

Je commence à m'emballer.

— Et tu sais quoi ?

— Quoi, mon cœur ?

Maman sourit dans son sommeil, toute son énergie revenue.

— J'ai rencontré quelqu'un. Il est trop mignon et trop gentil ! J'ai enfin rencontré l'homme de mes rêves.

— Maintenant, je suis sûre que tu es au paradis ! commente-t-elle en riant. Alors, dis-moi : il est juif ?

— Le sujet n'est pas encore venu dans la conversation.

— Ma foi, du moment qu'il te rend heureuse…

— Oh oui ! Il est merveilleux et tout va pour le mieux. C'est vrai que la vie ne s'arrête pas après la mort. Et tu sais pourquoi ?

— Non, pourquoi, ma chérie ?

— La vie ne s'arrête pas parce que l'amour qu'on éprouvait pour les gens sur Terre est le même là-haut.

— Et tu ne souffres pas, Alex ? Dis-moi juste que tu ne souffres pas.

— Pas du tout, maman. Je vais très bien. En fait, je suis même en meilleure forme qu'avant. Quand on monte au ciel, toute la cellulite s'envole et on peut courir des kilomètres sans être essoufflé !

— Plus de cellulite ? A présent, je sais que tu es réellement heureuse !

— Oui, je vais parfaitement bien, et grand-maman, grand-papa et oncle Morris vont très bien eux aussi, sans oublier

Alice. Je suis bien là où je suis. Je t'en supplie, maman, ne t'inquiète pas pour moi.

Ses larmes se remettent à couler, tandis que nous nous embrassons et que je la rallonge sur le lit.

— Alex, il y a une dernière chose qu'il faut que tu saches, murmure-t-elle.

— Quoi, maman ?

— J'ai toujours regretté de ne pas te ressembler davantage.

— Et moi, j'ai toujours regretté de ne pas te ressembler davantage, dis-je en déposant un baiser sur sa joue.

Elle replonge dans un sommeil réparateur.

Je regarde mon père qui dort, lui aussi, mais je vois à ses larmes qu'il n'a pas perdu une miette de notre conversation. Je vais de son côté et m'assieds sur le lit.

— Papa, j'ai dû me livrer à une longue introspection, là-haut. Et s'il y a une chose que je regrette, c'est la manière dont je t'ai traité.

— Non, Alex ! N'aie aucun regret.

— Je dois te dire à quel point je regrette toutes les bêtises que j'ai faites. Je t'ai déçu, j'en ai bien conscience. Tout ça parce que je suis une stupide tête de mule.

— Tu es ma fille, Alex. De qui crois-tu que tu la tiens, ta tête de mule ? Mais j'ai toujours su que les choses finiraient par s'arranger. J'ai toujours su qu'un jour, je serais fier de toi.

— Mais comment ?

Je pleure à chaudes larmes à présent.

— Tu commençais à en prendre le chemin. Tu étais en train de transformer ton entêtement en une détermination positive. Ma petite chérie, je t'ai toujours aimée…

— Moi aussi, papa, je t'ai toujours aimé…

— Je t'ai toujours aimée, n'aie aucun doute là-dessus, répète-t-il. Simplement, tu me ressemblais trop, avec ta volonté de fer.

A cet instant, une certitude m'envahit : ma vie n'a pas été vécue en pure perte. J'étais exactement comme mon père. Il était donc impossible que je ne m'engage pas, un jour, sur la voie d'une existence plus gratifiante. Parce que je n'aurais jamais permis qu'il en soit autrement.

— Malgré tout ton amour, papa, il y a une chose que tu ne pouvais pas me donner. Il fallait que je trouve toute seule un sens à ma vie.

Mon père exhale un profond soupir.

— Quand on est parent, il faut se faire violence pour ne pas satisfaire tous les désirs de son enfant.

— Je sais, papa, mais nous n'avons jamais cessé de nous aimer et c'est ça, le plus important.

— Merci, Alex, sanglote-t-il. Merci du fond du cœur de me dire ça.

— Je t'aime tellement, papa…

Je sèche ses larmes, puis les miennes.

— Est-ce que je te reverrai ? me demande-t-il.

— Je serai là chaque fois que tu auras besoin de moi.

Sur ces mots, papa retombe dans le sommeil.

Je recule de quelques pas pour contempler ces deux êtres, les deux personnes que j'aime le plus en ce bas monde. Les larmes de ma mère se sont taries. Papa la prend dans ses bras et le repos étend ses ailes protectrices sur eux.

Ils sont en paix.

Je suis en paix.

Dieu seul le sait

A qui de droit :

Madame, Monsieur,

Je vous transmets par la présente la rédaction qui m'a été assignée : « Les dix plus beaux jours de ma vie ».

J'ai accompli cette tâche de mon mieux. Chaque jour a été analysé de façon constructive, dans l'espoir que vous en concluiez que, n'eût été mon décès prématuré, j'aurais fini par mener une vie épanouissante.

En m'attelant à cette rédaction, mon unique objectif était de m'assurer la conservation de tous les avantages matériels qui m'ont été attribués à mon arrivée au Septième Ciel, il y a de cela deux semaines. Cependant, au fil de l'écriture, il s'est produit un phénomène qui pourrait bien rendre vaine toute cette entreprise.

Voyez-vous, le fait est qu'aujourd'hui je me contrefous de l'endroit où vous allez m'expédier.

Pour tout vous dire, vous pouvez reprendre la chambre convertie en dressing avec tous ses modèles ultrastylés et ses chaussures qui ne serrent pas. Vous pouvez reprendre la salle de bains avec douche à neuf jets intégrés, les produits de beauté, la porcelaine MacKenzie-Childs et les meubles shabby chic. Je me fiche même de ne pas pouvoir m'empiffrer à ma guise tout en gardant une silhouette de rêve. Oui, vous pouvez tout reprendre et en disposer comme bon vous semble. Faites-en plutôt don à quelqu'un qui n'a jamais joui de tous ces avantages sur Terre. Moi, je n'en ai plus besoin.

Depuis que j'ai mis le point final à cette rédaction, il m'est apparu de manière totalement évidente que certaines choses sont bien plus importantes que toutes les possessions matérielles que peut me procurer le Septième Ciel. Car si j'ai tiré un enseignement de ces deux semaines passées à faire le bilan de mon bref séjour sur Terre, c'est bien celui-ci : je suis entourée d'un amour indiscutable, incontestable, indéniable et irréfutable.

Et cela, personne ne pourra me l'enlever. Aucun niveau du paradis ne pourra jamais rien y changer. Je sais à présent sans l'ombre d'un doute que, si j'avais vécu plus longtemps, je me serais engagée dans une existence gratifiante et pleine de sens, car jamais je ne me serais permis d'en mener une autre. Mes proches m'estimaient trop pour tolérer une telle chose de ma part. Un jour ou l'autre, j'aurais fini par prendre conscience de ce qu'eux voyaient en moi depuis le début.

Aussi ai-je la certitude que vous comprendrez ce qui motive ma présente démarche, quand vous aurez pris connaissance de l'histoire de ma vie à travers ses dix jours les plus beaux.

Je n'ai jamais été parfaite, loin de là ! (Cela dit, regardons les choses en face : cette imperfection n'est-elle pas justement ce qui caractérise notre vie, de l'adolescence jusqu'à l'approche de la trentaine ?) Si j'avais vécu plus longtemps, j'aurais sans doute commis des millions d'erreurs. Et j'en commettrai sans doute des millions d'autres au cours de mon éternité. J'ai agacé des tas de gens sur Terre et je suis bien convaincue que j'en agacerai encore quelques-uns au ciel.

Néanmoins, tout cela n'a aucune importance. En effet, il existe, sur la Terre comme au ciel, un groupe très fermé de personnes qui connaissent toute l'histoire de ma vie, et pas seulement ses jours les meilleurs. Car ces gens-là étaient également à mes côtés lors des pires. A mes yeux, ce sont eux, mes véritables juges, et leur verdict, je le connais déjà.

Alors si d'aventure je vous ai fait perdre votre temps, je vous demande humblement de m'en excuser. Mea culpa. Il m'a fallu une certaine dose d'introspection pour prendre conscience de ce que j'aurais dû savoir depuis le début.

Voilà.

Je vous prie d'agréer, Madame, Monsieur, l'expression de mes sentiments les plus respectueux.

Alexandra Joan Dorenfield
Alias :
Fille de Maxine et Bill Dorenfield
Petite-fille d'Evelyn et Harry Firestein
Petite-nièce de Morris Salis
Meilleure amie de Pénélope Goldstein
Tutrice de Peaches Dorenfield
Grand amour d'Adam Steele

Dix ans plus tard

On frappe à la porte du paradis

Mon père est mort aujourd'hui, ce qui est pour le moins bizarre. Je le pensais sincèrement immortel.

Au beau milieu de la nuit, j'ai reçu un appel de Deborah, mon ange gardien. C'est la procédure. Nous n'avons pas le don de double vue, ici. On ne sait pas automatiquement qu'une personne est décédée. Qui plus est, il n'y a pas de plan stratégique, pas de projet cosmique, au paradis. Quand c'est votre tour, c'est votre tour, ou plus précisément votre heure.

Aujourd'hui, l'heure est venue pour mon père.

Il a quatre-vingt-huit ans et il est parti paisiblement dans son sommeil. Il était malade depuis quelque temps, de sorte que ça n'a pas vraiment été une surprise pour son entourage. Les gens qui l'aimaient seront sans doute affligés, néanmoins ils savent que tout est bien ainsi. Papa a joui d'une vie longue et bien remplie.

Je patiente dans la salle d'attente du Bâtiment Bienheureux en compagnie de mes grands-parents et d'oncle Morris. Il y a bien une heure que nous poireautons. Les files doivent être interminables, aujourd'hui. Grand-maman a garé la Cadillac Coupe DeVille jaune citron pile devant le bâtiment, afin qu'on puisse entrer et sortir aussi vite que possible.

— Ton père a toujours faim après un grand voyage, m'a glissé grand-maman en coupant le moteur.

Adam est retourné chez nous : il s'occupe de faire apparaître les dernières touches du festin de bienvenue. Pour le brunch, nous avons prévu de servir du saumon fumé, des bagels et de la salade de poisson à chair blanche, les plats préférés de papa. Il habitera juste à côté de chez nous, dans l'ancienne maison d'Adam, reconvertie en une maison qui ressemble à s'y méprendre à celle où j'ai grandi. Le seul détail qui me chiffonne, c'est que tous les costumes de papa ont disparu. A la place, sa penderie est remplie de bermudas et de polos de golf Ralph Lauren, dans tout un assortiment de couleurs. Son bureau a été transformé en salle de jeux équipée d'une table de billard, de fléchettes et d'un flipper. J'avoue que j'en suis restée soufflée. J'étais sûre qu'il voudrait passer l'éternité à travailler. Qui aurait cru ça de lui ?

Même mon vieux lit à baldaquin et mes poupées du monde sont là. J'imagine que papa rêvait de retrouver notre ancienne maison. Ma chambre d'enfant ne m'est plus destinée, cependant : elle servira à Ruth, ma fille de huit ans, notre fille à Adam et moi. Nous l'avons adoptée à son arrivée au paradis, il y a cinq ans. J'ai raconté à Ruth tous les merveilleux moments que j'avais vécus auprès de mes grands-parents, quand j'étais petite, et il lui tarde de faire la connaissance de son grand-père.

— Est-ce que papy Bill jouera au bridge et regardera des vieux films avec moi comme chez arrière-grand-maman et arrière-grand-papa ?

— Mais oui, je suis sûre que papy Bill ne demandera pas mieux que de satisfaire tes moindres désirs. Il passera des heures à jouer à tout ce que tu voudras.

A vrai dire, je suis loin d'être certaine de ce que j'avance, étant donné qu'il n'a jamais fait ça avec moi. Mais quelque chose me dit que mon père aura un peu changé quand il arrivera ici. Peut-être est-ce l'absence de costumes dans sa penderie qui m'incite à le croire.

Chez nous, la chambre de Ruth se trouve juste à côté de la chambre/dressing, bien qu'aujourd'hui, cette pièce serve à ma fille. Mon fameux dressing, celui qui était tapissé de vêtements de grands couturiers, de Marc Jacobs à Oscar de la Renta, est à présent rempli de jouets, jeux, tutus, boas en plumes et déguisements de sirène. Il y a même toute une section consacrée aux diadèmes, aux faux bijoux et au maquillage de carnaval de Ruth, afin qu'elle puisse s'amuser avec sa bande de copines. Adam affirme que je la gâte trop, ce à quoi je lui réponds invariablement :

— Toutes les petites filles du monde devraient être trop gâtées. La vie se charge hélas bien souvent de les priver de tout.

Mon nouveau dressing à moi est rempli de toilettes ultra-tendance et de chaussures qui ne font pas mal aux pieds : il se trouve de l'autre côté de la chambre que nous partageons, Adam et moi. Que dire de plus ? C'est le Septième Ciel. Nos moindres souhaits sont exaucés.

— Il vient de franchir les portes du paradis, m'annonce Deborah. Il ne devrait plus tarder.

Et elle part en refermant la salle d'attente.

Il y a tellement de choses que je veux montrer à papa ! Il va être enthousiasmé par son golf à dix-huit trous et ses courts de tennis. Adam s'est entraîné à jouer, de sorte qu'ils pourront faire des parties ensemble. Il a aussi veillé à ce que le parcours soit parfaitement identique à celui de Pebble Beach. Le quatrième trou a le don de rendre papa dingue, mais vu comment ça se passe, ici, je suis sûre qu'il y rentrera la balle avec l'aisance d'un Jack Nicklaus, son idole.

Quel soulagement ce sera pour lui de découvrir un Palm Restaurant au coin de la rue ! Ma main au feu que, dès ce soir, nous irons y déguster un T-bone accompagné de leur salade Gigi, le menu préféré de papa. Ils ont déjà accroché sa caricature au mur, détail qui ne manquera pas de le ravir.

— Nous allons le conduire à vous, me prévient Deborah qui vient de réapparaître sur le seuil du Bâtiment Bienheureux.

Grand-maman, grand-papa, oncle Morris et moi nous levons de notre siège pour l'accueillir. Mon père se trouve juste derrière et soudain, je n'ai plus qu'une envie : ouvrir moi-même les portes en grand.

Les vantaux s'entrebâillent lentement. Papa est loin de se douter que nous l'attendons. Comment pourrait-il le savoir ? Il doit se croire tout seul dans cette galère, le pauvre !

Ses cheveux sont un peu plus gris que la dernière fois que je l'ai vu. Il a aussi pas mal fondu, mais lorsqu'il lève les yeux et que nos regards se croisent, je le retrouve tel que dans mes souvenirs : grand, fort, débordant de vitalité — un vrai battant que rien n'arrête.

Dès qu'il me voit, son visage s'illumine et il me tend les bras.

— Alex !

— Bonjour, papa !

Je me précipite vers lui et nous nous étreignons à n'en plus finir. Son odeur n'a pas changé, il sent le propre et le savon Ivory, avec en prime une touche d'after-shave.

Il prend mon visage en coupe et me regarde dans les yeux. Il pleure.

— J'ai toujours su que je te reverrais un jour. Je disais à ta mère que j'allais te retrouver là-haut. Au fait, elle t'embrasse très fort. J'espère seulement qu'elle va bien…

— Ne t'inquiète pas, nous irons prendre de ses nouvelles.

Nos effusions se poursuivent dans les larmes.

— Nous lui ferons savoir que tout va bien.

— Tant mieux, murmure-t-il. Il faudra que tu m'apprennes à faire ça, plus tard.

— Et moi, alors, on ne m'embrasse pas ? intervient grand-maman.

Papa se jette dans ses bras.

— Décidément, vous n'avez pas changé, Evelyn ! Un vrai dragon ! lui lance-t-il en riant.

— Il faut bien que quelqu'un fasse régner l'ordre, dans cette famille !

Papa donne l'accolade à grand-papa et à oncle Morris avant que grand-maman n'interrompe les retrouvailles.

— Il y aura tout le temps pour ça ! Venez, Bill, nous vous avons préparé votre brunch préféré chez Alex ; vous devez avoir faim. Ma voiture est garée juste devant, précise-t-elle, en passant son bras sous le sien.

Nous franchissons tous les portes du Bâtiment Bienheureux.

— Quoi, la vieille Cadillac ? s'exclame mon père. Sacrée Evelyn ! Vous pouviez bien rouspéter, je savais que vous l'adoriez, cette voiture !

Grand-maman hausse les épaules.

— Elle peut encore rouler quelques centaines de kilomètres... En fait, je vous attendais pour aller m'en choisir une neuve. Mais cette fois, Bill, de grâce ! Rien de trop luxueux. Peut-être une dans le genre de celle d'Alex...

Je fais la grimace.

— Je roule en Porsche, papa !

Eclat de rire général.

Nous nous garons devant la maison où nous attendent Adam et Ruth, postés dans l'allée. Peaches fait des bonds dans tous les sens en jetant des aboiements d'excitation. Ruth a colorié une grande affiche sur laquelle elle a écrit « Bienvenue, papy ! » à la craie. Nous franchissons le seuil, tous bras dessus bras dessous.

Ma famille au paradis se trouve confortablement installée dans ma salle à manger. Papa observe l'agitation qui règne autour de lui, grand-maman et oncle Morris échangent les tout derniers potins. Adam et grand-papa discutent du match des Phillies de la veille. Ruth s'amuse à brandir des petits bouts de saumon fumé pour que Peaches les attrape en sautant. Et moi, je me contente de manger mon père des yeux : il est en train de prendre lentement conscience de ce qu'il lui arrive.

— Le paradis existe donc bien, conclut-il.

Il termine son bagel au saumon fumé en nous embrassant tous du regard ; Ruth grimpe sur ses genoux.

Je glisse ma main dans celle de mon père en souriant.

— Oui, papa. C'est ça, le paradis.

Remerciements

A qui de droit :

Je souhaite remercier mon éditrice, la divine Allison Dickens, pour son soutien et son savoir-faire passionnés tout au long de la mise en forme de ce livre, ainsi que toutes les personnes chez Plume qui ont pris part à sa concrétisation.

J'aimerais également remercier l'excellent Brian DeFiore. Brian est l'agent dont rêve tout auteur.

Une ovation debout pour mon cher ami Eric Brooks et ses ingénieuses compétences juridiques.

Ma gratitude éternelle à Erin Moore, Susan Schwimmer et Lesley Jane Seymore.

Enfin, je remercie de tout mon cœur ma famille et mes amis, sur Terre comme au ciel, pour leur amour infini et, surtout, pour leur contribution aux dix plus beaux jours de ma propre vie.

Avec ma plus profonde reconnaissance,

Adena Halpern

Alias :

Fille d'Arlene et Barry Halpern

Sœur de David Halpern

Belle-sœur de Samantha Chaikin-Halpern

Sœur de Michael Halpern

Epouse et grand amour de Jonathan Goldstein

CHEZ MOSAÏC

Par ordre alphabétique d'auteur

ANNE BARTON	*Secrets et préjugés*
ANNE BARTON	*Orgueil et volupté*
ANNE BARTON	*Le bal de Mayfair*
LAURA CALDWELL	*La coupable parfaite*
LAURA CALDWELL	*Le piège des apparences*
PAMELA CALLOW	*Indéfendable*
PAMELA CALLOW	*Tatouée*
JOSHUA CORIN	*La prière de Galilée*
SYLVIA DAY	*Afterburn/Aftershock*
ANDREA ELLISON	*L'automne meurtrier*
LORI FOSTER	*La peur à fleur de peau*
LORI FOSTER	*Le passé dans la peau*
HEATHER GUDENKAUF	*L'écho des silences*
HEATHER GUDENKAUF	*Le souffle suspendu*
ADENA HALPERN	*Les dix plus beaux jours de ma vie*
MEGAN HART	*L'ange qui pleure*
KRISTAN HIGGINS	*L'Amour et tout ce qui va avec*
KRISTAN HIGGINS	*Tout sauf le grand Amour*
KRISTAN HIGGINS	*Trop beau pour être vrai*
KRISTAN HIGGINS	*Amis et RIEN de plus*
KRISTAN HIGGINS	*L'homme idéal… ou presque*
KRISTAN HIGGINS	*Un grand amour peut en cacher un autre*
ELAINE HUSSEY	*La petite fille de la rue Maple*
LISA JACKSON	*Le couvent des ombres*
LISA JACKSON	*Ce que cachent les murs*
LISA JACKSON	*Passé à vif*
LISA JACKSON	*De glace et de ténèbres*
LISA JACKSON	*Linceuls de glace*
LISA JACKSON	*Le secret de Church Island*
PAM JENOFF	*La fille de l'ambassadeur*
ANDREA KANE	*La petite fille qui disparut deux fois*
ANDREA KANE	*Instincts criminels*
ALEX KAVA	*Effroi*
ALEX KAVA	*Au cœur du brasier*

…/…

CHEZ MOSAÏC

Par ordre alphabétique d'auteur

RICK MOFINA	*Zone de contagion*
RICK MOFINA	*Vengeance Road*
JASON MOTT	*Face à eux*
BRENDA NOVAK	*Kidnappée*
BRENDA NOVAK	*Tu seras à moi*
BRENDA NOVAK	*Repose en enfer*
ANNE O'BRIEN	*Le lys et le léopard*
TIFFANY REISZ	*Sans limites*
TIFFANY REISZ	*Sans remords*
TIFFANY REISZ	*Sans détour*
TIFFANY REISZ	*Sans peur*
EMILIE RICHARDS	*Le parfum du thé glacé*
EMILIE RICHARDS	*Le bleu de l'été*
EMILIE RICHARDS	*La saveur du printemps*
NORA ROBERTS	*La saga des O'Hurley*
NORA ROBERTS	*La fierté des O'Hurley*
NORA ROBERTS	*Par une nuit d'hiver*
NORA ROBERTS	*Retour au Maryland*
NORA ROBERTS	*Rêve d'hiver*
NORA ROBERTS	*L'été des amants*
NORA ROBERTS	*Des souvenirs oubliés*
NORA ROBERTS	*Sous les flocons*
NORA ROBERTS	*Petits délices et grand amour*
ROSEMARY ROGERS	*Une passion russe*
ROSEMARY ROGERS	*La belle du Mississippi*
ROSEMARY ROGERS	*Retour dans le Mississippi*
ROSEMARY ROGERS	*Les nuits de Ceylan*
KAREN ROSE	*Elles étaient jeunes et belles*
KAREN ROSE	*Tout près du tueur*
KAREN ROSE	*Dors bien cette nuit*
KAREN ROSE	*Personne pour t'entendre*
KAREN ROSE	*Pour que tu n'oublies pas*
MAGGIE SHAYNE	*Dans les yeux du tueur*
ERICA SPINDLER	*Les anges de verre*
ANTOINETTE VAN HEUGTEN	*La disparue d'Amsterdam*

.../...

CHEZ MOSAÏC

Par ordre alphabétique d'auteur

SUSAN WIGGS	*Là où la vie nous emporte*
SUSAN WIGGS	*Avec vue sur le lac*
SUSAN WIGGS	*Les héritières de Bella Vista*

La plupart de ces titres sont disponibles en numérique.

Composé et édité par HARLEQUIN

Achevé d'imprimer en Allemagne
par GGP Media GmbH, Pößneck
en janvier 2015

Dépôt légal en février 2015

Cet ouvrage a été imprimé sur Classic 65g
de la gamme Printing & Reading Stora Enso,
usine d'Anjala, Finlande